离觞

杨怡芬 著

北京出版集团
北京十月文艺出版社

目录

第一章　乱离瘼矣

潘绮珍得把她的同学李丽云请回家来长住，这是家里给的任务，说得更确切一点，这是她父母眼下应对军队征用民房的对策之一。

1949年的清明节，潘家过得意外冷清，潘绮珍失望得很。往年这时候，她的那些堂表姐妹都会从上海回家，她们在一起，就能把这清冷的扫墓变成热闹的踏青和聚会。今年，那些姐姐妹妹都在整理行装，有跟家人去台湾或香港的，还有跟未婚夫一起去美国留学的，都说要在近期离开上海。

潘绮珍不理解她们为何如此，报上说，现在正在进行国共和谈。那，无论如何，总得等等看和谈结果吧？总得把清明节好好过了吧？

她没把这话说出口。否则，“唉，你这乡下小囡，做啥这么死脑筋呢？”她的堂姐婷婷会这样说她。婷姐是二叔的女儿，只比她大了一个月，她在舟山住到六七岁，就随着父母去上海了，虽说舟山和上海之间，也就隔着一片海而已，但她的眼界，和在舟山时，大不一样了。

潘绮珍的父亲潘培基是长房，天生就是来守布庄这份祖传家业的，不能像他的兄弟们那样随意搬家。潘家前后三进屋子，他们只住满了第一进，后面两进，天天开门掸尘迎光，以备两个叔叔携家带口随时归来。潘绮珍的两个阿姨，也在上海，在那里开枝散叶近二十年，早就以上海为家了。潘绮珍眼见父母这一向都睡得不稳，一大早起来眼睛爬了红血丝，还一直念叨战况，倒有点不大理解，这有什么好担心的？叔叔阿姨们当然都会照顾好自己家的，他们在上海那么多年了，都见过大世面的，还用你们担心？真是好笑。潘绮珍把这意思露了一点点，娘就恨声说："小孩儿家家晓得什么！"

原来在娘眼里，她就不过是个小孩儿家家！在学校里，同学们哪个不把她当万事通？就连老师们，也高看她一眼。潘绮珍站在自家店堂五颜六色的布匹中间，发誓有一天一定要跳出这里——她的天地，大着呢，她要让父母看看，她会在社会上立足，她会是个重要的人物。她踮起脚尖，视线掠过街对面的屋檐，一直看到天上去。

这会儿，课间休息，站在学校二楼的走廊上，天空高远，黑砖白墙的小城就在脚底下，她觉得自己是自由不羁的，身边的女同学也是如此，这个世界，是她们的。李丽云是她这两年里最要好的女同学，课间的时候，她们常常肩并肩地看天空。

"半夜里，听得到浪在海里翻腾的声音。"李丽云打着哈欠说。

"你几时成了诗人？"潘绮珍倚在教室走廊的外墙上，拨弄着墙头上的一盆开得累累坠坠的蔷薇花，笑话李丽云。

“此时此刻，民国三十八年公历1949年4月25日上午10点。”李丽云答得认真，“这两夜，我就是听得到海里浪头在那里翻啊翻，半夜醒来，再睡不着。”

“你还是去看医生吧，先看五官科的，五官科要说没病呢，得去上海看精神科，我表姐就认识一个，我带你去。”李丽云带笑听着。潘绮珍的堂姐表姐有一长串——没啥能难倒她们的。

潘绮珍折了朵蔷薇，拢在手里，李丽云连忙转头看有没有老师在附近，一边嗔道：“干吗折花？宋老师看见了，准定骂你！”

“得！疏花的疏，你会写吧？这花太多了，是得疏掉一朵。”

驼背校工敲响了钟，课间休息结束了，潘绮珍的语流却断不了，一边排队进教室一边对李丽云说：“对了，差点忘了，我妈想请你到我家住。婷姐的那间房，给你一个人住。”李丽云在前排坐下了，潘绮珍的嘴还没停：“我家离海更近，听得更真，半夜里，你的浪头会翻得更浪。”

宋安华刚进教室，全班肃静中，听去了潘绮珍后半句，皱了皱眉头。潘绮珍家开着全定海最大的布庄，亲戚里头，也是做生意的多，消息灵通，话头也多。按她家的财力，实在应该送宁波、杭州、上海，再不济，也该在本地读私立高中。师范有伙食补助，学费也低，冲着这点，贫寒子弟纷纷报考，潘家许是不想在女儿的教育上花钱，潘绮珍才被迫选了这个被人唤作“叫花子”的学堂吧。这学堂，入学难度比之私立的，要高得多，也亏得她聪明，初试复试都过了关。“谁都拦不住我读书。”潘绮珍是这么跟人说的。人在这学堂，本地市面上的事情也晓得，外埠头的新闻也晓得，甚至留洋读书的事情，她也能说出个道道，在这群只晓得埋头读书的同学里头，她简直就是百事通——话实在太多，简直恨不得跳上讲台和老师一道上课。

宋安华瞪了潘绮珍一眼。潘绮珍憨笑着冲她皱皱鼻子，坐挺了。一众老师里头，也就宋老师镇得住她。宋老师国立师范大学毕业，却没有一点女学究的样子，连眼镜也不用戴，明眸善睐，衣服也穿得讲究，一大半是在上海“云裳”做的旗袍和洋装，有时候干脆就是和男子一般的西装衣裤，穿到她身上，都服服帖帖。不像别人，穿着上海做来的衣服，走在街里就特别扎眼，像从富亲戚那里借来似的。潘绮珍特别服气她这一点。她家布店里常有客人来问说：“有宋老师新穿的那件洋装那样的布料吗？”潘绮珍总劝人家：“有是有的，刚刚才进的货，不过啊，你穿，还是换种款式才好看。”到底没几个人会听她的。这世界上，能自知的，有几个呢？当然，除了驾驭得了衣服，宋老师也驾驭得了学生。她有一口清脆的京腔国语，一点也听不出她是土生土长的定海人。除了《国文》课本里的，她会介绍自己最近的阅读篇目，同学们知道了宁波的柔石，绍兴的鲁迅，都是令人钦佩的作家，宋老师说自己也在写小说，同学们都觉得宋老师肯定写得好，迟点早点，宋老师一定会写出来的。宋老师太忙了，她是宋家的独生女儿，宋家的生意做得大，一心想要女儿辞了教职的，她家哪里稀罕她这点薪酬？可宋老师却一直放不下，说光做生意的生活，“是要闷死的”。

娘甚至认为，如果没有宋老师，潘绮珍根本就不会来考这个师范，当然，如果没有这个师范读，潘绮珍的弟弟们能读的大学，也是没有她的份儿的，女孩儿家家，管管布店，不是正合适吗？而且就在自家的店里，这就不算是出来工作，将来找婆家，也没人可以拿这一点来挑刺。宋老师不是一直没把自己嫁出去吗？女儿将来会学她吧？当然，像宋老师这样，也不坏。娘这些心思，潘绮珍都懂的。店堂里闲下来的时候，抑或家务中的小间歇，趁着旁边没人，娘总会对她碎碎念，因此，潘绮珍知道，娘心里是有她的。有时候，想想这一点，反倒让她心酸。都说父女之间处得会比较轻松，而潘培基对女儿，几乎视而不见，从来没听他说起一句关于潘绮珍未来的话。潘绮珍倒不怀疑自己和父亲的血缘，她的面部轮廓，和父亲的一模一样，一样的圆脸，五官分明，尤其耳朵，简直就是复刻。虽然开着定海城最大的布庄，和柔软缠绵的布料打交道，他对他的女主顾们却很少说话，“我又不是裁缝”，娘劝他至少该对她们笑笑时，他是这么回答的。但碰到宋老师来店里，他会走过去，敬一支烟，两个人站在店堂里也能说上一阵子话。能从布料说到时局，说到金圆券贬值江河日下不可收拾民生何艰，潘培基认为国共最后会划江而治，只要上海和宁波稳当，舟山也乱不了。宋老师却连说未必如此，有些事情，还是要早做打算。潘绮珍只有安静听着的份儿，一句话也插不进去。

“有一天，我也会让他这样和我说话的。”她话里带恨。这话，她常说。有一回，李丽云劝她道：“你别身在福中不知福，你父亲多好，可靠，像座山一样。你看看我……”说着话，她的眼泪就珠串一般滑落。在潘绮珍眼里，眼泪像珠串并不仅是一句修辞，实在是因为李丽云五官精致，眼泪的涌出，恍惚间竟有珍珠的光泽和形状。潘绮珍叹了口气。

常有一个模样落魄的中年男子来学校找李丽云，偶有同学问起，李丽云总是淡淡说：“是个邻居。”对潘绮珍，李丽云是说了实话的，那是她的父亲。在爷爷手里，家道中落，在父亲手里，就已近没落。父亲中年后就随着一个族亲在上海混帮会，识文断字，人也活络，起初颇得上头赏识，每回返家，都有银钱带来，李丽云家也因此过了段好日子。再后来，一个人在上海久了，心也野了，另外有了女人，跟着一起学会了抽鸦片。女人和鸦片，这两个，都是无底洞，日子就又艰难起来。人走了下坡路，站也站不住，就这样，到最后在上海没法立足了，又回到定海，先托人找了一个税务上的工作，没做几个月，被辞了——多半也是人家已经看出他是个烟鬼了。偏偏这个时候，才十岁的弟弟发高烧，一直退不下去，竟然就断气了，娘想不开，跟着生病，拖了小半年，也过世了。那段日子，李丽云想也不敢多想它，记忆到此，总是飞快滑过去，而梦境却不由李丽云把控，娘和弟弟，不时到访，半夜梦醒，李丽云常不知自己身在何方。

她不想见到的父亲，饥一顿饱一顿的时候，就到李丽云这里碰运气，万一她这里有填肚子的东西。师范学校有膳食补贴，李丽云还得再张罗一些钱来，才能管过来自己一张嘴巴和学费，要不是潘绮珍时不时从家里带些饼干来给她，她真没有什么吃的能给他的。潘绮珍就是因为有一次来不及吃早饭，课间休息时说："我们去你寝室吃华夫饼干吧！"李丽云才说出她父亲的事。第二天，潘绮珍从家里带了几个包子来，李丽云坚辞不肯收，也怕父亲真把她这里当食堂了——日子长久，她是供不起的。

那天，潘绮珍抽出手绢，替她擦干泪，心里却有些悻悻然。她的心事，在李丽云眼里，根本就是大小姐的矫情吧。再说了，她们俩的父亲，怎么可以相提并论呢，根本是两回事情嘛。潘绮珍还是蛮在意李丽云的感觉的，比如送饼干这样的事情，必是在她请李丽云打了毛线或是盘了纽扣之类的事情之后，当作谢礼。李丽云怎么就不能体察她潘绮珍的心情呢？潘绮珍只好自比自解，毕竟是不同环境里生长的人，感受也不同。

这会儿，课上到一半，她又想起来什么，扭头对李丽云悄声说："请你住我家，是帮我家的忙，你知道吗，你要是不住……"

宋老师停下了讲课，清了清嗓子，潘绮珍立刻坐正了，低着头，视线不和宋老师去对接，但她也知道，这个问题，肯定是让她回答了。果然，宋老师点着潘绮珍的名，一边问道："我刚才在讲什么小说？"

"《二月》，柔石的《二月》。"潘绮珍答得毫不含糊。这又是宋老师在讲课本之外的小说，好好地在讲《诗经》上的《四月》，宋老师又跳开去讲了个《二月》的小说，试卷上只会考《四月》，而同学们更爱听《二月》，说的是一个叫作萧涧秋的男人到了芙蓉镇，有两个女人对他有好感。宋老师说，小说就是这样，太阳底下无新事，小说中的事情，你看着是平平常常，这芙蓉镇，就像我们这定海小城，说是发生在我们这里也不稀奇，你要是觉得这样的小说也就稀松平常，好像只要你想写，也能写出来，那你就错了。会读小说的，能读到故事之外的情绪和氛围，这些微妙之处、言外之意，才是小说的精髓，就像这《二月》，我读到的是在异乡的苦闷，满纸都是，你们可有读到？

潘绮珍作为“你们”的代表站在那里，点头也不是，摇头也不是。宋老师的眼眶都有些湿润了，她似乎是陪着潘绮珍呆立了一会儿，人才清醒过来，抬手示意潘绮珍坐下。宋老师又问：“各位有关心最近几日的战况吗？”同学们在座位中摇头，他们确实并不怎么关心这场战争，他们总是以眼前的功课是命，别的，看着都很遥远。

“和谈崩了，中共已经渡江，首都南京，已经撤守了。划江而治的痴梦，总算醒了。”

宋老师不待同学们反应，接着讲《诗经》中的《四月》。

潘绮珍心想，原来她的姐姐们都有先见之明，她们马上就要飞走了，远离这场战争。而她呢，她哪里也不会去。战争真的会到这个岛上来吗？她坐正了，看宋老师板书。

四月维夏[1]，六月徂暑[2]。先祖匪人[3]，胡宁忍予[4]？

秋日凄凄，百卉具腓[5]。乱离瘼矣[6]，爰其适归[7]？
冬日烈烈[8]，飘风发发[9]。民莫不谷[10]，我独何害[11]？
山有嘉卉，侯栗侯梅[12]。废为残贼[13]，莫知其尤[14]！
相彼泉水[15]，载清载浊[16]。我日构祸[17]，曷云能谷[18]？
滔滔江汉[19]，南国之纪[20]。尽瘁以仕[21]，宁莫我有[22]？
匪鹑匪鸢[23]，翰飞戾天[24]。匪鳣匪鲔[25]，潜逃于渊。
山有蕨薇[26]，隰有杞桋[27]。君子作歌，维以告哀[28]。

宋老师一个字一个字写下去，那些阿拉伯数字缀在后头，是要学生们按座位先后一个一个站起来回答的，大家把这叫作“开火车”。宋老师已经把这首诗讲了两堂课了，潘绮珍知道，这是一首逐臣南迁之诗，从四月到冬日，这个可怜的人受尽了苦头。

课堂很静，“火车”也开得很顺——这里本就没有来混日子的学生。

请李丽云去自己家住，这确实是她娘的主意，按她娘的意思，简直是想请全班同学都到家里住，把所有的房间都住满了，这样，无论是部队，还是县政府，就不能动他们家房子的脑筋了。部队在不停地撤下来，定海街面上最多的就是兵，海陆空都全了，刚学会认字的小学生总很有兴趣去辨认他们胸前的番号，大声地在那里念“长江”“三线”“3861”。要不是他们会来占自家的房子，潘绮珍倒是挺欣赏军人的，可现在，看看他们就让她犯愁。她怕李丽云会不肯，还想着怎么说动她，没想到，一下课，李丽云就答复道："那我暂时去住住好了，东西呢，还是先不搬了。遇到天气不好，我就住在寝室；天气好，吃过晚饭，带上换洗的，我自己会走过去。"

从书院弄经过北大街，再过三座桥，出了南城门，再走一段，才到太保庙弄，潘绮珍的家就在那里。这段路，不急不慢，要走上半个钟头。四月的黄昏里，李丽云走在街上，即便她低着头，又穿着暗色的竹布旗袍，那份天然俏丽，却是怎么也遮不住。有一回，两个士兵一直跟在她身后，在那里议论她是不是扮成学生妹的堂子小姐。还有一回，两个军官目不转睛地盯着她，在那里议论："这小地方居然还有这等人物！"李丽云就当没听见，急急走着，走出一身汗。

婷姐的房间是仿照上海的公寓房改建的，带了独立浴室，有抽水马桶，有个浴缸，冷水从井里接来，热水龙头却是个摆设。潘绮珍让李妈在那里放一溜儿热水瓶，她和李丽云共用一个浴缸泡澡。潘绮珍也奇怪，在美艳的李丽云面前，两个人赤身相对时，她竟没有一点自愧不如。李丽云几次想说："你脱了衣服比穿着衣服漂亮多了。"想想又熬住了。想来，潘绮珍自己，也是知道的。

李丽云一个人住着空荡荡的第二进，开头几天，并不觉得怕，后来，不知哪里来了一只野猫，夜深人静了，就到李丽云窗下叫唤，隔一阵子，轻轻地叫上一声，唤人似的，瘆得李丽云浑身起鸡皮疙瘩。有天夜里雨一直落，敲在瓦片上，滴在屋檐下，满天满地，这猫竟也来，在窗下一声又一声叫唤。李丽云一夜没睡稳。第二天和潘绮珍说了，潘绮珍奇道："以前从来没野猫进来过啊，还有，我在前面怎么一点也没听到？"李丽云说："它叫得轻啊，像唤我一般。"潘绮珍说："这也太吓人了！西边厢房里住着潘伯张伯，我去托他们，晚上警醒些，听到这只野猫叫，就来把它赶走。再就是，让他们查看一下围墙——总得有个洞，那猫才能进来吧？你放心，不出两夜，保管就好了。"

过了两天，到了礼拜日，一个男的也搬了进来和李丽云同住这第二进。他住主人房，和李丽云就隔了一个厅堂。他的行李真多，二十多个齐整的皮箱，皮面上黄铜铆钉闪闪发亮。排场也大，潘绮珍父母一道陪着进来，后面跟着潘家一溜儿用人。李丽云拿不准自己是不是应该出去迎接，最后还是安坐不动，就在窗下做作业，隔着窗户，看他们张罗。

午饭时分，潘绮珍来了，身后李妈端着一只托盘跟着。饭菜一样样在小圆桌上摆出来，两块红烧肉炖得烂烂的，一碟带子虾煮得韧韧的，一盆炒青菜，还有一碗咸菜土豆汤，两碗白米饭盛得富士山一般。潘绮珍边吃边说这带子虾煮得太咸了，李丽云说："一点都不咸啊。"她吃得仔细，汤汤汁汁也拌饭吃净了。潘绮珍本想笑她："哎呀，比猫吃得还干净。"她想了想，到底没说出口，反倒故意挪开视线，看院子里那株可以双人合抱的香樟树。小时候，婷姐老在树干上拿把小刀刻身高，恨不得一天就蹿老高。也许要什么是该天天想着什么，现在婷姐真的是亭亭玉立，个子和李丽云差不多高，长得虽不如李丽云好看，可是会打扮，乍一看，和李丽云真还有几分相像。这房间里东一张西一张都是她的照片，巧笑倩兮，美目盼兮，所有的一切，都在她的笼罩之下。

礼拜天的下午，向来是潘绮珍做功课的时间，不去店里帮忙。预习、复习，潘绮珍很有一套自己的方法，有条有理，郑重肃穆。撤去饭菜，小圆桌让潘绮珍当书桌，李丽云依旧在窗下的梳妆台上温习，两人背靠背，也还是挡不住潘绮珍话多。

“我求了娘，她答应我睡在你房里，你看，行吗?”

李丽云知道他们家的规矩，李妈一直跟着潘绮珍伺候她睡的，就问:“那……你的李妈也一起过来?”

“不来。”潘绮珍笑得坏坏的，“我答应顶多让她帮我铺个床。”一副胜利大逃亡的样子。

做完了数学作业，潘绮珍又说了一通话，说的是新来的房客。

“那人姓郑，叫景润，在大银行工作呢。他父亲和我父亲是朋友，我们小时候也见过几回，那时，他带着我们几个小屁孩儿玩，脾气好得不得了。你看，这时局！连大银行，也搬到我们这里来了。南京没守住，首都搬广州了，各国大使馆也搬过去了，银行分散搬，反正就是撤撤撤搬搬搬。”说到银行，潘绮珍压低了声音。李丽云立刻想到，难道皮箱里装的是金条银圆和美金?

正房的无线电开着，舞曲的音乐，低低响着。

潘绮珍习惯半夜醒来有李妈倒温水给她喝，只要她醒来，李妈必定也醒来。在李丽云身边睡，李丽云声息细细的，潘绮珍怕自己粗枝大叶妨碍她了——李妈说她睡相是天下第一差的。第二夜，潘绮珍在李丽云屋里盘桓了一阵，就被李妈接去前边睡了。李丽云也松了一口气。

说也奇怪，自从正房住了人之后，那只野猫竟再也没有来过。原来，连野猫也欺负我。这情绪一冒头，李丽云就压了它下去，她对自怨自艾向来警觉，这样自怜，会让她觉得生不如死，她不要，她要活着。人家可以可怜我，我自己偏不。

学校的寝室，是六个人一间，李丽云在最里边角落，巴掌大一个铺位，局促得很，离窗又远，长年灰沉沉的，李丽云也把这小角落整理得干干净净。李丽云让潘绮珍从布店里多拿些纽扣来盘，娘在世时，女红做得极好，盘扣更是在行，李丽云也算是出了师的，她盘出来的纽扣，据说连潘太太都连连赞叹："李小姐凭这手艺也好讨生活的。"潘绮珍传给她听，李丽云却心酸了一阵。周一到周六，李丽云都是学校食堂里吃好饭，在寝室盘会儿纽扣，看看过了晚饭时分，再走着来潘家。

李丽云走路过来，一路上，总有些担心。那一日，过东管庙弄时，正好遇到郑先生从一个门洞里出来，李丽云看看门边挂的黑匾，果然是银行。郑先生快步走到她身边，低声说："我送你过去。"

李丽云猛地红了脸，一低头就急急走起来，再一想，这样未免太不大方，就又缓了下来，照常走路。郑先生不紧不慢地跟着。定海城中多河道，也就多小桥，李丽云过桥的时候，忍不住探头张望一下水面，日暮时分，一河碎金，波光粼粼，让人眼花。这时节，芙蓉洲上已经莲叶田田，偶有一两只小船撑过，也没有船歌，只是静悄悄地过去，撩起一些水声。热闹的是街面上的人，许是海上连夜都有船渡来，街两边的饭店里都坐满了人，有伙计在那边嚷嚷："只收银圆，我们只收银圆的。"

跟在她身后的郑先生就叹了口气说："金圆券又贬值了。贬得没边了，一元银圆兑八百万元金圆券，再下去，兑一亿都难说的。一元银圆值美金五角，五角兑一亿，不晓得哪个国家有这样！这会儿，就只能相信硬通货了。"

"这会儿，有几户人家有硬通货啊，去年都被吓死了，不拿家里的金银美金去兑金圆券，就要捉拿进监，都去兑了呀。"

"舟山还好吧？上海才逼得紧，上海人还排队去兑金圆券，现在想想，真是肠子也悔青了，如今没有金子银圆就寸步难行。"

"乱得没边了。我们学校学费就是交米，连银圆也不信了。"

前些年她父亲欠过银行一笔钱，这样一贬值，把债好像贬没了吧？可日子也不见好。李丽云自己倒不愁，横竖她手头没几个钱，学校里发的补助，也是按米算的，只要不挨饿，这日子好像就是平稳的。说起来，她还是欠债的，第一年读师范，注册时要三石米，她哪里有？只有借，也幸亏小姨给她了，说是借的，明年毕业了，她就要开始还这笔债，即使小姨逃亡去了，这债依旧是债。借的是米，也要米来还，走过米店，李丽云总要看看牌价，后面的零越来越多。

一个黄包车夫从他们身边经过，问："先生小姐坐车吧?"一眼就看出他们是一起的，一时间，他们俩都有点窘。

郑先生略停了停，说："不坐。谢谢侬。"是上海话的腔调，又有点不像，听上去怪怪的。

过南珍桥时，又来了一辆黄包车，正要在他们身边停下，又突然飞快跑走，把李丽云吓了一跳，眼角扫过去，看到的背影，让她的心突突跳起来，难道是……一边又安慰自己，应该不会的，他再落魄，也不至于去拉黄包车吧?

郑先生回头低低骂了一声："作死啊!"

李丽云加快步子，想和他拉开距离，甚至于小跑起来，想想又不妥，停下来垂着头急急走。郑先生还是不紧不慢跟着她，很笃定的样子。等到了潘家大门前，他慢了下来，等李丽云进了门，他落后一大截才跟上。进了大门，到他们住的第二进房子，有一条甬道，这辰光还没上灯，李丽云的布鞋踩在砖地上，悄无声息，等她推开自己房门，才听到郑先生的脚步声从甬道那边传来，皮鞋落在砖地上，声音闷闷的。

李丽云本想马上关上门，想想又不妥，以前进屋之后，拉亮灯，就开着门，等潘绮珍从店里过来，等李妈送热水瓶过来。既然开着门，就该和郑先生打个招呼，虽然她没让他送，但人家毕竟是送了，不道声谢，也说不过去。等他到了厅堂，李丽云轻声说："郑先生，谢谢。"郑先生旋了一下手里的帽子，说："应该的。"他望向她的身后，说:“这些都是你的照片?”

李丽云说:“不是的。我是暂住在这里。这屋是潘绮珍堂姐的。”

郑先生哦了一声，就用钥匙开了门进去，开灯之后，也不关门。李丽云这边看过去，那些皮箱整齐堆在那里，好像随时又要出发。郑先生也转过身来看她，灯光打在他们头上，倒像是学校舞台上的两个角色，各站在舞台一边，遥遥对望。李丽云心头一凛，人向后一缩，索性转了个背，坐到长条桌旁，等潘绮珍来。才温了两页书，那黄包车夫的背影就显现在她眼前，是他吧?好像是。过世的娘是这样跟她说的:“他千不好万不好，总是你的爹。”只因为有个血缘，一切都可以被原谅，哪那么轻巧?李丽云的心就硬了些，也定了些，甩甩头，甩掉这个人影。

潘绮珍来得比平日晚，脸绷得红通通的，像刚生过气。李丽云有点心虚，起身走开去浴室兑洗澡水，热气慢慢升上来，眼睛也湿了。李丽云关紧了门，窗帘也拉密实了，潘绮珍才缓过来，说了一句:“我真被我爸气死了。”李丽云松了口气，说:“伯父管教你了?”

“他几时管教过我了?是房子的事情。我们后面这一进，明天要住进一家军官来了，你想想，有太太，有小孩，还有副官、勤务兵，一大帮人，我们这里，还有安宁啊?他也不强硬一下，军队要征用就征用，早知这样，我把我们班同学都叫来住了!”

“军队要征用，那也没有办法，你生你爸的气，何必啊。”李丽云帮潘绮珍搓着背。潘绮珍不响，身板还是僵僵地板在那里。李丽云又问："是不是这间房，也要被征用了？"潘绮珍说："幸亏你住着，否则，也征用了。你们帮我们保住了这一进。"李丽云问："不是说你家二叔三叔就要回来了吗，那回来住哪里啊？"

停了一会儿，潘绮珍道："三叔看样子是要去香港，三婶娘家都去那里了，她娘家有钱，三叔自己没主意的，要么听我爸回来，要么听他老婆去香港，你想想看，八成是听老婆的多。二叔一家已经去台湾了，那里他本来就有生意，这回索性把上海的厂子也搬过去了，说做实业总要一个安稳环境，看看也就台湾还太平；听说，还打算开个私人小银行呢。"

李丽云接不上话。她就和娘去过一次上海，匆匆来去，狼狈得她都不想记起这段经历。香港和台湾，又那么遥远，对她来说，也就是两个地名。

水有些凉了，李丽云跳出浴缸，兑了一盆干净水，大半盆先淋了潘绮珍，再跳进浴缸，把剩下的淋了自己。两个人擦干了，李丽云穿上衣服，待要收拾浴室，潘绮珍止住她："让李妈来吧。"

李丽云就搁下手，到房间，依旧在长条桌旁坐下温课。李妈端了个茶盘，先送了郑先生那里一份，再送到她们这里，是剥了壳的鸡蛋，切成两半，卧在绿莹莹的碗里，另有两只小盅，装了白木耳枸杞糖水。李丽云从李妈手里接过碗，说了声谢谢。潘绮珍闷声不响，拿着调羹就舀鸡蛋。李丽云端着盅小口喝着糖水，依旧看书，眼角余光看着李妈在浴室里打扫。打扫完，李妈站起来捶着腰，朝她们这边扫了一眼。潘绮珍三口两口吃完鸡蛋，才惊觉：“啊呀，鸡蛋没给你留。”李丽云忙笑道：“我在学校里吃饱了的。”正说话间，郑先生却托着碗过来，鸡蛋一动也没动，笑着说：“我一个人吃不下，你们吃吧。”潘绮珍忙接了，放到李丽云面前说：“你慢慢吃。”李丽云顺手拿起那碗里的调羹舀了来吃，放进嘴里的时候，才觉得不妥，脸就飞了红，幸亏有头发遮着，头又垂在书本上，索性就这样闷声不响地吃了几口，平静了一下，才问：“绮珍你还要吗？”潘绮珍夸张地拍了拍肚子，说：“饱了。”郑先生站在院子里抽烟斗，一句话也不说。烟丝的甜香和樟树的清香糅在一起，闻着也让人愉悦，李丽云深深地吸了几口气。

第二章　天地一沙鸥

杭州湾的海水是黄的，如同黄河。宋以文透过舷窗看着这个海，神情恍惚。他不是第一次经过这片海域，但他不能确定自己这会不会是最后一次。从去年开始，这恍惚的感觉就一直攫住他。去年9月之后，辽沈败，平津再败，徐蚌又败，三败之后，大概就任谁也不能挽狂澜于既倒，原以为稳固的江防一夜就破，4月23日后，南京失，苏州失，一路下来，兵败如山倒，5月3日，杭州也失了——仗也没打，不过是自己撤守了，不，他们连撤守也忌讳说，他们要求用的是“转进”。

这会儿，宋以文就在转进途中。

“爸爸，快到了吧?”

“乖乖，快到了呢，就快到了。”

晕船的女儿躺在窄小的铺位上，已经吐得连黄色的胃液都吐出来了，同样晕船的妻子在强撑着照顾女儿，旁边的小铅桶里快装满她们的呕吐物了。

宋以文敲了敲舱板，他的勤务兵柳安就在隔壁。这些呕吐物必须倒掉，他又吩咐说："再来撒点香水。"陈副官也进来了，担心地看看他，轻声说："舰长，您去驾驶舱看看吧，这里有我。"宋以文跟妻女摆摆手，出舱去了。再在里面待着，他肯定也要被呕吐物的酸味引得吐了。

海风扑面而来，潮气裹身。宋以文在军服口袋里掏到了打火机，手心里攥着。胜利之后，他就戒了烟，一半是为了庆祝，一半是为了响应总裁的新生活运动，这都是可以说出口的堂皇理由。香烟是戒了，打火机却不舍得丢，一直随身带着。他掏出来，打着了，火苗被风拖得长长的，有那么一个瞬间，他想把自己点燃了，火苗先烧着了他的领子，会慢慢地蔓延到前胸后背，一直把自己烧成一个火球，金灿灿的。火苗烫着了手指，他松回按键，把热乎乎的打火机又揣回兜里。

他先去了驾驶舱，再巡视了甲板，又下到机舱，他漠然地走着，漠然地接受士兵们的敬礼。到最后，还是回到妻女身边，她们依偎着，像是睡过去了，妻子左手腕上的玉镯看着又润又亮，这是宋家的传家宝，宋以文小时候就爱趴在奶奶膝盖上，拉着她的手，把镯子转圈圈玩。"手镯嘛，就是'守着'，女人的命运啊，就是守着一个家啊。"奶奶这一辈子，也就是"守着"的命运，她又想把这命运也完整地传给孙媳妇。宋以文看着妻子睡眠中毫无表情的脸，多看了一会儿，觉得在看一个陌生人。他们在一起已经七年多了，又是在战火中守着，说是出生入死也不为过，夫妻的情义中有几分战友的情谊，但即便如此，在某些时刻，这陌生人的感觉，还是会突袭而来。

宋以文叹了口气，又退出舱来，莫名记起奶奶从前去普陀山上香回来，总会说起宋家有一支在明末移到舟山了，几时好好地在那里找找看。奶奶也就是说说，宋以文也就是听听，可这回，这事情，好像也可以做做。

船走得不慢。出了杭州湾，进入真正的海洋之后，船上的人都松了一口气。他们的对手没有像样的海军，空军更是影儿也没有。宋以文没有睡意——他已经有一阵子没有睡意了。他站在驾驶舱里，天际处远山一重一重，舟山就在那里了。幸亏有陈副官在。在舟山的一应安顿事宜，陈副官托当地可靠的人打了前站，都妥当了。

到达后，宋以文就让陈副官先带妻女下去安顿，他自己要去县政府联系后勤和补给。目送士兵们扛下二十多个皮箱装进卡车后，宋以文又进舱去对镜检查了自己的形象，和李副舰长交代了一些事，才下了舰。勤务兵柳安早已叫了一辆黄包车，在舰旁等着，宋以文让他也赶去帮忙安家，他和补给官老韩同去县政府就够了。

县政府闹哄哄的，像城隍庙。宋以文的一身海军服装还是很醒目的，很快，就有一个年轻干事迎上前来，让他登记了部门番号舰号，多少官兵，大约要多少补给，末了，又抱歉笑道："不确定什么时候能送补给来，我们尽快安排。"宋以文正色道："奉命走得匆忙，舰上存货不多，还请从速安排啊。”

出了县政府，老韩苦笑着说：“我这就自己寻门路去。舰长您放心，我总有办法的。”

宋以文说：“只有辛苦你了。上海战事紧，这会儿就是找到海军军部的人，怕是也没有心思来张罗给我们补给。”

“那是，这会儿还是靠边站的好，别自己找上门讨任务去。”

宋以文听着默默感慨，这怕就是兵败如山倒的原因吧，在这场战争中，谁都不想冲锋在前。

那车夫还在门口等他。宋以文从公文包里找出陈副官给的地址，念给他听。“哦，是潘宅啊。”车夫说，“这城里一大半人家衣料都从他家出呢。”

宋以文现在才有闲心看看风景。说是海岛，这小城却和大陆上的小城并无两样，街面上人的穿着，比内陆小城，反倒时髦许多。饭店酒馆、布庄果行，一应小城该有的，也是一样不缺。有一样特别醒目，米店水牌上都有“台湾米”，糖果摊上，也在叫卖“台湾糖”。城内处处小桥流水，粉墙黑瓦，桥与船随处可见。桥的坡度不高，黄包车跑来跑去也不觉得太颠簸，桥洞下过的船也是小小的，连个篷也没有，似乎遇到下雨，就可以跳上岸，到河边人家的屋檐下避雨。

勤务兵柳安守在门口，宋以文老远就看到了。宋以文待要进门，柳安却止住他，带他沿院墙往后走，他们住在第三进，有后门可独立进出。后门临河，河埠头上来四五个台阶就与门槛齐平，屋檐挑得又高又宽。

妻子还在整理箱子，样样色色摆了出来，她有种魔力，转眼就能把一个陌生地方变成她的领地。女儿在后院里跑来跑去扑两只蝴蝶。院子里满满开着蔷薇，院墙上也爬满了，热热闹闹，和野草和藤蔓缠在一起，又透着几分蛮荒。

院中石板铺地，甬道铺的是鹅卵石，挑檐下铺的是青石，屋里地面一色是青砖，屋檐瓦当，也都雕画过，支撑的石柱几可合抱，实在是幢结实的房子。宋以文问陈副官这屋的主人现在去哪里了，陈副官回道："潘家的长房还住在第一进，这第三进是第三房的，他们向来住上海，现在听说是去香港了。商人跑得快。"

宋以文笑说："我们也快回船上去吧？我们不在，万一船上的人都跑了呢。"

陈副官也笑道："要跑，什么时候都能跑啊。我先回去照看，舰长您今晚住家里吧，总也是乔迁新居啊。"

宋以文对着忙碌着的妻子说："怡莲，我先回舰上，晚间再过来看你们。"

秦怡莲停下手里的活儿，说道："我知道能去哪里找你就好，你安心在舰上，忙就不用回来。"宋以文连说必定回来，留下柳安让他在家帮忙收拾。本想从后门出去，宋以文说："总要拜见一下主人吧？我们从前头走。"陈副官说："男女主人都在他们自家的布庄里，要见，恐怕得去那里。这会儿，前头就是几个下人。第二进住的是一个银行职员和一个师范女学生，东西两边厢房里住着下人。主人家夫妻俩带着两儿一女住在第一进，两个儿子一个初中一个高中，女儿已在读师范。今天的饭食，前面厨房会送。以后我们要不要雇个厨子？”

宋以文说：“不用麻烦。怡莲自己对付得来，也让她有事情好忙。”

“还是我来安排吧？”

宋以文道：“德勤，这个，真不要你费心，怡莲能干着呢。我看，我们还是从前门走吧？”

陈副官恍然大悟，笑道：“舰长您是不习惯走后门？怪我没想到！要么，我跟主人去说，我们要换到第一进？”

宋以文说：“不用麻烦。今天我们走一下前门，参观一下。”

这房子有年头了，滴水檐下，青石板已有几个小洞。木结构，坐西朝东，三进三出，占地足有两亩多，跟宋以文自家的房子差不多大，却比他家来得大气，也精致。第一进屋，石库门走马楼，五开间正楼、南北三厢楼，还有门楼，端的是有气势，上下四周走廊皆朱漆卷棚廊子，画栋雕梁，镂花门窗，花轿般漂亮；第二进仍为卷棚廊子楼房，他们住的第三进是平房，五开间，也足够用，相对不起眼，也隐蔽，后门进出，更是不引人耳目。宋以文暗暗感谢陈副官的用心。虽然海军不严禁家眷带着走，但也没有鼓励，况且舰队在海上时间多，在家时间少之又少，总还是低调些比较好。

两个人一路走到前门，方才发现前门紧闭。身后一个下人飞奔着来，向他们鞠躬行礼后，才开了门，一边解释：“如今乱，老爷吩咐他们走出后就关门落锁，总要等小姐少爷他们放学下班辰光，我才来门边伺候，怠慢两位长官，真对不住!”宋以文连连抱歉:“哪里哪里，劳动您特为跑来，是我多事。以后我们就后门进出，今天实在是想参观一下，失礼了！家小在此，多有打扰，日后还请多看顾。”他们走出一段路，才听到后面关门落闩的声音。

两人回到舰上，宋以文各处巡视一遍，看士兵各守其位，方才松了口气，转念又想，在舟山这个真正的孤岛上，能跑哪里去呢，心头又松懈了些。自从有舰队投诚后，各舰上下，疑心四起，人人自危，作为舰长，更是悬心不已。

向晚时分，又有一艘运输舰靠了码头，并不见有第二艘驱逐舰靠岸。眼看太阳快落山了，补给官老韩押着一队挑夫才到码头。落潮水浅，舰上放下一只救生艇，将水一桶桶驳上去，另有满满两筐鸡蛋、青菜、土豆、猪肉和鲜虾鲜鱼，宋以文见状心安。陈副官上得船来，直夸老韩嗅觉灵敏，无须地图和人脉，就晓得哪里有水哪里有菜哪里又有鱼虾肉。老韩倒也实诚，接口道:“我若不会这些，怎么好做补给官？有我在，就饿不着弟兄们。”夕阳沉海，宋以文在暮色中又巡舰一遍，方才归家。

秦怡莲正坐在台灯下忙针线活，神情安详，宋以文看着，跟着也觉得心安。有她守着，即便在战争中，这日子也仍有它日常的气味。这会儿，岸对面的土地，又有多少在易帜了呢？瑞安那边，总还能拖延一阵子吧？对方在摧枯拉朽，他们躲到海这边，就能逃过去了吗？

秦怡莲一见他，就说:“潘夫人刚刚来过了。这里生活蛮安逸的，真是世外桃源一样，养人啊。这潘夫人明明比我大上十多岁，看上去却和我一般大。”

宋以文一时不知如何接话，只好拿起她手里的东西，问:“在缝什么啊?”

“家里做活的时候穿的长裤。总不能穿着丝绸旗袍生煤球炉吧。”

“要么，你托潘夫人找个人打打下手吧。”

秦怡莲蹙起眉头，她想事情总是一副郑重相，半晌，搁下活计，轻声说:“看看再说。这世道，我们能省则省，将来，无论在哪里落脚都需要钱。不知怎么，我总觉得此地也待不长。”

“这话，你就和我说说吧。外人听来，你说的就是我说的，这样悲观，总不大好。”

两人相对无语，收拾睡去，搬家第一夜，风俗上要讲个团圆，宋以文知道妻子重视这一点，怎么样也得回家来住。这一夜，宋以文心里想着明天的任务，虽然睡得不沉，但也总算是睡着了，一早起来就着酱菜喝完秦怡莲煮的白粥，更觉神清气爽，叹道:“到底是睡在岸上踏实啊!”女儿说:“那爸爸天天来和我们一起睡啊。”宋以文回答女儿:“山山乖，爸爸也想啊，可爸爸得管船，就像你得管你的洋娃娃一样。你去看看，她醒了吗?”

趁女儿心在洋娃娃身上，宋以文果断告别出门。今天，他要去执行一个任务——巡弋杭州湾到舟山的海域，保护太康舰。初接任务时，他还真吓了一跳。老蒋下野后，太康舰就是他的座驾，一直随伺在宁波附近海域，这个，虽没有通报全军，但也不是死守的秘密，但凡消息稍微灵通点的，都晓得。

李副舰长也颇为惊奇，笑道：“宋舰长，如此光荣任务，足见总裁对您信任之至。”

“总裁哪里会记得我？怕是上峰见我携家带口来舟山，断无二心可论吧。”

两个人一推论，也许这是真的，那么，情报部门的工作做得如此细致，细想想，也让人头皮发麻。饶是这样，谁谁跑了，谁谁带舰投诚了，这样的传言，也还是时不时地来。李副舰长说：“据说共军方面的情报，也做得很细，他们很想争取更多的舰只过去。这样说吧，想留在这边和家人团聚的，首先会是他们争取的目标。上峰看您带着家眷，可以放心些，可是，舰长，您还有父母和奶奶在瑞安呢，您一样也割舍他们不下的，是吧？”

宋以文点头不语。

他们的任务是护卫太康舰，太康舰的任务是护卫江静轮。江静轮是平日航行在上海和宁波之间的客运轮船，舱位的宽敞舒适，自然是好过军舰。看样子，老头子是打算在海上盘桓几日？五月的天气适合这样的海上漫游，旭日好风，波纹细细，远山重重，烟雨蒙蒙时，海看起来就像个湖。

宋以文的舰只是跟着，不知道下一个目的地在哪里，为了保持舰船位置的秘密，船上的无线电都保持静默状态，只以信号灯和信号旗联系。路线随时改变着，宋以文在驾驶舱里也绷得紧紧的，拿着打火机嗒嗒打火，舵手顺手给他一支烟，他还是摇摇头推了。

太康舰在一个又一个岛上靠岸，他们的舰就在岛附近巡弋。

宋以文在望远镜里看到一行人上了太康舰放下来的小汽艇，看着他们上了简陋的码头，海天浩渺，人真就如鸥鸟一般。有那么个瞬间，他忘记了战争，心情陡然一松，觉得自己不过是在陪侍老一辈人进山礼佛。

大榭岛、金塘岛、岱山、长涂岛、普陀山、登步岛、六横岛，他们足足在海上漂了一周，补给眼看见窘，才回到定海港，却还是全舰待命，人不准走脱一个，连补给，也是太康舰一并给送来。

李副舰长却心神不宁，执意要上岸一趟，宋以文说："一认真，这样就是抗命，有什么紧要事非如此冒险？"李副舰长看左右无人，悄声说道："有些事情，我原不想让舰长您过问细节。上趟和人说好的带运海盐之事，交货正好就在明日，若明日那人真的送货到码头来……"

宋以文沉默半晌，方才说："待过了午夜，再走，人若问起，你就说给我家里送点吃的——随身带包肉走吧。"

李副舰长笑道："何必拉扯上您？放心，您只管睡觉，等您明早起来，我定在船上。"

宋以文一夜不曾睡稳，支着耳朵听舰边可有放下小艇的声响，直至他蒙眬睡去，也没听出一声异动。次晨他在早点名前起来，囫囵梳洗罢出舱，李副舰长已在甲板整队，两人对望一眼，眼中都是红血丝。

等到9点多，宋以文远远看到一行人上了江静轮，这才放下心来。太康舰发来旗语，说今日无须跟从，让他们原地待命。宋以文的心，又悬了起来。李副舰长趁机回舱大睡，宋以文看他能如此坦然，也就又把悬着的心放平了，本想上岸回家看看，但毕竟还是待命状态，不好擅离职守，也就在舰上巡查，一个个岗位看过去，他真的看不出，昨夜里，到底都是谁帮着李副舰长离开了军舰？他不禁后背发凉。

第三章　愿作鸳鸯不羡仙

一想到自己明年可以毕业了，李丽云就很兴奋。去年毕业的学长，一个不落，全都派到了工作，今年毕业的学长，也大半都有了去向，明年，就能轮到自己了！能自立了，多好啊。

郑景润还是每天来等她下学，早早就等在银行大门口，手里总有一包吃的。街上最热闹的就是卖吃的摊头，他每天可以换花样，生煎包子、热馒头、发糕、大饼、油条，弄得李丽云在学校吃稀粥的时候，就想着这些吃的。学校的晚饭，总是稀粥，菜也多是中午剩下的——这也没什么，普通人家就是这么过日子的。

当街大嚼总不像话，自然是要另找个地方。通常，他们会绕个弯，走到芙蓉洲，那里有座小亭子，可以正儿八经地坐下来，面对的又是满池荷叶，在这里吃东西，似乎也近风雅。两个人总是先默默吃完了，再坐会儿，说会儿话，肚子里饱饱的，慢悠悠走回去。若是下雨刮风，郑景润就要她到他的办公室坐坐，反正同事们都下班走了，这也是他们自己的空间，但也有同事偶尔又回来取什么忘记的东西的，被撞见过一两回，李丽云有点窘，郑景润倒是蛮开心的。有一回，郑景润跟她说："曹会计今天说我女朋友真漂亮。"李丽云听了一愣，问："曹会计哪个？"再一回味，就满脸飘红，心头紧了一下，说不清是喜还是恼。

"就是那天你在我办公室里见过的那个，穿竹青长衫，戴玳瑁眼镜的。"

李丽云就哦了一声，低下头去，更窘了。

郑景润有一回说起定海城的女学生还是很传统的，上海的女学生，比这里要摩登好多，也洋派。李丽云笑道："郑先生和上海的女学生交过朋友吧？"郑景润笑眯了眼睛，说："没有。我只是旁边看看。"郑景润笑起来很好看，即便眼角已经有浅浅笑纹。李丽云本想问问他如今几岁了，但到底还是没有问，推算他大学已然毕业，在银行又工作几年，想来，也不小了。

李丽云想着她也该还些礼才好，帮郑景润洗外衣吧？那是李妈的活儿，郑景润给她小费的，李妈乐得打两份工，她不能插手这事，况且，看上去也不好看。内衣，郑景润自己洗的，井里打了水，自己用盆洗，李丽云也在一边洗自己的衣服，水都让他打。他这内衣，她也还是洗不得。李丽云攒了一些素色布头，照着摩登杂志上零钱包的样子，做了一个。郑景润用的是皮夹，有次看他付钱的时候，银圆角子老是会掉出来，现在金圆券撑足整个皮夹也没多大用，李丽云瞥见他的皮夹里放的是美钞——也不知道他随身带美钞有啥用。

钱包做成了，藏青色的哔叽布，带着点浅灰细条，耐脏，可看来看去，又觉得太素，索性在不大会脏的袋中央绣了朵梅花，玫红线，也还压得住。

那一天，他们坐在芙蓉洲边的亭子里，吃完了乌馒头，这是本地近端午才有的吃食，软和弹润又不粘牙，郑景润直呼好吃，明天还要买，又央着李丽云再说些本地的吃食，哪一家最好，他好去按图索骥。李丽云一边想一边说，一边就从书包里翻出这零钱包，递给了他。郑景润翻来覆去看了好几遍，摩挲着那梅花说："好手工啊！你自己做的？送给我的吗？"李丽云点着头，把他的手从梅花上挪开去："你要这么摸，两天就脏了。"郑景润一翻手心，把李丽云的手握住了，拿自己的小手指尖在她的指尖上打圈，说："真是巧手。"李丽云说："我妈才真的是巧手，她的女红，比我好上百倍。"

"伯母在哪里呢？下次带我去见。"

李丽云落下泪来，好半天才说："大前年没的。我就跟孤儿一样，要不，怎么会住在潘家呢？"

郑景润默默握着她的手，感觉到她的手心慢慢沁出汗来，凉凉的。天色慢慢暗了下来，远远的街市叫卖声，慢慢高了起来。天下起小雨来，落在河面上，轻雾一般。好一会儿，郑景润说："我的母亲，在我小时就没了。我晓得没有母亲的滋味。没人好说深心话，也没人听你好好说。只有靠自己了。"

李丽云喃喃重复："只有靠自己了。"

郑景润掏出手帕，先替她擦了泪，再擦她手心里的汗，笑道："真是水做的女人。"

雨开始大起来，两个人都没有带伞，也没有外套可以脱下来当雨披，郑景润把公文包往李丽云怀里一塞，说："我出去叫辆车来，你就在这里，不要走开。"

李丽云看他冲进雨里，跑得快，鞋底都溅起水花。很快，黄包车就来了，李丽云上了车，把手帕还到他手里，说："快擦擦啊。"郑景润说："还好啊，不湿的。"郑景润的白衬衣早就湿了，连肩头的一粒小痣都看得清楚，这样子，再擦也是没用了。郑景润小心地把自己的湿身体和李丽云保持了距离，一边还担心："等会儿下了车，我先跑进去拿伞，再出来接你。"李丽云笑了，说："不管了，等会儿我弯起腰来遮住雨，书包不湿就好了。"

"那可不行！否则，我不白湿了吗？"

下了车，叫开了门，应门的潘家旺自己撑了一把伞，手里又拿了一把伞，倒是想得周到。他们俩合撑着一把伞，不过就是从前门到回廊的一段距离，郑景润还是把自己身体绷得紧紧的缩起来，免得碰到李丽云，伞呢，自然是大半向着李丽云倾斜。到了回廊口，把伞还给随在身后的潘家旺。郑景润从上到下打量了一下李丽云，很满意地说："没湿！"潘家旺笑了，说道："郑先生湿成这样子了，还说没湿！我这就去告诉李妈说您来了，要洗澡水，再烧碗姜茶。"

到了自己房间，李丽云看看自己浑身上下，除了布鞋有点沾水，身上衣衫，真的一点也没湿。

李妈赶着提了两壶热水给郑景润，李丽云在窗下坐好，开了台灯，准备温书做作业。

宋老师今天留的作业挺多的，背的写的，满满当当。潘绮珍一下课就去店里帮忙，不知道什么时候回来，看来又要熬夜做作业了。师范的老师们教书认真，学生也听话，两耳不闻窗外事，一心只读圣贤书，说的就是他们这种状态。偶尔学生们也有对大陆上学运的议论，但好像是隔海过洋的事情，与他们到底遥远。有一回，宋老师对着他们摇头，说"不辨方向，埋头读书，怕是出路难寻"。同学们也就听听而已。宋老师口中的"出路"和他们这些学生心目中的出路是不一样的，像李丽云，她的出路，就是明年这时候可以毕业，可以派得一份教职，从此可以独立。在定海城，宋老师家算是大户人家，潘绮珍家的高等货色就是靠他们这些大户人家的小姐太太们来支撑的，即便去年的金圆券贬值让他们的财富缩水不少，但对付衣食，还是没有问题。她的出路，想必是在更宽广的场域里说的吧？李丽云自己向往的独立，无外乎就是可以吃自己的穿自己的，跟这城里的普通人家一样。从前，她家据说也阔过，她不曾见，但见过几个阔亲戚，比如已经逃到不知哪里去了的汉奸姨父，他们家，大概也是和宋老师家差不多，他们的出路，就不仅仅是有口饭吃有件衣穿那么简单。

李丽云看看自己握笔的手，看看对门，李妈又提了两壶水进去，提了他的白衬衣出来，一边帮他拉上了门。

雨已经停了，院子里香樟树的香味越发浓郁。李丽云收敛了一下心情，也掩上了门，就着窗前的天光，继续用功。等她把作业做得差不多的时候，潘绮珍才来，几乎是小跑进来的，进门就一甩书包，瘫坐在椅子上，连呼累死。李丽云赶紧给她倒了杯水，走到她身后给她捏肩膀，一边问："做什么累成这模样？"

"盘库房，看看还有多少存货。现在进货越来越不易了，杭州失了，这一路来又不知多少失了，宁波眼看也保不住，上海能保住吗？要是保不住，我们的货，到哪里去拿？难道我们都跑单帮去啊？这样想下去，我们这布店，还是改行的好。这不，我们想把状元桥那里的店改成饭店了。"

李丽云笑道："等饭店开业了，我也好一道去帮忙端菜。"

潘绮珍直点头："哇，那你肯定是我家招牌菜！"

两个人都笑了起来。郑景润站在他自己门口说："啥事情这么好笑？说来一起听听。"潘绮珍说道："我们只是在胡乱说笑。你那里又看报纸又听广播的，有什么新闻好说来听听？"

郑景润道："现在的新闻，想想真是有趣的，你到底听哪个是真的呢？若是听中央社的广播，那时局真没什么好担心的，若听外国人的，延安那边的，这世界已经乱得不成样子了，我都不敢去相信，你们也还是不要知道的好。"

潘绮珍说："是啊，我们小老百姓，不管谁坐天下，一样都是小老百姓，一样过我们的日子。不去管他了。船到桥头，自会直的。”

李丽云在那边沉吟着，总觉得他们说得不对，可又不知道拿什么来辩驳。心里想说，你们到底不是小老百姓呢，小老百姓不是过你们这样的日子，你们真的该像宋老师说的那样辨个方向的。可这样的话，她也说不出口。索性就搬出布料来，做潘绮珍娘托她做的盘扣，再一想，他们布店要是不开了的话，这盘扣，似乎也就不需要了。

说到时局，到最后总让人怅惘，潘绮珍叹了口气说：“我们还可以去问问后面住着的宋太太，她那里的消息，总好算军方消息吧。”

这提议，并没有人响应。这个军官太太每天在家忙碌，样样事情都亲力亲为，连李妈都夸她着实能干，那，局势的事情，她大概不会太关心吧？她只要听她丈夫的就好了。

郑景润点上一支雪茄，烟的香味盖过了香樟的味道，在黄昏闻来，别样香甜，让人精神安定好多。

李妈提来了洗澡水，拿来潘绮珍的换洗衣服，李丽云让潘绮珍进浴缸先多泡会儿消消乏，自己用剩下的热水兑了些冷水，随便擦洗了一下了事。心头是什么滋味，居然自己也辨别不出。

第二天，郑景润照旧在银行门口等她，吊儿郎当地斜靠着门框，一看见她，整个人才笔挺起来，手里提着的，是一包油汪汪的生煎，说是特意去西大街那家买的。李丽云笑着说：“这生煎是蘸着醋才好吃，不如拿回家吃吧？在外头，吃得一手油汪汪的怎么办。”

两个人一前一后走着，郑景润突然说：“我真想另找一处房子。可现在这城里，真是不好找房子，再往下，更不好找，只怕人要越来越多。”李丽云问：“为啥要另找一处房子？”郑景润停了停说：“想给你住。”李丽云吃了一惊，说：“这是做什么？”心里头委屈得绞痛起来，眼泪也扑簌簌下来了，脚步就停了下来。

郑景润一看，晓得自己说话造次了，连忙解释说：“我是看你在那里住着，长久了，怕你委屈。”李丽云擦了眼泪，强笑道：“我知道自己不是千金小姐，不会要人把我当千金小姐伺候，可是，虽然我不是千金小姐……”郑景润堵住她的话，恨声说：“我就是把你当千金小姐！所以，你不委屈，我委屈！”话说到最后，声音倒有些哽咽了。

李丽云差点又被他引哭，想想站在大街上这样说话，总不是个道理，就低了头快快走在前面，转头又看，他一个大男人，手里拿包生煎，很不是样子，就又把生煎接了过来。心里头热一阵冷一阵，不晓得该生气好还是该欢喜好。叩开了门，她把生煎包子交到老潘手里，说：“麻烦装个盘，再加碟醋，端到郑先生房里。”

郑景润在后头加了一句：“备两双筷子。”

老潘笑道：“我们的厨子老张做生煎也有一套，就是现在太太怕费油，不让多做，下回做了，一定给郑先生留一些。”

这是李丽云头一次到郑景润的房间。偌大的一张雕花七弯梁床，白纱蚊帐，红线缠满的帐钩，晃眼得很。大衣柜又高又宽，衣柜旁的箱子一只一只垒高，快同衣柜一般高。后间是浴室，地面墙壁都铺了瓷砖，不过，李丽云听潘绮珍说过这一间是没有浴缸的，说起来，住起来最舒服的，还是她住的那一间。

书桌上除了一台无线电，再没有别的东西，书也没有一本，李丽云倒是狐疑了一下，这么些个晚上，他一个人就这样守着这无线电发呆？

过了好一会儿，老潘端着托盘过来，说是厨子老张给生煎回了一下锅，生煎是要趁热才好吃。

郑景润给了他一个银圆，说："在您这里存着吧，以后总还有麻烦您酱油米醋这样的事情。"老潘笑道："酱油米醋这值几个钱？一个银圆够上饭店开一桌了！以后郑先生李小姐要什么吃的，和我说一声，我出去买就是。"推托了一下，也还是收下了。临走前，还帮他们带上了门。郑景润走过去，又把门打开了。

李丽云咬开了一个生煎，皮韧汁多，肉也有弹性，未咽之前，已然口舌生津。有几年没有上街去买生煎吃了？算起来，遥远得很了。家里日子好过时，这生煎包子，也就是平常一餐，没啥稀奇的。日子过得紧后，娘连煮粥都要计算一下米粒，这种吃食，便成奢想了。上学的学费，亏得借着了，师范学校又是个管饭的地方。再一个多月，学校就要放假了，她在哪里吃饭，是个问题。早两年，她的暑假都是帮人带孩子，好听点说是家庭教师，其实跟个保姆也没多大区别，除了有口饭吃，也攒点钱置办个衣物鞋袜。今年的暑假，她又得找个人家了。熬过这个暑假，明年，她就可以自立了。她把这话，又跟自己说了一遍。

郑景润也不尽让着她，倒像是跟她抢着吃，两个人吃得一嘴油。胃里满满的，心上就特别安定。李丽云看着郑景润，也觉得特别安定。

郑景润起来沏了一壶茶，收拾了桌面，把托盘放到一边的花几上，说："就在这里做作业吧？"

李丽云站了起来，说："还是回去做吧。"

李丽云回了自己房间，这回，她没有关上门，郑景润的门也开着，李丽云看他拉开书桌抽屉，拿出笔墨纸砚来临帖，不禁笑了，原来还有这消遣。隔一会儿，他们就抬起头对望笑笑，再埋头写字儿，望不厌似的。待李丽云停下笔，收拾书本进书包时，郑景润跑过来，手撑着门框，正儿八经地说道："几时带我去看你父亲吧？我想提亲。"

"明年春末，我才能毕业呢。"李丽云笑着摇头，"不毕业，我是不会结婚的。"

"这一年，正好让我找一处房子，找一个好厨子，一个好娘姨，收拾得好好的，等你一毕业就结婚。"

"婚后我也要工作的。"

"好啊，两个人一起养家，我乐得轻松。我同意！那，什么时候去找你父亲？对了，我们也可以接他老人家一起来住。"

李丽云冷冷笑了一声，说道："我可不想接他来！既然我住在这个家里，你就还是先和潘绮珍说这个事吧，听听她的意见。你就……当还没和我说起过吧。"

“潘绮珍啊，我怕是要被她敲竹杠的。不过，两个人结婚的事情，怎么要去问别人呢？”

“我是说，你得先去问问潘绮珍怎么说，我这里，还没有最后想好呢。”李丽云说得认真，倒唬了郑景润一跳，他连忙追问：“刚才你答应得好好的都不算？”

“我没答应啊，你再细想想看，刚才，我真没答应啊。”李丽云也有些急了。

郑景润汗都出来了，想了想说：“那倒是真的。”

两个人还是你看看我，我看看你，笑了起来，好像刚才说的是别人的事情一样。

李丽云真的不知道潘绮珍会怎样反应。按这个小城的逻辑，一男一女，在街上一起晃悠，那得是未婚夫妻才可以，他们俩再这样晃悠下去，如果没个名分的话，他们俩的名声就要不好了——不，应该说，是李丽云的名声，对男人，不独这个城，在哪里都是宽容的；况且，李丽云又生得那么美，她得对她的美负起责任来。

潘绮珍今日来得早，一见李丽云就说：“饭店在开工装潢了，再两个月，估计就能成了。我在想，我以后一下课就去管厨房管厅堂吗？这和布店里面转悠转悠，真是两样的。我的人生，真的要起变化了，真的。”

郑景润一见潘绮珍回来，他就过来在她们门口转悠。李丽云抓起一件夹旗袍，到井台上去洗，潘绮珍在后头说：“谁晓得明天晴不晴呢，你赶着洗这厚衣服做什么？”李丽云径直到了井台，自己打水上来，泡下衣服的时候，才知道自己没带肥皂出来，她就索性走到木槿树篱笆那里，扯了两把木槿叶，放到水里搓。她都不敢回头去看他们俩。直到潘绮珍拖长声音叫她，她应着，让衣服泡在水里，疾走回屋。她想着，或许潘绮珍一口回绝了呢。

潘绮珍笑吟吟地说：“你们真的把我吓住了！什么时候的事？在我眼皮底下，我怎么一点都没看出来？”

李丽云也笑了，不知道说什么好，也就笑笑，看看郑景润也是笑吟吟的，想必谈得还是很愉快的。

潘绮珍揽了李丽云的肩，说道：“我的意思，还是得把你爸爸他老人家找出来讲讲的。我这边，是一点问题也没有。你们俩你情我愿的，我乐得当个现成媒人。”

李丽云拿毛巾擦着手，一边说：“你愿意做媒人，就好了。反正郑先生父母也不在跟前，我也见不着；我的父亲，也就不用见了。”

郑景润叹道：“现在都什么朝代了啊？大城市里都主张自由恋爱、自由结婚的，行西式礼。我们也得学学。”

潘绮珍拍手笑，对着郑景润说：“那就对了！这样吧，你赶紧去买个求婚戒指，对李丽云行个单膝下跪礼，我来做见证。这样，中式西式都齐全了吧？”

此时正是月上柳梢时分，前院子已经有了人声，郑景润从裤袋里取出个小盒子，说道：“戒指，是现成的，我刚过来的时候，就准备着。不知道现在伯父伯母可方便，我们过去行个礼，也算是见过长辈了，到底心里安些。或者，还是我先早过去一步，说个缘由，等伯父伯母首肯了，我再过来叫你们。”

潘绮珍眼看着就松了口气，说：“你赶紧去。看你，再等一天都等不及似的。”

郑景润说：“是的，我怕丽云变卦。”

李丽云但笑不语。待他走远后，李丽云叹了一口气，幽幽说道：“你看郑景润如何？”

潘绮珍沉吟着说：“从目前看，是个还不错的选择。而且，我看他也是真的稀罕你。我父亲跟他父亲，也算有故交，现在这情形，和他家里又没法通信，有我父亲见证，这事情，也算正式的了。”停了一会儿，她又说：“在你这方面，也好算有个依靠了。时局如此，有个依靠，很要紧的，他比我们年长一截，总还比较可靠的。”

李丽云说：“你说得有理。”心里一阵酸楚。

没多久，潘家旺就过来请她们过去，一边就给李丽云行了个礼，说：“小的给李小姐道喜了。”潘绮珍半路止住他说：“别麻烦，待会儿给他俩一起道喜就好了。”

到了前厅，郑景润先就迎上来，拉着李丽云给潘培基磕了个头，潘培基说：“赶紧起来，这个礼，我是代郑兄领的。”潘夫人从里屋捧着一摞衣料出来，说是潘家给李丽云的见面礼，又拿出一只玉镯，说：“这个镯，是郑老先生有一年从台湾回来送我的，我一只，郑夫人也一只，合成一对儿。那时候我们都年轻啊。郑夫人的那个，听说是故去时带去了。我的这个，我一直留着，这菊花玉镯的行情是越来越看涨，也算是个珍贵好物，今天就送给李小姐做订婚表记。这镯子，从郑家来，回郑家去，是个好轮回。”

郑景润不禁有些伤感，潘培基忙拿话支开：“郑兄眼光长远，那时候就晓得辗转到台湾做生意，我家二弟，也是有眼光的，这会儿全家都在台北了。景润，现在你哥哥在基隆的公司开得怎样？”

“上月有信来，说是生意不错。他也算是老台湾了。”

潘夫人给李丽云手上抹了层雪花霜，戴上了菊花镯。镯子不大不小，正合李丽云的手腕。潘夫人笑道：“你看，我戴这镯子，总是觉得偏小，戴上脱下，都吃力得很，却原来郑老先生是为将来的儿媳妇准备的，李小姐戴着，正合适！”

电灯光下，菊花玉镯闪出红润的光泽，把李丽云的手臂更衬得肌肤胜雪。

潘夫人拉着李丽云的手一再端详，她回头跟潘培基说：“老爷，您细看看，李小姐和景润娘可有几分相像？”潘培基直点头，说：“果然像，身形像。”

潘夫人又道：“眉眼也像的。”

李丽云在那里垂着头，一句话也说不出来。倒是潘培基说了：“快放孩子们回去吧。对了，景润，明天我们办几桌酒热闹一下，说起来，你父亲在这里还是有一些故旧的。”

郑景润看了看窘极了的李丽云，说："还是等几日，伯父的饭店开起来了，我们在那里开一桌，一家人热闹一下，别的叔伯，也就不去惊动了，以后再说。"

李丽云和郑景润谢过潘培基夫妇，捧着那摞布料往后院走，潘绮珍也跟在身后，边走边笑："哇，刚才像做梦，我狠狠咬了自己几口，都咬出血痕来了，原来是真的！"

李丽云这才开了口，说："没那么夸张吧？"

实在是自己嘴硬，刚才在那里，被潘太太拉着说像景润娘，也觉不可思议。此刻，这菊花手镯真的沉甸甸地套在手上，她却寻思着这样贵重的东西，是不是该褪下来还给郑景润。

郑景润立在厅堂中间，想跟着李丽云进她的房间，但终究觉得不妥，又想把李丽云叫到自己房间，但还是觉得不妥，一副犹豫相。倒是潘绮珍笑着说："刚才谁在这里说的？要单膝下跪求婚的。"李丽云身子一闪，进了自己房间，又探出头来对郑景润说："傻啊，你还不快点逃回房去？"郑景润赶紧也闪进自己房间。潘绮珍笑道："好啊，订婚了就是不一样，成一伙的了。跑得了今天，跑得过明天吗？除非你不来见你的丽云！"

李丽云把这摞丝绸布料放到桌上，本想问潘绮珍喜欢哪一块，让她挑；再一想，这本来就是她家的东西啊，就不响了。

潘绮珍一直笑吟吟地看着她，说道："李丽云啊李丽云，我看你已经没法逃了，这个菊花玉镯，已经把你和郑家连在一起了。"李丽云进了浴室，往手上打了些肥皂，褪下了这镯子，却不知道往哪里放，湿手握着，想想又还是套上了。

这一夜，潘绮珍不停地问，到底两个人是怎么黏糊上的，李丽云羞于说郑景润买了东西等在那里给她吃，也说不出到芙蓉洲凉亭小坐，就说路上碰到几回，一路走来，聊了些话，还说得拢。“你们都聊了些什么?”李丽云想了半天，真的是想不出有聊过什么特别的。李丽云整理着自己的心绪，想着明日见了，要细细问他一些问题，哪能这样稀里糊涂就答应人家求婚的？手镯已经有了她的体温，熨贴地套在她的腕上。

这一夜，想必郑景润也睡得不安稳，收音机一直开着，不知道是长夜难眠呢，还是睡着了忘了关了，李丽云真想走过去把它关上。潘绮珍这夜就睡在她这边了，李丽云想，可能，往后，潘绮珍都要和她一起睡了吧？更确切说，她得请求潘绮珍和她一起睡了吧？从订婚到结婚，在正经人家，应该是有一段不短的充满各种阻隔的日子。这一夜之后，她的人生，似乎是起了变化了，比如说，这个暑假怎么过，她就很可以和郑景润商量了。

第四章　尽是经商买卖人

宋以文的船在向上海驶去，驶向战争。匆忙受命间，他让柳安速速下舰回家。留个勤务兵给家里，虽不合规，但大家都这么做，就像军舰搭客人，军舰运私货，这几年大家都觉得寻常，因为，大家都这么做，法不责众了。

风平浪静，他们以二十节的速度行进，要赶在明晨之前增援吴淞口。可是，半道上，又接电报，说是改到外滩。李副舰长沉吟着说：“舰长，看来，总裁真把你当嫡系看，不舍得让你去吴淞口。”

宋以文摇头道：“恐怕是他老人家看着我的名字觉得眼熟。”

李副舰长看了一下左右，轻声道：“今时不比往日，当年和日本人打，吴淞口多少慷慨激昂！如今，大家都没劲，还没打，就想着怎么撤。各位大佬都想保存自己的实力，各打各的算盘，各有各的退路，这仗真没法打。”

宋以文摸出打火机，啪嗒啪嗒一路响着，当没听见这话，径直往驾驶舱走去。半路上补给官老韩又拦住他，说走得匆忙，蔬菜没有补足，淡水也只够撑上一周，为节省计，伙食上多开点美国肉罐头可好？宋以文说："这个你定。到了外滩，想办法补给淡水和蔬菜，就是不知道物价涨到什么程度了，你手上的经费，不知够不够。"老韩一听是靠泊外滩，就松了一口气，说道："舰长放心，我上岸会去找汤司令那里的人，总有办法的。"

海上明月，有海水反射，月光比陆地上更明亮，舰上关了灯火，速度也减了下来，一船的人，大概都希望它慢些吧，宋以文想到这一点，就生惭愧心，作为军人，怎可如此？近黎明时分，海上也无雾气，宋以文命令船只全速前进，在预定的6点前到达外滩。待到了之后，看看眼前景象，他倒又觉得实在是晚一点也没有关系。码头上闹哄哄的，一队一队，都是等候撤退的军人，带着铺盖卷儿和箱笼的部队，肯定不是上前线的。派自己这个驱逐舰来当运输船吗？

靠岸后，也没有人来招呼他们，有几队兵自发想要来登舰，宋以文看这情势，又把船让开了，等待许久，也不见人来招呼，好像那道让他们来外滩的命令从不曾有过，联系港口司令部，也不见回音。宋以文到底等不住，放下小船，带上补给官老韩和陈副官，先上岸看看。外滩上，隔十来米就有个士兵，七八个沙袋围着叠成一个圆桶，一挺机枪架在上面，士兵倚靠着沙袋，百无聊赖地看着眼前走动的人群，头上钢盔的带子松松地垂在下颌，眼神呆滞。

他们想叫辆黄包车赶去港口司令部，偏偏这一片又被军事管制了，根本就没车。补给官跑到前面看了看，说电车还在正常运行，他说道：“老头子说是要把上海守上六个月的，很多人说守上一年都没问题。想当初日本人打上海都打了三个月呢。码头上的那拨部队，这个撤退的样子，是演给谁看啊？”陈副官说：“我看这不像在演戏，八成，是真的，汤司令在撤部队了。”宋以文在一边默默无语。到了港口司令部，接待他们的一个参谋翻了半天文书，才说他们确实该去吴淞口的啊，怎么到外滩了。宋以文说是半道上接了总裁命令，那参谋也就哦了一声，说：“那你们快快回去，就在外滩等候命令吧。这会儿打仗的都往吴淞口去，那不归我们管，计划撤退的都在码头现场指挥呢，我们这里也不清楚。”陈副官问道：“怎么一边打，一边撤？”那参谋愣了愣，说：“这个，我也不晓得。”

他们自然只有回去。港口司令部没有车送他们，好在黄包车倒是不缺，一出门就招呼到两辆，老韩自去找他的补给门路，宋以文和陈副官直奔码头。一路上只见塌车塞道，车上箱笼堆得高高的，离他们最近的一辆塌车上，一个女佣模样的坐在塌车角落押车，双手紧紧攥着车杆，生怕掉下来，看看面孔几乎是要哭出来。宋以文别过脸去不看她。黄包车夫一路都在没话找话，看到这情形，在那里笑道：“我们是走不脱的，怎么走？黄包车又过不了海，上不了天。生死由命，炮弹打过来，家里待着街里跑着，还不都一样？”宋以文看看自己这身军装，心头惭愧得要命，和陈副官相对一望，默默无语。到了船上，却见已经装了些士兵，衣衫都是齐整的，不像是败退之兵；还有些大员模样的，站在舱口，也像在迎候他。李副舰长一见他就迎了上来说了命令，却是要他们护航，把部队和一些机关带到舟山去。

宋以文的船长舱已经被占了去，不独他的，但凡几间还像样的房间，都被大员和他们的家眷占了去了。宋以文倒也不以为意，这会儿启航的话，傍晚就能赶到舟山，他和李副舰长也就长驻驾驶舱，陈副官尽其所能让驾驶舱也有坐卧处，李副舰长悄声说："说是江苏省的要员，也不知道真不真，汤司令派人持片子上来的，一上船就嚷着见你，我说你去港口司令部报告了，那人还嘀咕说要找就找警备司令部嘛，去那里干吗。这年头，都不晓得听谁的。"

日落时分，就到了定海码头。才出去一天，码头上就多了三四只军舰：驱逐舰一艘、扫雷舰一艘，并两艘运输大船。宋以文看他们卸货，箱笼一只只搬下去，都甚沉重，贴的封条，却像是少用了糨糊，海风一吹，呼啦啦飞。大员们携家眷也鱼贯而下，有几个重礼节的，还特为过来辞行，递了名片过来，宋以文也连忙回递。名片上果然是江苏省政府的，上头的电话号码并地址，怕是再也没用了。

最后卸下的，是捆绑好的布匹，多是呢绒和毛料，连皮子也有，想想现在这个季节，要这些料子作甚？怕是对时局无望，秋冬的货色，现在也要囤起来了。李副舰长来张罗卸的这批货，码头上有军车接着，宋以文抱臂看着，李副舰长跑过来笑道："是汤司令那里的陆部长让带的货，真没办法。"宋以文听着，也就笑笑。这样的带货，对海军各舰只来说，怕已经是正常到不能再正常，别的舰，可能是船长带头做，船长得大头，他宋以文这里，是眼睁眼闭，年节时候，李副舰长和补给官都有一份厚礼给他。这会儿，他杵在这里，大家倒都有些尴尬，宋以文就说：“我先回家去了，有事派人来叫我。”

秦怡莲正和柳安给丝瓜和带豆搭架子，看看没几天工夫，秧蔓已经嫩生生地绕圈了。柳安先看到了宋以文，忙并腿敬礼，秦怡莲被吓了一跳，回头一望，含嗔立起，对着屋内曼声道：“山山，爸爸回来了！”女儿飞奔出来，抱住宋以文的腿一阵厮磨。宋以文赶紧把她扯上来抱在怀里，拍拍她的脸，说：“爸爸才走了一天嘛……”女儿扭着身子噘着嘴说：“爸爸以后要乖，离开宝宝和妈妈，一定要说再见的。”宋以文看着秦怡莲笑道：“我不是让柳安来告别了吗？”秦怡莲横了他一眼，把女儿抱了过来。柳安已备好了热水让宋以文沐浴，秦怡莲带着女儿到西厢房重新生火烧饭，正喜今日有潘绮珍送过来的鱼鲞烤肉，极入味，这时就再热出来，又炒了一盆新摘的鸡毛菜，煮滚了一碗泡饭，待宋以文换了家常衣服出来，秦怡莲已在院中支了张小桌子，饭菜俱备。柳安问：“可要来点酒？”宋以文摇着头端起饭碗，泡饭热乎乎的，又不烫嘴，正好。宋以文边吃边看园中菜地，绿意盈盈。井台边的青苔已被洗白，蔷薇修剪过了，错落有致。秦怡莲的一双手就是这么神奇，经她一收拾，客居地立马就有了家居气息。在重庆那几年，也全靠她打理。胜利后，也亏她眼明手快，一回来就用在重庆积蓄的法币在西湖边买了套别墅，因是汉奸的房产，价钱低得让人咋舌。转年，法币贬值，地产升值，她又把它卖了，到手的可就是金条。他们一直住在部队配的眷属楼，不曾张扬，不像他的一些同僚，大公馆小公馆地散漫使钱。也亏有这么一份家产打底，否则，如今时世，物价飞涨，钱贬值得跟一张纸似的，简直无可依凭，宋以文也难保自己不跟着掺和到李副舰长和补给官的生意里。

看来，秦怡莲又想在舟山经营出一个家来。

秦怡莲换了身软缎旗袍，一整套的翡翠首饰也戴齐整了，出来坐到宋以文身边，笑吟吟说道："过会儿我去一下潘夫人那里，商量拼股的事，他们要把一个布庄改成上海"百乐门"那样的酒家。"宋以文向来是做甩手掌柜，任由秦怡莲自己折腾，这一回，他却说道："上海的情形，顶顶乐观，就像大家在传说的，能守上一年半载。这舟山，也可想而知，我们还是保持随时可以开拔的状态吧。除了这园子，别的，你就不要多想了吧？"

秦怡莲一边旋着手指上那只阳绿蛋面戒指，一边笑道："在重庆时，你也天天讲随时要离开的，可一住就六七年。可见还是要有两手准备的好。"话是这样说，但还是转身进屋，又换了家常衣服，收拾碗筷进厨房去了。宋以文在院子里坐了半天，摸摸裤袋，打火机却是忘在军裤里了，柳安一看他这手势，赶紧进屋提了他的军裤来。打火机在手里，也就是攥着，在妻子女儿面前，噼啪噼啪无来由地点火，总不大像样。女儿猫一般趴在他膝头，小身体的暖意，缓缓沁入，让他松弛下来，摩挲着女儿绸缎般的头发，他什么也不想了。猛然间，他觉得自己被谁猛盯了一眼，又寻不出这视线来源，待要起身，女儿指着墙角那丛蔷薇花说："爸爸，那只黑猫在看你，它真的很黑，就眼珠子是绿的，别的，哪里都黑。"宋以文低头看去，果然有一只强壮的黑猫，在那里气势汹汹地对接他的视线，一丝不让，还是宋以文先败下阵来，直起身子笑道："这后屋平常无人住，这猫怕是在这里做了窝了，我们这是占了它的地儿。"

女儿却有她自己的道理："爸爸，人住人屋，猫住猫窝，各住各的，它要住，就来住好了，干吗老这样来吓人？"

"它想把我们吓走呢。"

"那哪能呢？"女儿拾起块瓦片，对着那猫就扔过去。猫果然后退，隐到蔷薇丛中。宋以文又惊又喜，抱紧女儿说："我们山山果然勇敢，不过，猫猫也可怜，你就让它摆摆凶相好了。"

"妈妈怕它。"女儿附到他耳边轻声说，"我不怕。我会保护妈妈的。"

宋以文转头再去看那猫，早已不见踪影。他抱女儿在膝上坐稳了，看着她眼睛说："爸爸会保护你们的！"

女儿扭动了一下身子，像要说什么，可她的注意力已经被从大门那里进来的人吸引过去了，她一跃而起，对着一个婆子叫道："我爸爸回来了！"那婆子站住了，向宋以文远远地鞠了个躬。宋以文看她身着白色短衫黑吊脚裤，头发梳得纹丝不乱，晓得是个有身份的下人，便也站起来还礼。那婆子往屋内探头看看，欲言又止。宋以文笑道："您老且等我一会儿，我换身衣裳就跟您过去。"

秦怡莲伺候宋以文换上干净军装，一边说道："你就听听吧，泼冷水不要太过。"宋以文点头，说："他们看到我，会比看到你更加开心，你相信吗？"秦怡莲转念一想，也笑了，说："怪道潘夫人来拉我入股。"

果然，屋里一桌子的人看到宋以文，都愣了愣，潘培基先反应过来，一脸惊喜，离席来迎，笑道："潘某有幸，得宋舰长来共议'百乐门'之事，意外之喜，意外之喜啊。"宋以文忙道了扰，说自己既然住在潘家，当然应该来效犬马之劳。大家纷纷离座，要把宋以文让至主宾位，宋以文哪里肯，趁乱就近坐下，再不肯起身，大家才罢了，各自安坐。宋以文落座后即向左右两边问好，右手边是位女士，却是男士打扮，在那里笑吟吟地看住他，宋以文大惊，道："你，你怎么会在这里？"

对方倒是落落大方，说道："我记得我好像跟你说过我的家是在定海吧？"宋以文强自镇定下来，说道："我以为你一直住在南京，这定海是你祖上老家呢。"

潘培基说道："原来您是安华的朋友，这可太好了！我们和宋家是世交，安华的朋友，就是我家的朋友，这下我们可以敞开来商议了！"宋以文恢复常态，随着潘培基的介绍与座上各位相识，不过是布店内两个主事的，又有原先经营过酒店的两个主事，再就是潘夫人和宋安华。说是这将开的百乐门酒店，宋家占三分之一股份，潘家三分之二，这里面又包含了四位主事和秦怡莲的小股份。宋以文本待说自己并不想参股，但身边现坐着宋安华，这话显然就不合适出口，也就硬着头皮应承了秦怡莲的股份，待仔细议下来，不过是意思意思出点钱，是个最小的股东。宋安华附在他耳边说："分红的时候，不是按那钱来算的。"宋以文略有些窘，笑道："再想不到还能和你搭伙做生意。"宋安华说："酒店这几日就动土改建，潘家叔叔要带我一道去上海采购，如今只通海路，怎么走，就只有托赖你了。"

宋以文叹道："上海这会儿乱，市面呢，是还在那里，采购应该没问题，我来安排吧。"

这一下，自己是无法像从前那么超脱了，一想到这点，宋以文满心不自在，但是，他在心里"但是"了好几遍，晓得自己只能如此，或者，命该如此。

宋以文回家告知秦怡莲结果，秦怡莲喜出望外，说道："我明日就把股金送去。"眉目之间，更比往日温存，催他快去洗漱。宋以文心头这会儿往事翻滚，只想一人独卧，就说还得回舰上商量去，怎么去上海，怎么去采购，不是他一个人能应付得来的。秦怡莲赶着催他快快回去，去晚了，他们可就睡下了。宋以文看她如此，也就安心回舰。

到了舰上，宋以文找了老韩说这事，一时不知从何说起，竟然连连叫了他三声"老韩"，就是没有说出一句话来。老韩反倒急了，以为宋以文要他说别的，也不知道先说什么为好，两个人，你看看我，我看看你，僵了半天，等到宋以文把要去上海买饭店设备的事情一说，老韩松了口气，笑道："这个容易，这时候去，价格会便宜到吓死人。现在问题是，没有命令，我们怎么去上海?”顿了顿，他又说：“也许李副舰长有办法。”

宋以文笑笑，说：“知道了。”怎么和李副舰长开口，他又犯了难。还是老韩去找的李副舰长，宋以文远远看他们在商量，心头不是滋味，却也无可奈何。往深里想想，自己实在是个可有可无的人，在船上，在家里，他都觉得，如果没有自己，他们的世界一样会好好地运转下去。

也不知道是李副舰长的运作，还是真的有这趟任务，反正，第二天一早，宋以文就接到命令，傍晚时分出发再赴上海。宋以文就赶紧让柳安去通知潘培基。

潘培基带上船的人果然是宋安华。她一身男装，又戴了顶鸭舌帽，把头发都束在里头，走路的姿态，也是英气十足，没有半点女人的步态，倒比一般的男人还像男人。宋以文见过她穿女装的样子的，走起路来，实在婀娜多姿得很。那么，无论是作为女人的行走还是作为男人的行走，对她来说，都不过是角色扮演吗?那她真实的步态，应该是怎样的?对自己的这些念头，宋以文只有笑着摇头，他让出自己的房间，吩咐陈副官去找一套干净的被子来，宋安华拦住说：“不用换，我没那么多讲究。”

潘培基住了陈副官的房间，一边道扰一边说道：“那你们住哪里?”陈副官说道：“我陪宋舰长就在驾驶舱里过夜。”宋以文赶紧接着说：“本就该这样的。”陈副官又叮嘱道：“开出港口后，船颠簸难免，两位还是安静在舱室里为好，晚饭，我也会送过来的。”

天色渐渐暗下来，宋以文叮嘱掌舵的士兵务必遵循他选定的航线，自己也打起精神，观察海面，更警惕陆地那边的动静，过了象山那一带，他的心就开始悬了起来。这会儿，他一低头，猛然见甲板上站着一位穿着舰长服的人，看着并不是高大的李副舰长，他吓了一跳，待想明白了，赶紧下了舷梯，赶到那人跟前，压低了声音说：“你也太胡闹了吧？”看看左右无人，赶紧拉她进了自己的舱室。

“你穿着这个，就在这舱室里走来走去吧。”

宋安华笑着瞪着他说：“就在这房间里走来走去，那多没意思啊。”宋以文虎着脸道：“本就没意思嘛。”宋安华板下脸来，当着他的面，脱去上装，掼到他手里，又解下皮带，也塞到他手里，慌乱之间，宋以文走到舱门边落下暗锁，站在门边，不知道怎么办好。等他一回头，军裤已在床尾，宋安华整个人，却已钻进他的被窝，一声不响。宋以文拉开衣橱，挂上上装，挂好皮带，又走到床前，拿起军裤，抖平整了，依旧挂到衣橱里。他立在房中，也一声不响。船在左右轻微摇摆，摇篮一般，宋以文想到上回秦怡莲晕船的惨状，一样女人家，宋安华也不过是强撑着吧。他走过去，从面盆架上取下脸盆，又取了条干净毛巾，放到宋安华枕边，以备万一。宋安华还是面朝里躺着，肩膀有小小抽搐，想是在尽力压住抽泣。宋以文愣在床边，挪不开脚去。从前在南京的日子，跟着宋安华的抽泣，还过魂来。他俯下身去，隔着薄被，抱住宋安华，却又不知该从何说起——说“对不起”

这样的话，又太轻巧了。宋安华动了动，像是要转过身来，半途却止住了，也就任由他这样抱着，直到感觉到彼此的体温，两个人还是没说一句话。终于，还是宋以文松开了她，站起身来，说：“你好好睡。明天不轻松。”宋安华也还是闷声不响。宋以文轻轻开门出去，轻轻拉上门。

这一夜，宋以文和陈副官就在驾驶舱过了，这倒也是常事，心挂航线，一程一程过，看看也就天亮了。中途，宋以文眯了一会儿，双臂抱着自己，恍恍惚惚。船泊外滩，这回港口司令部的早有接应，命令不要靠近码头，只在洋地里等着，即将有紧要东西分批驳上船来，傍晚前接收完毕后，疾速带回舟山。

老韩带着潘培基和宋安华下到小船，一起去置办酒店用品。宋以文去了自己舱室补觉，宋安华的气息隐约在，他贪婪地吸了几口，心里问自己，你还想怎样？多问了几句，人就冷静下来，索性把被子卷了卷，夹在双腿之间，抱住了睡。一觉醒来已是午饭时间，和陈副官吃了饭，说：“干脆上岸走走。”他问李副舰长什么安排，李副舰长一脸疲倦，说是上午忙着接收物资，下午准备大睡一觉，晚上到驾驶舱值班。宋以文想了想，说：“好的，我就上岸看看，很快回来。”

外滩这一块的防务，还是和上回差不多，码头上，等着下船的人员和物资比上回更多，一片乱。码头上堆得满满当当，武器弹药不说，甚至有明晃晃写“白银”的木箱，最诡异的是，码头边密密麻麻好多汽车，横七竖八一些家当，看着都像无主之物。

拉黄包车的，价钱要得奇高，说好了来回一趟一块银圆。“我这是拿命在换啊，万一吃了流弹，我不就一命呜呼了吗？”他为自己的价钱解释，可是听他说话的口气，这理由，听着也就不过是用来说说罢了。

路过大新公司，他们从蒋总裁的大幅肖像下过，绿军装白手套，擦过他们的头顶。轮船公司那里，买票的排成长龙，黄牛们在边上旋来转去，一看到他们黄包车停下，就围拢过来，看看他们的海军军装，又散了开去。宋以文在报亭买了份报纸，翻开看看，入眼都是歌舞升平，电影广告，跑马广告，小说连载，样样不缺。这个城市还在稳稳当当运转。街两旁，依旧青天白日旗招展。银行台阶上几个流浪儿在玩，打着赤膊，长裤挽到膝盖，提着个油漆桶，跳上跳下，等着人从银行出来，就围上去。街上走着的女人，也一样是婷婷袅袅，气定神闲。

看这样子，码头上那些人的惊慌，轮船公司那些人的焦急，实在是不必要的。宋以文不禁有点担心，宋安华他们未必能捡到便宜，不知道他们带的钱够不够。

等进了港口司令部，入眼一片乱，宋以文才多少有了点身处战争中的真实感。办公桌上凌乱一片，装了箱的文件堆在一旁，不带走的，在那里销毁，碎纸来不及，索性用个大铅皮桶火烧，弄得闻起来像进了庙一般。走了好几个办公室，见到的都是忙着收拾装箱的，他们俩像透明人一般，没人在意。宋以文和陈副官面面相觑，脸上的神色，也和这些收拾文件的人一样，惶恐不已。

宋以文又去拜会了几个师友，果然是扑空的多。几个留着的，却也心定，也有一两个问及舟山情形，说可否托他在舟山觅个住处——香港太热，过不惯；台湾从来没去过，也不想去；舟山小虽小，但毕竟还习惯的。宋以文答应着，陈副官还细问了要什么样的房子，大致要几间屋子的，随手在备忘录里记下。宋以文本来还想去马当路看他姨父一家还在不在，算算时间来不及，也就作罢。

等宋以文回到码头，却碰到正在指挥驳船装箱的老韩，潘培基老远就跟他打招呼，一脸的笑，那么，看来事情很顺利。宋安华也在旁边，还是男装打扮，自顾自忙着，只拿眼风扫了他一下。

老韩跟他汇报船上的各种补给，说都已到位。宋以文笑道："老韩，没有你，我们一船的人不知道怎么活。"老韩说："舰长客气了，不过是卑职本分而已。"顿了顿，老韩又笑着说："领的津贴，前几天就用完了，这后半月，我们得用船上自己的钱。盼着下月的经费能早点发下来啊。"这后勤经费的事，本是李副舰长在管，如果不是他动问，老韩从不越级主动汇报的，宋以文边应着，边寻思。

下午4点前，港口司令部来人指挥他们靠岸，看了交运清单，宋以文才知道要他们装去的就是司令部的文件和中央银行的文件，各自都有押运的官员随行。官员是带着家眷和家当的，陈副官赶紧去张罗房间，这回，连李副舰长的房间也被占用了——平常，他的房间，是轻易不让出的。

李副舰长站在宋以文身边，轻笑了几声，说道："看来，这上海是撑不上几天了。"

宋以文眼看着这些文件箱上船，心里第一回起了恐慌。他的家乡，浙江瑞安，他一直以为战火应该烧不到那边，他的小县城，应该可以永保平安。他从杭州湾撤下来的时候，与家乡的邮路还是通的，这些日子，他竟然没有担心过家乡的安危，一想到这一点，他几乎要唾弃自己了。他问李副舰长："瑞安那边，有消息吗?"李副舰长诧异地看了他一眼，一副"你应该早就知道了"的表情，继而说道："是5月10日左右的事情吧，守温州的叶芳师长参照北平范例，自己整理好，等着共军到，请他们接收。瑞安也是如此。这都快一礼拜了，听说瑞安城里都平安的。"

宋以文听着松了口气，心里却更加愧疚。从重庆胜利回到杭州之后，他也就去了一趟瑞安。出去的时候是他一个人，回家时已经是三口之家，奶奶拉着怡莲的手，摩挲又摩挲，从自己瘦巴巴的手腕上褪下传家的玉镯，给了怡莲。总觉得已经那么近，回家毕竟是还便当的事情，而且，要忙要操心的事情，总是比回一趟家迫切，或者，他已经离家那么多年，已经习惯没有家了?

这会儿，他只好安慰自己：毕竟，没有战火。家里一切都平安，这就够了。但转念他又一想，不禁背上一阵凉。虽说这几年家里已在走下坡路，田产也已所剩无几——否则，他也不会去读不要学费的海校，但架子还在那里，究竟人家会拿他们怎样，他心里没底。李副舰长安慰他说:“目前应该无事。”顿了顿，他又说:“或者，我托台州那边的兄弟看看，能否去趟瑞安，把他们接出来?”宋以文缓缓摇头，奶奶已经说过，她无论如何是不肯离开家乡的，她说过:“改朝换代，我又不是没见过。”奶奶不走，他的父母叔伯，也是不会走的。宋以文不禁问自己，如果可以选择，我到底是走还是留?

折腾到晚上7点，暮色换成夜色了，官私两边的箱柜才装运完毕，人员也都安置了。宋以文稳住心神，在驾驶舱里全神贯注指挥。晚饭后，宋安华端着菜盘特意绕过驾驶舱再去的餐室。盯着她的背影，他却正想着今生今世可能无缘再见的家人，这悲怆凄凉，已经足够捆住他了，再想想时时为他悬心的怡莲，他的心就清水一般，虽然还是会荡起涟漪，但总归，也是清水了。

夜海之上，月光闪烁，宋以文和他的船，在全速离开上海。

第五章　隔江犹唱后庭花

上海一战，从5月12日始，只相持半个月，汤恩伯部队五万余人就败退出城，很大一部分撤到舟山——体面的说法，是“移驻”此地。加之前几个月陆续“转进”来的，舟山诸岛之上，海陆空三军总兵力达五个军，加上海军陆战队第一旅和其他支援部队，约十二万人。这原本孤悬海外的海疆小城，一跃而为军事重镇。

潘家的饭店已经开张，街市上的人越来越多，生意也出奇的好，潘家的老板娘一人照应不过来。以前在布店时，潘绮珍还能帮忙，反正多是女客，不用避嫌。饭店不一样，人多口杂，未出阁的姑娘，到底不适宜。潘绮珍自己倒不觉得，学着宋安华的样子，干脆女扮男装出来招呼客人，潘夫人更恐慌了，再三来央求秦怡莲到饭店帮忙。秦怡莲心里也明白，潘夫人说的是个理由，另一层呢，怕是她自己没有和五湖四海的人打交道的经验，晓得她秦怡莲是去过大后方的，又走过些地方，毕竟多点见识。有一回，潘夫人来说有个兵蛮子拉住绮珍不松手，混闹，这样子下去，绮珍要说不到好婆家了，秦怡莲这才松了口，答应到饭店帮忙。

潘家饭店的硬件和软装都是从上海低价购得的，沪味浓郁，因此，竟斗胆取了“百乐门”之名。潘家夫妇新入此行，不得不放进全部精神，终日以店为家，比之开布店，不知辛苦几倍。从上海撤下来的官员，一时找不到房子，都是先在此打尖，有时候，竟然一房难求。陈副官手里总握着三四间客房，预备着给要紧客人的。时局之坏，竟成全了这一新开之店，潘培基一不做二不休，除了中餐，也开出西餐来，咖啡什么的，也一应俱全。下课后，宋安华有时候就缩在咖啡厅的角落，默默抽烟。

秦怡莲多在中餐厅帮忙，那里才是一店的中心，住店的客人，有在那里包餐的，或坐包厢或要包桌，也有送房的，都有讲究。散客也不可怠慢，更难伺候，秦怡莲来后，打叠起十二分精神来应对。或有几杯下肚就涕泗横流的，在那里捶胸顿足哭喊：“何至于此！何至于此！”惹得一屋子的客人都泪眼汪汪。这样的时候，秦怡莲会叫人绞上一把热毛巾，送到客人手上。热毛巾敷面，似乎能抚平那些委屈惶恐。

当然，这样的时候不多，日子也就是日子，吃饭的辰光，总是物我两忘的多，眼前的美味，才是最真实的存在。保证饭菜可口，是顶顶重要的了，众口难调，单说一味辣，就有客人说：“我要辣的辣，不要甜的辣。”厨子竟不知所措，秦怡莲托陈副官找知晓辣味的厨师。

果然退到舟山的官员携家带眷出来的，内中也有带厨师的，原是从重庆带了来的，到了舟山，排场铺不开，这厨师正无用武之地呢，于是请了来。陈副官又搜罗了圈内极有口碑的几个厨师，百乐门的餐饮就慢慢做出牌子了——这是后话。

此刻，眼看着就是端午，定海城中极重此节，家家户户窗上门上插艾叶菖蒲，门口熏雄黄老酒，做碱水糯米粽子，绣香包，缠五色线，老祖宗传下来的过节风俗，在此远离大陆的岛上，也是原封原样。新到此地的人，刚从战火中脱身，眼看这节日景象，多少也放松下来，人间烟火，最是可亲。

秦怡莲先还带着女儿到店里来，店堂里随便哪个角落，给她纸笔，她就能在那里画上半天，不画的时候，她就对着窗外的街市发呆，初时，秦怡莲自觉省心，如此过了一个礼拜，女儿话也少了，脸上笑容也少了，还会叹气。秦怡莲问她："身上不舒服？"女儿也呆呆的，不回答，只摇摇头。秦怡莲才开始慌了，宋以文不在身边，也没人好商量，思来想去，女儿一直在自己眼皮底下的，也没出什么大惊吓的事情，不过街上会走过些伤兵，有一回一个军官当众扇一个小当兵的，那算暴烈一点的，还有那几个喝多了大声嚷嚷的酒客，声调是有点瘆人，其余，不都平安无事吗？再想想，这酒店到底是酒店，潘家都不舍得把未出阁的女儿放这里帮忙，我岂可让自家的女儿在此被酒气和烟味熏烤？实在是自己太不经心了。

秦怡莲总是有办法的，她稍一琢磨，就想到了住在第二进的李丽云。秦怡莲小时家境还算小康，家里才有闲钱让她也去上几年学，勉强把小学念了下来。初中时候，父亲去世，家里顿失依傍，母亲也体弱，就只生养她一个女儿，她就主动休了学，不仅担起主妇之责，就是父亲留下的那个磨坊，她也开始管理。她叔父几次三番捣乱，要把这磨坊收到他名下，她竟然也有胆出面理论，有理有据，从此族人不敢小看。撑门立户，找县里最好的医生给母亲看病，吃药，到最后出丧送终，都是她一手操办，从没见她抱怨过什么，见人也总是谦和大方，真有几分不怒而威的气势。宋以文的奶奶看在眼里，如此女子，怎可错过？竟不管家人议论秦家运势背晦，娶秦家女是不是也要沾染晦气，倒说时世不稳，一定要有个稳当女子把家，秦怡莲是个好人选。趁宋以文回家过年，果断地让他们成了亲。再后来，内地与沦陷区消息不通，家里只有干着急，秦怡莲将磨坊出卖，孤身寻夫去重庆，奶奶竟也不拦，说秦怡莲见招拆招，总会有办法。同气相求，秦怡莲只见过这李丽云两三面，却已断定是自己同类，这女孩子，值得托付。

那天，秦怡莲特意早回，打开院门，走到第二进。这个院落，是这宅子里最美的，现在，也是人气最旺的。侧厢的用人房和中间的正房，都住得满满当当，晒衣架上也满满当当。可是，再看看二楼紧闭的门窗，满地堆积的香樟树叶，这情景，就有些萧索。

李丽云正埋头功课，看到秦怡莲到了她门口，她才抬起头来。秦怡莲暗暗叹道：“真是一个美人儿。”一眼看到李丽云腕上的菊花玉镯，这个，秦怡莲也认得，晓得是要大价钱的，再看她的脚下，也不是前些天看到的布鞋，是双皮子看着就不错的羊皮鞋子，心里倒有几分踌躇了。李丽云起身把她让进屋，让她坐了，沏上茶，秦怡莲看她从从容容地做着这些，心里欢喜，犹豫着，还是说了来意，李丽云答得大方：“去年暑假，我帮朋友带过孩子，也和您女儿差不多大，您放心的话，我愿意的。”

事情就这么定了，李丽云和孩子的一日三餐，潘家都会送来。李丽云算算工钱，一个暑假下来，下个学期的日用应可支撑。郑景润却不大乐意，说：“我还想着趁暑假，多带你出去玩玩呢。你也不和我商量一下，就答应宋太太了啊？”

李丽云笑道：“外头这么乱，还是待家里清静，你下班来就和我一起带孩子吧。”郑景润也来了兴致，说：“那我们就一起玩过家家？宋家的孩子扮我们家的孩子！”李丽云横了他一眼，由他说去。

本来秦怡莲想让李丽云到她家里来带孩子的，看李丽云不大肯，也就不坚持了。现在还没放假，李丽云每天放学后，就同郑景润先去百乐门接上孩子，再一起回到潘家，带着吃饭做功课，有时候秦怡莲回来晚了，李丽云就给孩子澡也洗了，带着睡下了。郑景润看她小小年纪做这些事情却妥妥帖帖，深以为罕，只当是她天性如此，更是心生欢喜。本来，他们两个在一起还有些忸怩，现在有了山山，心下无碍，就大大方方地黏在一起。郑景润生得俊朗，加之又会买些小玩意儿讨孩子喜欢，山山对他，比对李丽云更加亲昵。他们三个走在街上，不知情的，就当他们是一家，投过来的眼光中颇多艳羡，郑景润也颇为得意，恍惚以为自己已经生活在将来。

郑景润的日子，比之从前，是越过越简单了。从前，他的消遣里头，跳舞是其中重要一样，到了舟山之后，这里根本就没有舞厅，也就渐渐捺下心神，只是，听着收音机里的乐曲，脚底就会发痒。不过，他也就是喜欢跳舞的氛围，说不上有多喜欢音乐，也就没有费劲去弄个留声机。现在，陪伴李丽云，就是他全部的业余生活了，再加上有山山，他的时间，就更满了。

昨天，几个同事到弄堂底的小餐馆小聚，说起现在定海有舞厅了，但是，不晓得是在哪里，说得郑景润有点心动，存心要花些心思去找一找。定海城不大，藏不住什么，又想着什么时候说动李丽云一起学跳舞——这里的人，衣着上，并不算落伍，可心态上，跟大城市的人，总归不一样。他们会说："大城市哪里好了？哪有我们这样的小城生活舒坦?"如今，他们自然是更有这样的想法了。他们心里这么想，说也说得理直气壮，碰到这样的人，郑景润从不与他们争论，有时还附和几句，他觉得他这样做，不过是礼貌，而对方，明显是失礼了。有一回，他把这样的分别说给李丽云听，他以为李丽云会反驳，没想到李丽云想了一想，说："是这么回事。"郑景润激动得紧紧抱了抱她。看来，李丽云应该也不会反对跟着他学跳舞。可是，偏偏最近公事很忙，丢了上海之后，金融改革更来劲了，好像每次战场上的失利都是金融不力引起的，抑或是金融体制先行溃败了，战场上才这样溃不成军，郑景润并不是多关心政局，可人在其中，也只能被政局裹挟着走。

上了6月份，广州政府就下令推行银圆券，可民众去年都吃过金圆券的亏，哪里还肯再上当？再则，这兑换法则，也是霸王条约，只许你把美金和金银拿来兑换银圆券，不许你拿银圆券兑换这些，那真叫有去无还啊。这业务一点也推动不了，主任看着只有干着急，跟郑景润说了好几回："你的房东手里总有黄金白银，有美金吧？让他们来兑啊！"郑景润干巴巴地回答："我就是一个租客，和他们说不上话。"广州行的同事来说，广州现在是港币的天下，民间买卖，都用港币了，那边很少有人来兑银圆券。郑景润知道"很少"的意思就是"几乎没有"。最吊诡的是，去年兑金圆券的时候就下过死命令，说谁家里隐藏黄金白银和美金不来兑换的，那就是"违法"了，如今再拿来兑，岂不是自投罗网？

上峰见无法可想，只有强行下了一些任务，摊派到每个职员身上。那日，李丽云下课先回了家，一路上没见郑景润在半道等她，心下就有些诧异，等到天色向晚，郑景润才回来，整个人蔫蔫的，一见她就先叹了口气。李丽云接过他的公文包，问道："怎么了？"郑景润把这摊派的事情说了一遍，李丽云抱臂想了一想，问道："除了不能兑黄金白银和美金，银圆券还能兑什么？能兑成台币吗？如果能，先换了银圆券，再兑了汇你哥哥那里啊。"

"不能兑，况且，也不能汇。从今年2月起，往台湾的汇款，无论是个人的还是商家的，都被禁止了。”

“为什么？”李丽云奇道，“一国之内，也能如此？”

“怕是为了阻断这瘟疫一般的金融危机吧。”郑景润道，“这年头，我都不想去弄明白这个‘为什么’，遵命行事就是。越想越头晕。”

李丽云沉吟道：“那这摊派的任务，如何完成？”

“等着看呗，大家都完不成，这事就算没了。”郑景润说，“就是会被主任紧催，大家日子都不好过。”

李丽云又问：“那或者，兑一点，我们自己用？”

“问题是，商家都不乐意收啊。一兑成银圆券，这钱就死定了。但薪水是逃不过，铁定用银圆券发了。这日子，要是手头没点硬通货，简直就没法过。”

这是他们两个头一回商量钱的事情，李丽云很想帮着想出办法，可惜她根本就没有银钱来往的经验，只好拣最切近的来讲：“那你说的硬通货，还不能存在自家银行，存了，不就会被主任逼着去兑换了嘛。带在身边吧，也不安全，总得想个办法才好。”

“这个你放心。我手上的美金，很大一部分，早已经汇往大哥在香港的户头，留着的这些，就是准备我们居家过日子的，不多。”

李丽云不禁有些讪讪，笑道：“看来，你平常都是听哥嫂他们的吧？”

“哪里啊。你看，最要紧的事，我听自己的啊。对了，我们俩的事，在信里说不清楚，今年过年，本就说好去哥哥那里的，到时我当面说去，这样郑重些。”

李丽云听着呆了一呆，过了好一会儿，她说：“得去接山山了，有点晚了。”

外面下起雨来，细细密密的，这季节，眼看就要入梅了。郑景润说：“我一个人去接好了。”李丽云说：“我也去。”两个人各打了一把伞，一道朝百乐门走去。郑景润猛想起订婚那日说过在百乐门摆订婚酒的事，说道：“等你过几天放假了，我们在百乐门摆几桌吧？”李丽云沉吟一下，说：“这事，潘伯父不提起，你也就不要说了，他们那么忙，我们就不要去加忙了。”

山山早就在门口等着了，一见他们，就雀跃跑来，一头扎进郑景润的怀里。秦怡莲嗔道：“这孩子！”李丽云把郑景润手中的大伞移了过来，收起自己的伞，手中提了，三个人共一把伞，慢悠悠走回去。街市上弥漫着饭菜香气，热烘烘的。李丽云打量着眼前这个男人，不知怎么，觉得他十分遥远。山山挂在郑景润脖子上，呢喃着她那洋娃娃的事情，郑景润也低声回应着，默默举着伞的她，倒像是外人一般。到了家，三个人吃好了饭，李妈收拾了去，郑景润带着山山搭积木，李丽云在一边复习她的功课。过两天，就是期末考试了，再一年，就可以毕业了。李丽云默默对自己说。累的时候，她就看看腕间的菊花玉镯，红且润，珊瑚居然也能成玉，珊瑚虫在玉中变成一朵菊花，和真正的菊花比，也毫不逊色。上身不到一个月，却已温润好多，连从来不大惊小怪的宋老师有一回也抓住她的手腕看了半天，潘绮珍就小声地解释缘由，宋老师连声笑着说“恭喜”，李丽云却像被捉住贼赃一样，手足无措。如果潘绮珍戴这个玉镯，是没有人会这样抓住她手镯看半天吧？那晚，她一回来就想把镯子取下来收好，可是，哪里是稳妥的收这镯子的地方？少不得还是戴着。郑景润送的小钻石戒指，她是缝在一件棉袄夹层里，收在箱底。对这镯子，李丽云是真心喜欢的，光想象珊瑚在海底的岩浆里被烧烤成玉，她的眼眶就会有些湿润。人和人所佩戴的首饰，多少有些感应，李丽云觉得自己如今也是在海底的岩浆里，她应该受些煎熬，到最后就会温润如玉了。

期末考完，接下去几天是学生实习日子，可以去学校统一安排的地方，也可以自行安排，李丽云就选了“自选”，反正她已经带着山山，已经是在实习了。她备了些课，准备给山山启蒙，恐怕，这也是宋太太把孩儿托付给她的原因之一吧。

山山这孩子真是聪敏，一个字教她三四遍，就认得了，也记住了，再摹写几遍，形音义一起都记下了，没几天，竟认了二三十字，把秦怡莲喜得连连夸李丽云是个良师，李丽云也就笑笑。实在是这孩子勤奋，教了她几遍，她就认认真真练习，一笔一画写得认真，那份沉静从容，竟十分像个大人。郑景润也说：“山山是我见过最聪明的孩子！”他自告奋勇来教山山数学，却又没有章法，还是李丽云接了手去，山山听着才上了道，没几天，二十以内的数字认得了，加减法也会做了。郑景润不得不认输：“果然是你教得好！”李丽云说：“术业有专攻啊，我就是学教育的嘛。”

正是梅雨时节，连天雨，没处可去，他们三人果真就像一家子那样，宅在家里，认字识数。秦怡莲喜出望外，竟让人捎信到舰上去，说山山已经开蒙，进步神速。宋以文只当是秦怡莲催他回家的因头之一，没往心上去。

舟山的梅雨季，又潮又湿又闷，不要说外地人受不了，就是本地人，对这段日子，也是不堪承受，连呼吸，也得花点力气。年轻人有时候埋怨几句，老辈子人就要训话了，说：“梅雨季节不下雨，下半年就会干得没水用，这是老天爷在送水！”

在老辈子人眼里，梅雨是好的，台风也是好的，因为这两样都能带来淡水，在大江大河到不了的舟山，只能靠老天爷了。李丽云的娘也是这样的，对一切如同梅雨一样让人不快的东西，她都把它们往好的方面去想，比如对李丽云那个不成器的父亲，她是这样看的：“如果没有他，也就没有你，对吧？有你多好啊，为这个，我也不怨他。”李丽云听着，心里只有更加郁闷。娘的忌日也快到了，李丽云打算带着郑景润一起去上一趟坟。往年李丽云都是一个人去，山路泥泞，又荒凉，都不晓得自己是怎么上山又怎么下来的。

这一日难得晴天，李丽云想向秦怡莲请个假，毕竟是上坟，带着孩子去，总不大好，再说，山路本就不好走，两边杂草杂树上不定有什么草蜱虫子，咬一口也不是玩的。秦怡莲听她这么说，红了眼圈，说：“这孩子可怜，一出生就跟着我跑警报，杂草丛，也是钻过的。”

李丽云一时不知如何接口，想着这乱世当中宋太太必是受过许多委屈的。话是这么说，临了，秦怡莲却还是留了孩子在自己身边。

梅季里晴天的日头热辣辣，他们上午10点多上山，砂石山路已经干了，路旁草木也没有露水，两个人手拉着手，调匀了呼吸往山上爬，倒真有合体一意的感觉。到了坟头，李丽云简单烧了纸，供上水果糕饼，点上香，和郑景润一起磕了头。娘若有知，看她有伴，总也是欣慰的吧。下山的时候，郑景润走在前头，每一步都小心砂石滑脚，自己踩实了，才让李丽云下脚。这样走到山脚，早已过了午饭时间，两个人索性就在山下找了块干净的石头，依偎着，把糕点吃了充饥。山脚下城墙蜿蜒通向巷头，墙外不远处就是海，墙内，几个村落参差其间，还有一处道宫，李丽云指点着说，那道宫名叫东岳宫。郑景润说："我们去看看吧?"

四周无人，两个人手拉着手，晃晃悠悠朝东岳宫而去。快到门口时，里面跑出来一个倒扣军帽的士兵，嘴上还骂骂咧咧的，也不知道在说什么，和李丽云撞了个满怀。李丽云吓了一跳，不想往里面走了，郑景润笑道："这怕啥?"攥着她就直闯进去。入眼的景象，却把郑景润也吓住了。殿堂里黑压压地住满了人，都是些伤病员，绑腿布长长地散开拖到地上，浸了血的纱布黑乎乎的东一块西一块，苍蝇嗡嗡响，空气里一股血腥味和消毒水味。靠近殿堂门口的一个伤病员看到他们就支起身子，朝着他们说："水啊，我要喝水。"半边脸上的伤口都化脓了，四五只绿头苍蝇叮在上面，飞也飞不走。李丽云待要从包里拿出水杯，郑景润止住她，一把攥了她，飞奔出道宫，跑出老远，才定住了。两个人也不说话，进了城墙，才有点缓过来。郑景润叫了一辆黄包车，拉上车篷，搂紧了李丽云，往潘宅来。

午后时分，少爷们正在歇中觉，连下人们也在歇午，除了应门的潘家旺，整个屋子都在沉睡。他们俩进了李丽云的房间，看到桌子上立着四只热水瓶，浴室里还有两桶冷水，不用问，这必定是李妈给放的。李丽云就在浴缸里将冷热水兑了，让郑景润去拿了换洗衣服来，关上门，让他先洗。郑景润哪里肯，一定要李丽云先洗，说："我在外面替你守门。"李丽云只好先洗。刚才所见，还在让她浑身发抖，浸泡在热水当中，多少有点缓过来，可是，胃隐隐作痛。她两度见过死亡，弟弟和母亲，都是在她眼前断的气，肉体渐渐冷却，她抱过，嗅过死亡的气息，刚才，她分明又闻到了那股气息，可是，那些人明明还活着啊。

郑景润悄悄进来，给浴缸水中又加了点热水，他也进了浴缸，侧身抱了她，身体也在发抖。李丽云动了动，让热水把他们俩都裹住了。郑景润的皮肤在水中白得发亮，李丽云抚摸着他光洁的背，不禁想，此刻若一发炮弹来，一梭子子弹来，这肉身就被毁坏，被消灭了。那些伤兵，如此年轻，怕也是深闺梦中人吧，他们的女人可知道，她们日思夜想的身体，如今竟成了这般模样？

等李丽云感觉到郑景润的勃起，她才回过神来，霍地起来，急急地跳出浴缸，擦干身子，面红耳赤嗔道："你啊！"郑景润低声叫屈：

“唉，你是我的未婚妻啊。”李丽云恨声道：“这会儿要是有谁进来，你让我脸往哪里搁?”郑景润气咻咻地说：“在这里，你这不行，那也不行，拘束死了。我会很快找个宅子，我们搬出去住。”李丽云看着水中的郑景润，这是她第一次看一个成年男人的裸体，可是，无来由地，她想到了弟弟。她鼻子一酸，出了浴室。

第六章　鸡鸣故国天将小[1]

① 原诗为“鸡鸣故国天将晓”，此处为切合文意，将“晓”改为“小”。

宋以文连着在海上奔波。上海是丢了，现在，他往返的是基隆和舟山航线，走的不再是大陆架上的浅海，而是深深的台湾海峡。好在海路并不遥远，以他这艘驱逐舰的速度，不过十五六个小时的航程。分到的任务，说是护卫，其实呢，对方目前既无飞机也无潜艇，他真的想不出敌情会来自何方，全舰上下，乃至上峰，怕都是把这艘驱逐舰当成运输舰了，编队的时候，别的运输舰或有轮休，而他的驱逐舰，却因身负护卫之责，时时被召，这一个月，竟然一直在海上。

这一次，他们黄昏时从定海港出发，次日凌晨，基隆就已在望，过了彭佳屿，他们减了速度，缓缓驶入海湾。湾口狭小，只有近三百米，又兼有几个岛屿做屏障，大风大浪到了此地，被一挡一拦，也就减了威势，再加海湾的纵深逶迤达四公里，如此，就成了个山环水绕，风平浪静的天然良港，原名“鸡笼”上不了台面，却是实情。他们的驱逐舰领先进入，后面运输舰依次缓缓进入，朝军港开去。军港这边热闹，商港那边，也不冷清。

今天还是下雨，这基隆港人称雨港，一年里头，下雨的就有两百多天，无论是下客还是卸货，都让人头疼。他们的驱逐舰带的货物不多，但看上去都挺沉的，李副舰长在张罗着将货物放至小艇上，按批次出货。宋以文晓得这些货中，有些是舰上自带的货物，等明天往回走时，还会再装上他们自己带的米、糖还有香蕉。优先供应的第一客户就是百乐门，走的价，也不低，潘老板回款又极快，李副舰长在宋以文面前夸过好几回，说潘培基这人绝对是可以放心交朋友的，就是与他合伙的那宋老师，更是女中豪杰，也是个能托付的。宋以文连连点头。因为交接货物，这一个月里，他竟见了宋安华三面，有一回宋安华还大大方方领着老妈子送了壶冰镇的咖啡到他的舱室，老妈子放好东西后就退出舱外，宋安华挨着他坐着，絮叨了半天百乐门的经营，宛若家人。这次回去，可能又能见到她。

在舰上久了，走惯了能感应到海浪律动的甲板，踏上坚实的土地，反倒有点不适应。宋以文打着伞，立在基隆港的码头上，犹豫着，要么干脆还是回船上去睡一觉吧。走在前面的老韩见状又跑回来，说道：“宋舰长，一起走吧！舰上有李副舰长呢。今中午台北吃饭，约的可都是您的校友，都是电雷系的呢，您要不去，那我就更不用去了。”前两年，这样的聚会，大多在年底，也大多是到镇江或南京聚会，哪会想到是在夏日的台北？宋以文对这样的聚会并不热衷，大家说来说去，到头来又是重翻老账，说海军中的福建系如何欺负人，青岛系又如何托大，他们电雷系怎么不受待见，而这会儿，桂永清主持海军，我们电雷系的才翻身了。

有时候，宋以文也想，若有朝一日我主政海军，第一就是不拘派系用人才！之后他就笑自己，真是痴人说梦。这样的苦想有何用？自己不过一个舰长，而且，这舰长，也已经让他不明白究竟怎么会轮到他来做，一直做得有点战战兢兢。像李副舰长和老韩，看起来都比他这个舰长接近权力中心，比如今天中午的台北聚会，也都是老韩张罗的，他不过是去坐坐罢了。可他越是这样自谦，老韩和李副舰长却只当他城府深，以为他是总裁嫡系——也难怪他们这样想，这些年，宋以文的官运真的一直不错。

宋以文和老韩走着去火车站，一路爬坡上去，好在台阶砌得和缓，倒也不觉吃力。如果没有路两旁开得正艳的紫薇花，宋以文会以为自己在重庆——从一个山城到另一个山城，中间没隔几年。上了火车，看窗外景物，宋以文也还是有几分恍惚，蓝天足够高远，这火车就像静止了一般，一只老鹰正飞在天上，也像静止了一般。他闭上眼睛假寐，身旁的老韩是一坐定就打起了呼噜。宋以文警醒惯了，坐姿状态下很难有睡意。宋以文笑自己，做人做得这么紧绷绷，不知道能绷到几时。索性又睁开眼睛，一心一意看窗外风景。这是宋以文第一次从基隆坐火车到台北，窗外的景色，却熟悉得像故乡一样。

基隆和瑞安一样，都是丘陵地貌，山头连绵，山形也秀丽，一个接一个，海拔都不会超过两百多米。不同的是，这里的天空中似乎随处都盘旋着老鹰，火车过了一段又一段，老鹰却好像一直飞在窗外，有一只飞得很近，几乎是贴着车窗和火车并肩而行，有那么一个刹那，宋以文觉得这只鹰深深地看了他一眼。

到台北后，就有海军的车子来接，对比在舟山的情形，宋以文笑道："恐怕我们海军的总部已经搬到台湾了？"老韩笑道："怕不是'恐怕'，这事，我看是真的。"司机领着他们进了饭店包厢，复又告退，进退礼仪，也颇为周全。一桌人早就在等着宋以文到，都是比他低一届的学弟，有傅敦谦、汪之道、姜洪让，还有他们的夫人，一见他，就都起来把他让到主宾上座，宋以文推辞不过，也就坐了，老韩挨着他坐下，笑道："我这是代夫人坐的。其实呢，我和夫人真差不多，都是内当家。"

汪夫人探身过来说："这真的是宋舰长的福气呢，有老韩铁肝义胆，有怡莲侠骨柔情。"大家都赞叹道："真真汪夫人会说话！又好听，又妥帖，宋舰长就是有这样子的福气啊。"

宋以文笑道："早知道你们都在这边，我也该想办法把怡莲送过来，让她自己来受你们的夸。"

一时间上得菜来，一半是川菜一半是淮扬菜。负责点菜的傅敦谦说："没办法，住到哪里吃到哪里，镇江和重庆，就在我们这饭桌上啊。"姜洪让说："我们能和宋学长坐在一起，也是托陈老舰长的福，吃饭吃到一块儿的。他老人家请我们吃了多少顿西餐啊，都是在上海的德明饭店、帝国大厦这样出名好的地方，出了他多少血啊。"汪夫人笑道："你们真好福气。"傅夫人却说："那饭可不是随便吃吃的。你们老汪没跟你讲过？我们老傅是一吃西餐就说，听得我耳朵都生老茧了。"

姜夫人说："这个，我们家姜洪让也是说了又说，说是带他们吃饭去前几天，要发书面资料的，要背要记，要晓得餐前酒是什么礼节，餐后酒又是怎样的，一面吃，一面担心有没有吃错了，回来还要被点评的。这哪是吃饭啊，是考试嘛。"

傅敦谦笑道："老姜对夫人复述得很全面，怎么就忘了教陈老舰长的口头禅呢？'我们海军常有机会和外国人士接触，因此，国际礼仪非常重要！'对了，一定要站起来，板着脸说！"大家都笑了起来。

宋以文说："也真亏有陈老舰长，我们这些人，吃有吃相，站有站相，到哪里都不缩手缩脚的，这也才有我们如今脚下这方寸立足之地呢。"众人也都笑了，说果然宋舰长得了陈老舰长真传，连说话口气也像，当年，陈老舰长就是我们吃饭时的模范，我们都看着他，他怎么做，我们跟着做。

汪夫人掩嘴笑道："可见陈老舰长对宋舰长是青眼有加啊。"姜洪让起来敬酒，说："宋舰长是我们电雷系的翘楚，想当年多不容易，要从那福建系、青岛系手里分一杯羹，不容易的。"宋以文也端着酒杯站起来说："有人说，是我的名字取得好，才莫名其妙有了今天。别说将来如何，就是目前时势，我也是木知木觉，各位仁兄比我站得高看得远，要紧时刻，一定要拉我一把啊。"

至此，话题就转入正事，说的却又不是国家大事，还是生意经，大家排了一下船期，几时谁到广州，几时谁到香港，几时谁去厦门或舟山，老韩打开随身带的本子，一起合了合碰头的日子。宋以文低头拆着奶油螃蟹，这个西式的做法，得跟宋安华说一下，至于螃蟹，舟山那里遍地都是。他们这船队带的货色，可媲美一个商队了，从丝绸丝袜到罐头洋烟，直到油盐酱醋，一应俱全。

待他们说得差不多了，宋以文说："可不可以从香港带回些西餐料理？从奶油白脱到牛排意面，这年头也没法讲究，没法照德明饭店、帝国大厦那样的套路，我想要的只是咖啡厅的西式简餐，能进到原料，我也很满足了。"

傅敦谦说："你要的，都得冷藏保鲜，我们船上哪有这些设备？我们只能带些能耽搁久的。你要的货色，还是得托空军带啊。"

宋以文笑道："那就拜托傅兄和空军那边接洽了，想来空军托我们海军的事情也不会少吧？"

老韩拿起雷司令干白葡萄酒，给宋以文倒了个满杯，又给自己也倒上了，满脸正经，说道："我先敬舰长一杯，算是告罪，这托空军带货的事情，我老韩没有早向舰长汇报，我们舰上就有自己的门路，不需劳动傅兄的。"宋以文赶紧端酒喝了，面上到底有些讪讪。傅敦谦说道："你们主仆两个这是在合起来挤对我啊，我托空军的事，都还是走你们的门路呢。"宋以文说："哪里有主仆之说？我们船上，要真说有'仆'，那可不是老韩他们，是我才对。"老韩赶紧自罚了一杯，说道:“舰长这是在骂我!”宋以文笑了，说道:“老韩，这么说，你就见外了。这几年，要没有你们张罗，我这甩手掌柜哪里做得下来?”

汪之道和姜洪让顺势端了酒杯来敬宋以文，说道:“师兄要是会放下身段，帮我们指点指点，我们这团体的段位，那是会上升好几级的！师兄，您就好好掌起柜来吧!”宋以文给自己满上了，端着站了起来，说:“往后有需要我出面的，你们就支使我一下吧，别的，就不说了，喝酒。雷司令的这款白葡萄酒，满满都是果香，想必是哪位夫人挑的吧？我记得陈老舰长让我们喝的，可都是石油口味的，他说那才是正宗雷司令的味道。当时真是喝得想吐啊。”

汪夫人赶紧招认是自己带来的，跟她这个人一样不正宗。大家哄堂大笑，汪夫人也嗔笑着不知道跟谁飞了个眼风，说道:“这里就这种不正宗的腔调呢。哪能跟上海比？就是连南京也比不了。你看看街上，男人女人都穿着扑嗒扑嗒的木屐，穿的衣裳，都是老旧式样，香港衫啦半身连衣裙啦，那眼光，想必是好莱坞电影都没有看过几场的……”汪之道打断了她，说道:“你就晓得穿，连看电影也不是看电影，光是看衣裳鞋子丝巾丝袜，真是要死。”汪夫人说话间就红了眼圈，哽咽道:“我做梦都想回上海。”一桌子静下来。傅夫人轻笑了两声，说道:“小唐应该去纽约，那她就不会总做这样的梦了。”姜夫人也附和道:“先得请个家庭教师补习英文，衣裳料子啊这类的单词，一定要背熟。”

宴席的后半段，就是三个女人在那里说衣裳，他们几个男人默默喝酒，倒是宋以文还插了几句话，说到潘家的布店和请的云裳公司的裁缝，女人们听之雀跃，相约要搭船去定海做衣裳。汪夫人道："看看，还是宋舰长关心我们女人家，这样的信息，都会留意到。"

宋以文也奇怪自己居然还记得这样的事情。上回宋安华来，穿了一件绿地白花的改良旗袍，宋以文夸了句这旗袍好看，宋安华就说了潘家的布店和新裁缝，这样的事情，照道理该听过就忘，偏偏他却记住了。

总归是不好意思，宋以文就自己挑头说起了目前上峰要封锁大陆沿海各港口的任务，恐怕下一段，不会把海军再当运输队用了，刚才大家按上半年的计划排的碰头日子，到时候未必能作准，还是要有预案才对，任务既然是封闭港口，那就不是往南走，要去的肯定是渤海湾，是不能再上岸的渤海湾啊。

傅敦谦幽幽说道："那重庆舰，就是自沉在葫芦岛港内的吧？"姜洪让说："他们那邓舰长，我也认识的，说起来，他们投诚前几天，我们还在上海一起吃过一顿饭的，他们出事后，我们那一桌的人，都被喊去谈话了。"坐在门边的汪之道站了起来，推门探头出去，看了看走廊。

汪夫人说："我真想这会儿就跟着宋舰长的船到舟山去，做几身旗袍，再搭空军的飞机回来。"汪之道连连摇头，说："好不容易到了这里，好不容易安顿好，姑奶奶，您老人家就安乐些吧。"傅夫人笑道："刚说了嘛，你们趁早到纽约去安顿，小唐才会安乐。"姜夫人倒是一本正经对宋以文说："宋舰长，您回去和怡莲姐商量商量，要来得趁早。这地方，人越来越多，米也贵，菜也贵，房子也难找，再下去，万一下道命令，说你们都不许来了，人够多了，那可怎么办？这都是说不定的事啊。"宋以文愣怔了一下，说道："我光想着我们自己有船，随时可以来的，真是想得太简单了，谢谢姜夫人提醒!"姜洪让道："我们家这位就这样，天天有得愁，愁到夜里觉也困不好，我叫她总裁秘书。"

"这时候不愁，那啥时候愁?"姜夫人低头转着无名指上硕大的粉钻戒指，咕哝着。

一桌复又默默。酒也空了，宋以文就借机起身，和老韩约了回去的时间，就提早退了席，说自己想一个人街上走走，汪之道想起身陪，被他止住了，说真的就想一个人走走。

一出酒店，他就叫了辆黄包车。这里的黄包车很有气势，橡胶轮胎又高又大，人坐车上，真有君临天下的气势。街上的人，也果真是和汪夫人说的一样，搭眼一看，谁是本地的，谁是外来的，一目了然。不过，他并不觉得本地人的穿着有什么不妥，对服饰，他向来不大讲究，只要合身得体就好，这一点，怡莲和他一样，总是首要抱着实用的态度。宋安华那里，是不一样的，那些衣裳，是她变身的道具——宋以文眼前掠过几个姿态各异的宋安华，台北的风，暖乎乎地扑到他面上，带着花果香，也像宋安华的巴黎香水味道。他抖了抖腿，努力坐直了，不能沉溺的，他对自己说，不是时候——也许，永远也没有合适的时候了。但是，或许，现在才是沉溺的时候？他眯起眼睛，听到了意识深处最黑暗的地方传来的话语。他不想听，它们却不依不饶说得清楚，在他努力想着回航的安排和接着封锁港口的风险这些大事时，它们依旧一直在对他窃窃私语。刚才饭局上的那些酒在胃里不安生，他有点恶心，可他觉得他不是在为酒恶心，而是在为这时局恶心。这战场倒像是生意场，这样的仗，还能打吗？但若是真的打仗，也真是造孽啊！无论怎么样都是不对，他不愿意多想，他宁愿让宋安华的身形在他脑海里晃。

车夫在一幢八角红楼前停下了，打量着宋以文，一边十分吃力地用新学的国语问他，还要继续往前吗？

宋以文猛醒过来，看到眼前这幢红色楼房，也像在梦里一般，不禁问道："这是在哪里？"待问清楚这里就是传说中的西门町，才知道这车夫真不是随便拉着他乱走，这里确实是一个单身男人"随便逛逛"的地方。他看了看手表，也确实是有闲逛的时间，他犹豫了不过一秒钟，随即就说："我们继续走吧，往火车站方向走。有劳您了。"

车夫并不惜力，拉着他尽力向前，风扑面而来，宋以文觉得热了，想解开风纪扣，手伸到颈下，又移开了。车夫的后背全湿了，肩胛骨顶出来。宋以文的视线在那里停留了一下，又移开了，说道："我不赶时间的，您可以慢慢来。"车夫这才缓了下来，风立刻也缓了，宋以文犹豫再三，还是把衬衫的风纪扣解了，心里想道，下次上岸，还是换身便装吧。

第七章　六代绮罗成旧梦

不知是因为刻意，还是真忙，潘绮珍渐渐和李丽云有点远了。自然，在校的时候，两个人还是坐前后桌，还是在一起说话，下课后，潘绮珍就直奔他们家在城南的布店。如今潘家夫妻都扑在饭店经营上，这布店，竟全托付女儿了。如此重任，压得潘绮珍除了对付功课之外，所有心力，都在布店里了，请假缺课这样的事情，也多了起来，数学上，她自习一下，足可应付，就是宋老师的语文课，她有些吃力了，有的作业，还是李丽云代笔的，好在宋安华晓得她的处境，对她也是睁只眼闭只眼。

潘绮珍再想不到，在她十七岁的夏天，她居然能独自掌管家里的布店。她不愁销售，从大陆纷纷拥入的男女老少，都是要穿夏衣的。逃难的时候，谁都挑要紧的带，轻薄的夏衣，往往是那不要紧的，可夏日漫长，衣是盔甲，临到眼前，就是要紧得不能再要紧的大事。张太太做了新衣服，李太太自然也是要来做上几件的。

她们对本地的裁缝不熟，需要布店给她们推荐，正巧有一回，潘绮珍听闻龚家河头的小梅嫂从上海回来了，时局如此，当然是不会再回去了。小梅嫂可是在上海静安寺云裳公司做的裁缝，潘家以前进衣料，也多得她参谋的。说起云裳公司，江浙沪一带的名媛太太，对它都是膜拜得不得了，说是诗人徐志摩的前太太开的公司，徐志摩居然还有股份，陆小曼居然还是云裳公司的特聘模特儿，你说，这事儿，多有嚼头，报纸上有说，坊间也有说，加之云裳公司做出来的成衣，真的是霓裳云衣——据说美得让沪上好多女学生走上了“小老婆”道路，就为了穿云裳的衣服。潘绮珍一听说，就立马请父亲出马，父女两人，郑重登门，请入店来，不收一文，免费让她在店里开个裁缝铺，就在大堂一角，挂上他们店里从前就一直存着的云裳公司的海报画册。他们的饭店能叫“百乐门”，他们的布店为啥不能叫“云裳”？果然，没多久，小姐太太们都晓得潘家南门布店有云裳的裁缝，于是，宁肯出个大价钱，在她地方等上十天半月，也不肯屈就小街小弄里的裁缝铺。潘夫人常感叹，说“赚有钱人的钱才好赚”，潘绮珍这回算是体会到了。

好裁缝有了，好料子却难找，布店里去年囤了一些绸缎夏布的，加之大店撤过来的，足可抵挡一阵，但总有太太指着云裳画册上的衣料要按图索布。现在上海进货这条路，又断了，她真是发愁，新货源单是靠跑单帮的人带来的，到底让人心悬。

经了这不到一个月，她一下子成了大人了，要愁从前大人们才会愁的事情，她的两个弟弟，还是无忧少爷的模样，而她，已经在独当一面了。她为自己骄傲。只有在李丽云面前，她总有几分怯意——人家居然有爱人了，自己呢？所以，更要把布店管得像样才对。

郑景润带着李丽云来过一趟布店，要为李丽云置办些夏衣，李丽云不肯从绸缎中选，仍想做往年夏天穿的竹布衫，选了淡蓝和月白各一色，郑景润一定要她选个绸缎的，她自己看了半天，选了块墨绿暗提花的香云纱。衣成后，李丽云来试穿，配着手腕上那一抹赭红色菊花玉镯，端然就是一个少奶奶的样子，连小梅嫂也叹："果然人要衣装啊。"感慨之后，又按着玉镯的颜色，选了块缎子，细细地为旗袍又绲了一道边，潘绮珍又央着李丽云穿着在街上走上几遭，那块香云纱，还是早两年的积货，现有了这么个好模特儿，一定要帮着推销。果然，这香云纱真的动起来了，不懂行的，还以为是今年的新货。潘绮珍也感叹："美人就是美人啊！"看郑景润在旁边有得色，潘绮珍又说："郑家哥哥，定海现在老多老多大官儿，带枪带棒的，要小心看住你的美人儿啊。"郑景润笑道："我这不天天看着嘛。"潘绮珍说着，自己却先红了脸，暗想这样的玩笑真不是一个姑娘家家开的。李丽云总是比自己要稳重，对这样的打趣，她就笑笑，顶多对他们翻一个白眼。她还顺手盘了扣给小梅嫂看，又把小梅嫂惊住了，央她帮着盘扣，李丽云也应承了下来。

潘绮珍本就贪睡，如今白天劳累，更睡不醒。早上起床，对她来说，每天都是一场小小的战斗，软和贴体的被窝，是一个可依恋的怀抱，钻进被窝的刹那，她都觉得人生真是美好。李妈自然是晓得她的，每晚铺床之后，就用两个汤婆子热被窝，即便是现在初夏时节，她也一样把薄被窝弄暖了。潘夫人说过她好几回，说那是小孩子的待遇，现在大可不必了。李妈答应着，但却不改，只是把这两个汤婆子藏藏掖掖，把它们当作她和潘绮珍之间的秘密。

潘绮珍的房间，在走道最里面，不受干扰，是个酣睡的好地方。如果没有李妈每天扣着时间一遍又一遍叫醒，潘绮珍真的可以在被窝里睡上大半天——当然，她从没有试过这样做，潘家从上到下，没有一个睡懒觉的。因为不能，所以，潘绮珍特别向往能睡到日上三竿的生活。

“那得等你做少奶奶了。还得你们小夫妻分出去单过。”李妈哄她起床的时候这么说，“到那时候啊，我把早饭端到你床上，你吃饱了，再接着睡，爱咋睡就咋睡。你看，多好！这会儿呢，小姐啊，你还是得赶紧起来。夫人已经在吩咐摆早饭了。”潘绮珍一个鲤鱼打挺就起来了，一应洗漱用具和衣服都是备好的，一眨眼，潘绮珍就能出现在早餐桌旁了，还来得及听娘训话几句。

不过，现在的早餐桌上，情形与往日已不一样，潘培基即使早吃好饭了，也还是会再看会儿报纸，专等潘绮珍到。布店的经营，多是潘绮珍在饭桌上向他们汇报的，慢慢地，连潘夫人对女儿也起了敬意，只要女儿一走进餐室，她就起立迎接，这个，可是潘培基才有的待遇。

有一回，潘培基问潘绮珍："店员他们怎么称呼你？"潘绮珍想了半天，才说："奇怪啊，他们非到迫不得已，都不主动叫我。要叫，也就叫'小姐'的。"

潘培基笑了，说道："也难怪他们，有几个小姐出来管事的？如果你没意见，我让他们叫你小潘老板，如何？"

潘夫人说："不好，我们就是未出阁的小姐，不是啥老板。"

潘绮珍也笑了，说："那不如新派一点，叫经理吧？不对，还是叫襄理吧，我是你们的助理啊。"

潘培基说："那就叫经理吧，我今天就叫人印片子去。"潘培基笑着对夫人又说："你看，绮珍总有她的办法。"潘夫人放低了声音，说道："也别太夸她，以后出了阁，不晓得婆家会怎么想。"

潘绮珍只低头吃饭，潘培基还在桌边翻他的报纸。吃完之后，潘绮珍说："真叫经理的话，我以前这身学生装也不配，竹布旗袍，也不是很配，要么我做一身宋老师那样的西装放在店里，到店就换上？"潘家夫妇对望了一下，一致对着女儿摇头。潘夫人说："穿你去年做的那几身旗袍，就已经够稳重了。你不是一直嫌它们老气嘛，经理穿，那是正好。"

潘绮珍也笑了，偏着头说："我就知道你们不肯的。"潘夫人剜了女儿一眼，说："就知道你会顺着杆子上。"潘绮珍笑得眯缝了眼，说："我会想出办法的！"潘培基看完报纸，折好了放到饭桌上，说道："潘经理，关心一下时局吧，读读报。"潘夫人把报纸推到一边，说："我们女人家，靠直觉。报纸和广播上说的事情，最做不得准。”潘培基讶异地看着潘夫人，摇摇头，起身走了。潘夫人小声对女儿说：“你爸爸先是说必定会隔江而治，你看看，这不没隔成吗？现在又说，舟山有大海做天险，防守必定固若金汤，你说，能稳多久？我们还是要早做打算才好，可你爸爸总是不听。”潘绮珍跟着也小声说：“我们学校里，也有各种论调，很有一些同学和姆妈的想法一样，可是，姆妈，这个，只能家里说说。真的是要想想办法才是，汇钱之类的，我们可以找郑家哥哥商量一下的。”潘夫人把手按在潘绮珍的肩上，说道：“我们毕竟不是行贩，我们是坐商，这么多家当，不是汇个钱那么简单啊。况且，现在市面不错，我们总是做生意的，哪里市面好，就在哪里做。”

潘绮珍想着这话也对也不对，心头迷茫。隐约有音乐声从第二进传来，那是郑景润在用唱机，据说他一个赶去广州上班的同事把这笨重的唱机留给了他，还有一摞唱片，这会儿放的是《蔷薇蔷薇处处开》。

潘绮珍已经有好些天没去李丽云那里了。先有郑景润，现在又有山山，都没有她潘绮珍的落脚处——这是潘绮珍怎么也没想到的，她和李丽云，居然疏远了，这会儿，她叹了口气说：“好一阵没和李丽云一起了。”

潘夫人说：“姐妹淘就是这样的，有段时间不晓得怎么处。等你也有了未婚夫，那就又可以轻松处了，等你们都有了孩子，那处起来就更轻松了。可是，话说回来，再怎么样，也都是远了。”潘绮珍感激地点点头。母亲的心里，真的有她，这一点，她从没怀疑，现在，父亲的眼睛里，也有她了，她曾经盼望的事情，真的实现了，照理，她该满足才是。比起父亲的看重，和李丽云的疏远，真的不算什么。她这样想着，可是，心里还是空落落的。

说换就换，潘绮珍换了身墨绿的旗袍去店里，临出门前，又被潘夫人叫住，加了串淡粉红的珍珠项链，又叫换去丁字形皮鞋，另穿一双圆口的中跟皮鞋。如此盛装，潘绮珍很不自在，坐进自家的黄包车，赶紧放下车帘，和车夫都没有打招呼，就是进了自家布店的门，也还是想遮遮掩掩。她本以为店内众伙计一定会齐刷刷看过来盯住她，不料，这会儿店里的气氛有些异常，小梅嫂正被几个官太太模样的女人围着，在比画着洋装款式，伙计们在旁边忙不迭地递换着布匹，都没注意到她。小伙计东宝走过来，对她眨了眨眼睛，轻声跟她说：“是三个从台湾来的太太，专程来做洋装的，还要做一年四季，总共好几十套衣裳。”潘绮珍吃了一惊，说：“这可真想不到的。”也就默默走到一边，把她上个月做的库存目录拿出来，预备伙计们找不到料子时翻查。果然，伙计们找不到那匹蔷薇红的薄呢，她立马查了说，在仓库东边第七格里，是小半匹的，上面压着另半匹驼色的呢子。

听她说这话，柜台旁边一直斜靠着看着她们那班女人的年轻男人，朝她转过脸来，说：“真好记性啊。”潘绮珍朝他笑笑，说：“我们有账的。”潘绮珍看他穿的制服是空军的，上衣是猎装款式，这天气还系着领带，可是又系得歪歪的，塞进衬衫里，手里拿着一副墨镜，随时要戴上的样子，一双眼睛又大又亮，他大概自己也知道，估计，不舍得拿墨镜遮住。潘绮珍不禁低头笑笑，她老是熬不住笑。那男的朝她走了过来，说："你笑什么？"潘绮珍抬起头来说："没什么啊。"可是看看他拿着墨镜一下一下在手心里敲，就又觉得想笑，索性就说："我觉得啊，你拿着这墨镜当道具用。"那男的拿墨镜指了指她的珍珠项链，说："我看啊，你这个才更像道具。"潘绮珍扑哧笑出声，说："真的呢，才第一次戴这种东西，真是个道具。"

"真的吗？其实，我是胡说。"男的笑眯了眼，"居然被我说中了！"

那边人丛中有个女的远远喊过来说："小王，遇到朋友了？"

年轻男人转头回道："是的，汪夫人，我遇到一个同学了。"

潘绮珍笑道："我哪有这荣幸做你同学？"

小王说："既然已经认同学了，我得赶紧给你我的资料。王天锡，江苏溧阳人，今年二十三岁，属虎的，未婚。今下午，汪夫人想介绍她的侄女给我，我正想着用什么法子推托一下。你帮一下我，我会好好谢你的，我下回帮你们带货！"

潘绮珍看他说得认真，居然也替他着急起来："怎么帮？汪夫人的侄女长得不好看？"

"等一下我会跟她说我们几个旧同学茶聚，她会来问你，你就说是。还有，她侄女现就在她身边，那个穿红皮鞋的就是。"

潘绮珍看过去，那姑娘可算是个美人，而且，是那种很知道自己是个美人的美人，在那里披张布料也在摆姿势等人看，不禁笑笑，就压低声音说道："这么个美人，你又何必推托呢？"

"花瓶一样的女人，我最不喜欢了。"王天锡说道，"你这里缺什么货，我真可以带的，最近我飞广州，有时候飞香港，夏天的布料，那里应该很多吧？"

潘绮珍心里暗暗称奇，自己这些天正寻思着怎么找门路带货呢，光靠那些跑单帮的，怕撑不起店里一个夏天的货源，这会儿，却天上掉下个带货的，她想了想说："我等一下去仓库看看。"

"赶紧啊，告诉我你的名字。"

"潘绮珍。绮丽的绮，珍珠的珍。是你同学，就只能和你一样大了。"

果然，汪夫人已经耐不住了，分花拂柳一般挤出人丛，快步到了跟前，潘绮珍笑脸相迎，说道："谢谢夫人照顾生意。"

汪夫人深深看了两眼潘绮珍，说道："老板娘好年轻，像个学生妹啊。"

潘绮珍笑道："哪里，我们小地方人不会打扮，发型也只会清汤挂面，要不就烫成一个鸡窝。像夫人您的发型，我们这里见都没见过的，真是好看。"

汪夫人抚了一下发尾，说："这还是年初在上海做的，都快半年了，接下去我都不知道该去哪里做发型，再拖下去，都要没形状了。唉，你们这里有从上海下来的发型师吗？"

潘绮珍马上说：“这个，我可以托人去打听，如有消息，我就请天锡转告您。”

王天锡带了点不耐烦的声调说：“我天天在天上飞的，你哪里逮我去？有消息了，你就告诉陈大鹏吧，这家伙每天会去我们大院等我。”

潘绮珍带笑说：“对的，我们都说他是你跟班。下午喝茶，又是他牵头的吧？”

“这回不是，这回是我做东，请江苏省政府里两位长官，这不他们都滞留在舟山吗？接下去都不晓得怎么办好了。”

汪夫人对着王天锡说：“下午你有事情啊？那我先头和你说的……”

王天锡拿墨镜猛敲了一下头，说：“哎呀！真是过意不去！”

潘绮珍离开他们，走到正在算账的伙计那里，看他排料出单，一边咬着嘴唇，提防着自己笑出声来。

结账时，夫人们付的是银圆，唰啦啦倒在柜台上，听着这声音，潘绮珍从心底里感觉喜悦，她暗暗笑自己：生意人果然喜欢钱。店里缺什么布料，她心里早就有数，也备了样品小布，前两天就放在结账的柜子里，所以，她随手取出递给王天锡，就像一直备着专等他来的一样。汪夫人冷眼看着，也就相信了他们果然早就认识。王天锡收了备货单，抢在潘绮珍开口前说：“还跟上回一样，我货到，你再付款吧。”临走前，又叮嘱一声说：“下午茶聚，你有空一定过来，不要像上回那样，又在店里走不开。”潘绮珍连连点头，绷到他们出门，自己一个人躲进库房，对着这些五颜六色的布匹，笑了半天。

第二天早餐桌上，潘绮珍就说了请空军带货已经有了着落的事情，潘培基连声称奇，说："我这边托宋舰长的，还没个具体着落呢。"一定要潘绮珍细说从头。潘绮珍一回想，也觉得这事情实在是有些不靠谱的，但是，没来由的，她就是相信他。于是，她只好略去前因后果，只说那个跟着那些台湾夫人来的空军军官很热心，付账时，她让了些折扣，又央夫人们说情，那军官才答应带的。潘培基对这番解释，竟深信不疑，喝完豆浆，吃好糍饭，匆匆就走了，还叮嘱潘绮珍说，下回那叫王天锡的军官来时，一定要通知他，会会面也好。

潘夫人却在饭后叫住她，说道："到底怎么回事？你从头说一遍。"潘绮珍看边上没人，也就压低声音，边笑边说，好不容易还原了现场。潘夫人听得很有兴味，末了，问道："他说他不喜欢花瓶一样的女人？"潘绮珍点点头说："对的，他就是这么说的。"潘夫人笑说："那他下回带货来时，你务必叫个伙计来通知我，我要请他来家吃饭。"潘绮珍说："你就不怕人家只是开开玩笑？"潘夫人拍拍她的肩膀说："我相信你的判断。你说他会是个骗子吗？"

潘绮珍只好说："等等吧，很快就能见分晓了。"

早饭后，潘家人各忙各的去，潘绮珍已走到大门口，又折回来，去找李丽云。还未到房门，就先听到山山和郑景润的笑声，潘绮珍门前一站，郑景润才止住笑说："丽云在后院呢，在帮宋夫人晒床单。"

潘绮珍到了后院，看到她们俩果然在井台边忙碌，她本想说："你们交给李妈不就得了吗?”话到嘴边，却成了:“要不要我来帮个忙?”李丽云和秦怡莲打着赤脚，各抓着被单的一头，正在反方向用力，水滴滴答答的，已经挤不出几滴了，还在那边挤。李丽云说:“别，你别走近来，小心你的皮鞋。”秦怡莲笑道:“还有，你这身旗袍，溅上一滴水都会变颜色的，不要过来啊。”

潘绮珍说:“好啊！你们现在合着养女儿，已经养成一家人了！”

李丽云看潘绮珍面色都有点变了，赶紧笑着说道:“我们已经绞干了呀。”

潘绮珍洗了手来，和她们一起把被单展开抖平，拉直晒好。秦怡莲说:“这梅季里有这么一天晴的，感觉像捡了个大便宜。重庆也是雾天多湿气重，碰到大晴天，一样急着洗洗晒晒，我那时最怕听到拉防空警报，你说，是逃命还是收床单?”

李丽云低声说:“我今天早上听到飞机从我们屋上飞过去，你们有听见吗?景润说他是没听着。”潘绮珍说:“我睡得沉，打雷都打我不醒。”秦怡莲说:“我夜里老是睡不着，到了天亮，反倒能睡上一会儿，估计，那时候我睡得最沉，没听到。”

山山蹦蹦跳跳过来找李丽云，说现在是到了讲故事的时间，急急地拉了李丽云过去。秦怡莲看着她们离去，边摇头边对潘绮珍说:“你也别难过，你的闺密被我女儿抢走了，我的女儿被你闺密抢走了，这失落，我懂。”潘绮珍也笑了:“我这失落啊，连我妈都看出来，昨天还安慰我了，你说，我这也太不争气了吧?有时候想想可真有点心酸哪。”

秦怡莲收起洗衣用的木桶，又换了身衣服，同潘绮珍去李丽云房间告了个别。郑景润也已经上班去了，山山和李丽云依偎在一起翻一本图画书，两个人也就抬起手和她们摆了摆，说声再会。出了院门，潘绮珍看看秦怡莲那失落表情，笑道：“宋夫人啊，你托丽云照管孩子，不就是想要她对你家孩子全心全意好吗？你可不要吃无头醋。”秦怡莲笑道：“我和山山的日子一直过得紧张兮兮的，跑警报跑怕了，总觉得下一刻会发生啥事情。山山跟着李小姐和郑先生，她反倒放松了。”潘绮珍说：“那不挺好吗？”她这样说着的时候，才晓得自己心里是为李丽云在辩护的，和山山在一起，那是李丽云为了她的生计；和郑景润在一起，那也不全是为了爱情吧？乱世里，人总得为自己抓点什么东西。再一个学期，就可以毕业了，李丽云不知多少回地跟她憧憬过：“当了老师，我就自立了，我就不用靠别人了！”不知道她跟了郑景润之后，是做少奶奶呢，还是去谋一份职业。这一点，她和母亲讨论过，母亲认定李丽云肯定去做少奶奶的，这会儿，她就同样问了秦怡莲。

“她会去当老师的。”秦怡莲正色说，“女孩子有独立的机会，可不能随便放弃。”潘绮珍道：“比如像宋安华宋老师？”秦怡莲点头道：“是的，她比我，自由多了。”

两个人在半路亭分手，一个朝南去布店，一个朝北去饭店，走出半路，潘绮珍回头看看秦怡莲，一身合体的薄荷绿绸子旗袍，这样轻巧的颜色，穿在她身上，即便是看背影，也显得一片端庄凝重，真不知道她怎么做到的。据说她曾千里寻夫，在战火纷飞中，争一个合家团圆，这样的女人，心肠该是铁硬的吧？而今，却在为女儿和李丽云亲热一些而失落。人心，真是有意思啊。

因为接了那几位夫人春夏秋冬的衣裳单子，店里本就比平日里忙，再加上有这几位夫人带来的广告效应，在舟山本地的太太们也来凑热闹，订单明显增加，小梅嫂就是从早到晚埋头做，看看也是来不及。潘绮珍寻思着找两个缝纫工，让小梅嫂腾出时间来打样裁剪。本地自己有店面的裁缝，自然是不肯来屈就的，纯粹的缝纫工，又要手艺过关，这个，真也难找。经营一家店就是这样，看似店里一成不变，实则是每天都有新难题。

这事情，潘绮珍想了好几天，还是没有想到办法，甚至，这居然影响到了她的睡眠，老是睡不醒的她，竟会在凌晨醒来。她是被一阵低沉的轰鸣声弄醒的。有什么东西贴着她的脑袋掠过，她猛然坐起，抬头看天井，似乎真有一团灰色从那里一掠而过。她一坐起，李妈也条件反射般醒来，问她："要喝水吗？"潘绮珍问她可听到什么声音，李妈说："没有啊。"潘绮珍听她如此回答，倒觉得浑身寒毛倒竖，一点睡意也无，索性就穿衣起来，站在二楼的走廊里望天。东边天际，彤云晶亮，太阳下一秒就要挣出头了，是个晴朗天气，天空也是如常澄碧，似乎并无异常。正当她准备回房的时候，一队飞机自东南而来，从她眼前掠过，往正西而去。她看到了驾驶舱里的飞行员，她确信，飞行员也一定看到她惊慌的脸。

她失声尖叫。

先是李妈和兄弟们应声而出，再是潘家夫妇一迭声问着披衣出来，在出门之后的那一刹那，他们也都定住了，看着飞机在他们眼前慢慢变小，小到像一队大雁的样子。

“他们这是要飞去哪里？”弟弟问。

能去哪里呢？大人们心里似乎都有答案，可就是没有回答。小弟潘植伟自问自答：“那是飞去宁波吧。”大弟潘植宏说：“未必，也许去上海，或者更远，你知道，飞机能飞很远的。”

潘培基叹了口气。潘夫人颤声问道：“四姑姑他们家还是住在灵桥附近吧？”潘培基点点头，又说：“我托人再去问问。”每年过年，全家出动去宁波拜个年，在潘家，也算旧历年的一件大事，今年，这个礼，看来是要全免了。那几个表姐表妹，也见不着了。潘绮珍心里有些失落，看看母亲着急的样子，猛地才回过神来，难道这飞机是去炸宁波？这不可能的，那不是炸自己人吗？不可能的。比如，像那王天锡，他就下得了手？

早饭桌上，送菜上来的厨房小帮工说，早上飞机来时，他听到山山在后进房间叫得凄厉，吓人哦。潘绮珍说：“难怪她的。他们在重庆的时候，日本人飞机来炸，她们跑防空洞跑怕了的。”

潘夫人端过粥碗，手有些发颤，说：“我们不说飞机了好吗？好好吃个早饭，各自去忙吧！”潘培基一声不响，低头静默吃饭。

到了店里，果然伙计们也在议论今早的飞机："都飞得那么低，看得到飞行员的领带，真的，他们去打仗也是系着领带的！"有伙计低声反驳说："我看是没系。干吗要系？又不是去跳舞！真要系那玩意儿，应该系在额头上才好。"

正在低头赶活儿的小梅嫂也抬起头来，低低叹息道："仗可不要打到这里来啊。打过来了，叫我再往哪里逃？"

大家一时静默下来。听说，上海打仗的时候，小梅嫂的丈夫吃了流弹，死了。小梅嫂自己从不说起，伙计们也只是暗暗猜测这"流弹"到底是炮弹还是子弹，既是伤心事，就不该当着人问——除非人家自己肯说。这静默，就是期待了，可是，小梅嫂又头一低，继续做她的活儿了。

好在过了不一会儿，就有个空军军官太太何夫人进来，她今天是来试样的，一进店门就要朝小梅嫂那里走，伙计潘得财抢先一步迎上她，带笑问候了，急急又问："今天飞机飞去哪里打仗啊？"何夫人略略发窘，道："这我可不知道。"潘得财看了一眼店堂，说："何夫人，我们这里现在没一个外人呢，不妨事的，您随便说说。"潘绮珍正要上前阻止伙计的无礼形状，不想何夫人却回答了："不是飞去宁波，就是飞去上海吧，你说，还能飞去哪里呢？"

"那他们——我是说共军，他们会飞过来吗？"

何夫人哧地笑了一声，说："他们没飞机，怎么飞过来？"

何夫人再也不肯多说一句，径直就进了试衣室，潘绮珍急走过去帮忙递送衣服，一边悄声问道："何夫人，是所有的飞行员都去打仗吗?"何夫人也轻声回道："哪能啊，轮流的呢。"潘绮珍默默想，既然空军这么有能耐，怎么就退到这么个小岛上守着呢?

潘绮珍和那些没出过岛的伙计不一样，他们以为舟山已经足够大，可她是去过宁波去过上海的，她知道世界很大，而舟山很小。何夫人轻声说："听说昨天去炸过灵桥，就是德国人造的那座桥，哎呀，西门子公司造的桥，就是牢靠，炸不掉。就再去炸。"潘绮珍说："我姑婆家就住在那附近。灵桥上好多人吧?怎么炸得下手?"何夫人也叹气道："作孽啊。还是我们女人好，至少不用去面对这死死活活的问题。有飞行员炸回来喝大酒求醉的，心里也不好受啊!"

第八章　会向瑶台月下逢

李丽云从窗口上看着潘绮珍和秦怡莲走出甬道，心下羡慕，在这院子之外，她们还有自己的天地。山山在静悄悄练字，再练一个月，她就要准备给爸爸写信。李丽云特别喜欢山山这一点，小小年纪，对什么，都有自己的计划。

“你将来准备做什么呢?”李丽云问山山。

“我要当海军，天天和爸爸在一起。”

“不对啊，你爸爸船上都没有女兵的。”

“等我长大了，就有女兵了!”山山停下笔，一本正经地对李丽云说，“我会陪爸爸一起打胜仗的。”

李丽云对她郑重点头:“嗯！你一定行的!”

李丽云复习她的功课，山山练字，一个上午就过去了。中午时分，李妈送了午饭过来，李丽云看菜式丰盛，就要再添副碗筷，请李妈一起在房里吃了。李妈推辞了一下，也就坐下吃了，饭后收拾了碗盏而去。现在李妈对李丽云的态度，和以前已大不相同，李丽云看着，心里五味杂陈。她读《红楼梦》，读到晴雯和麝月那两个大丫头趁宝玉不在，强逐坠儿那一段，心里总是十分难受——自以为坐稳了奴才的人，对低于自己等级的奴才，竟然那么自得又苛刻。李妈在潘家，主人之下就是她了，她倒是还算矜持自守，轻易不出声，重活粗活也不介意做，但身份总在那里，她自己也知道。早先李丽云来的时候，经受过她的一些冷眼，不过分，但也足够让李丽云晓得自己在潘家该守哪个位置。现在不同了，时时处处，对李丽云，李妈都晓得尊重，晓得自己要退后几分，李丽云倒又觉得不自在，对李妈，自然是比以前更客气些。有一回，郑景润笑她："我说啊，你对下人的态度，活脱脱像我家大嫂刚到我家时一样，客气太多，弄得他们倒窘了。"李丽云才晓得，原来客气太多，也是不对的，于是，也就淡淡的了。

今天说好的，晚饭时分，送山山去饭店，秦怡莲要和山山一起吃晚饭，饭后娘俩会一起回家。秦怡莲跟李丽云说这个带孩子的新规则时，李丽云心头一阵轻松，嘴上却还是坚持了一下，说她晚上也是可以带山山的，秦怡莲说："那是我前阵子忙，造次了，你是我们山山的家庭教师，带孩子睡觉这事情，实在不该让你做的啊。"李丽云说："那就恭敬不如从命了。"

李丽云在午饭时就通知了李妈，说晚饭以后不用再送了，她会自己吃。郑景润知道这个新安排时，比李丽云更高兴，说今晚上就要带李丽云出去庆祝庆祝自由身。李丽云笑他："看你！那以后有孩子了，怎么办？”郑景润凑在她耳边说：“我就要你，不要孩子。”

两个人商量了一下，打算送山山到百乐门，然后就在那里吃晚饭，可是，等他们把孩子送到秦怡莲手里，他们就改变了主意。山山还是想黏着他们，只要他们坐在那里吃饭，山山就还是会跑到他们桌上。秦怡莲怕也是这样想的，说的话也是送客的话：“山山，和老师和叔叔再会啊，明早再会！”

况且，百乐门的氛围，闹猛得很，也不是他们要的。好在最近这一带新开的饭店多，郑景润犹疑了一会儿，才选定了“绿杨邨”，可是，走过去一看，那里也是人多，李丽云就有点不高兴进去，站在门口迟疑着，这时候，对面来了个人，她想低头躲避，却来不及了。

宋安华笑吟吟拍了一下她的肩膀，说：“来，丽云，到我那里吃饭去，这里都是野蛮人，那些眼光，会把你吃了。”李丽云窘得不知道该怎样介绍郑景润，宋安华却已很熟络地和郑景润打了招呼，一边笑说：“郑先生，昨天红房子那边，陈大队长还念叨你呢。”郑景润略怔了一下，说道：“是吗？明天晚上，要是丽云有空，我们一起去红房子吧！”宋安华也就笑笑，引着他们上了百乐门的西餐厅。虽只一墙之隔，气氛却大不相同，唱机低低放着轻音乐，李丽云听得出演奏的乐器，她知道那叫萨克斯，学校有音乐课，老师还是留过洋的，老师说过：“能听懂音乐，会跳舞，才像个文明人。”

她也记得老师讲解的关于萨克斯的知识，木管乐器，19世纪发明的，那发明的人是比利时的阿道夫·萨克斯，器用其名，使用音域是两个半八度，但是，她也是这样会背而已，她听不出这是什么曲子。李丽云看郑景润熟稔地点了几个菜，也没问她爱吃什么，自然是晓得她对此不通，其实，李丽云也是上过西餐礼仪课的，只是没有实践的机会而已。但她学的是正宗的西餐吃法，从头盘到甜品到咖啡的，这里却是简餐，上了面包和白脱之后，就是主菜，李丽云小心地使用着刀叉，默默切着牛排，毕竟是生手，有一两回，落刀重了，盘子上嘎嗒有声，让她发窘。

郑景润却是轻车熟路，吃了半晌，说道："东门红房子，你知道吧？先是县政府在用，现在被空军征用了，那里有个舞池，能跳舞，我去过几回。空军那帮人，舞跳得老好。你有兴趣学吗？"李丽云嘴巴还在咀嚼牛肉，也就带笑点点头。郑景润整个人放松下来，讪笑道："我还怕你责怪我不告诉你。"李丽云说："哪会？你也不可能什么事情都告诉我啊。人都有些小秘密的，对吧？"郑景润也笑了："那你也有小秘密吗？"李丽云放下刀，想了想说："自然是有的。"郑景润看着她笑，说："真的啊。"

虽是简餐，甜品却还是有的，宋安华自己端着一盘慕斯蛋糕上来，在他们桌上坐下来，看着李丽云笑，说："你这小屁孩，还真让人吃惊呢！"李丽云羞得低头不语，郑景润笑着说："这事，怪我，拐了这孩子。"李丽云更窘了，怕他说出更不堪的话来，就强撑着抬起头来说："明年这时候，我就毕业了呢，我也是大人了。"顿了顿，她又说："潘绮珍都能当经理了呢，我们都长大了。"宋安华朗声笑了起来，说道："真的，你们都长大了，而我，是老了啊。"李丽云松了一口气，说："宋老师是我们的女神，我们都巴望自己能长成你的样子呢！"郑景润也帮腔道："这个城里，谁能跟你比呢？"说完了，又觉得不妥，连忙说："这蛋糕味道地道，难道你们请到了上海红房子的西点师？"宋安华看着他，笑道："厨师还是老厨师，这蛋糕，关键看和谁吃，味道会变。"郑景润说："宋老师你真太幽默了！那给我们再来一份吧。"宋安华离座而去，稍后，一个男侍者端来了蛋糕，他们俩安静吃着，萨克斯的音乐潮水一样涌着。等他们吃完饭结好账，他们在柜台那里稍微等了一会儿，不见宋安华出来，也就走了。

此时夜色已浓，起了点风，风里有街市上的饭菜香味，街两边除了饭店，没几步就有各种小食摊子，好像这世界上，除了此处炊烟，再无别处战火。李丽云扯了扯郑景润的袖子说："这西餐，真还不习惯呢，感觉像没吃过饭呢。"两个人又在馄饨摊前立着各吃了一碗馄饨，李丽云又多讨了半碗汤，吃得额头都冒汗了，才说："这下饱了。"

旁边一个兵油子模样的人，也看着李丽云，哧哧地笑着说："姑娘这吃相，跟我在家乡的妹妹可像了。"说着还叹了口气。李丽云早就习惯各种各样人看自己的眼光，晓得凡是长得漂亮些的女孩子，都是有人看的，这没啥，她从不为此沾沾自喜，也从不恼盯着她看的人。郑景润先是有几分恼火的，听他那么一说，倒分了一根烟给他，给他点上了火。他们走开很远了，回头看，那大兵还站在馄饨摊边抽烟，烟头亮亮的一点，明明暗暗。

走到无人的小巷子里，郑景润把李丽云的手裹到手心里，说道：“说起来，你也是本地人，可现在，你也和我一样，孤孤单单。”李丽云弯起手指挠了挠他的手心，说道：“我们现在不孤单吧？”郑景润握紧了李丽云的手，到了大路上，也不肯松开，李丽云挣了好几下，才脱开了，嗔道：“都弄疼人家了！”郑景润笑说：“我真想把你缩小，缩成拳头那么大，天天身边带着，回到家，吹口气，噗，你就又变大了。”李丽云呆了呆，说：“那这世界上，就没我这个人了啊。”郑景润说：“怎么会？你不是一直在我身边吗？”李丽云笑说：“什么是人啊？人是一切社会关系的总和嘛，没了社会关系的我，等于不存在一样啊。”

郑景润说：“你读的都是些什么书啊，这么玄玄的，我不懂。”

李丽云轻声说：“宋老师悄悄给的，好多新的思想，读起来真让人向往的。”

郑景润看了看左右，也轻声说：“宋老师她可真胆大。下回别看了，小心受牵连，我们就过自己的小日子吧。”

趁着中午休息，郑景润跑去红房子找陈毓恒队长。这红房子在城东护城河的东侧，建筑通体赭红色，占地约有两亩，四周一人高的围墙，一样也是赭红，外墙漆故意皱皱巴巴起着皮，类似国画里的皴法，蛮有诗意。日据时期，这里是警备司令部，胜利后，做了定海县政府办公楼，现在，这里归了空军。据说这里的厨房做的西餐味道正，一众食客虽艳羡万分，但能得其门而入的，并没有几个人。郑景润，是其中一个。他能在银行帮他们打理钱款，他又跟这些飞行员一般出身优渥，种种消遣也都对路子，一来二去，也就成了红房子的熟客，隔三岔五总来坐坐。

郑景润最喜欢这里的跳舞氛围，就像家庭派对似的，有种懒洋洋的轻松。这里轻易不带舞娘进来。他们曾费了番心思找过定海城里的社交名媛，可他们失望了。这城里的人看着衣着也时髦，但在社交上，和上海完全是两码事情，这里好人家的女儿大多是藏在家里不出门的，总算还有像宋安华这样的女人，但她却又是凌驾在他们之上的，像个女神。他们就常不无遗憾地感慨：社交名媛们，不是去了中国香港就是去了美国，最不济也去了中国台湾，赶赴这里的，除了兵，还是兵，再没别的了。郑景润知道带李丽云来这里会有个什么样的效果，如果他明说了是带未婚妻来，这效果就会打折，也显得自己小气，也就只说晚上要带个美丽的淑女过来。陈队长满脸带笑道："请晚上一定带李小姐来，请转告她，我们万分期待！"

那天晚上，李丽云走进红房子的效果，就跟郑景润设想的一样。李丽云还是穿着那身墨绿的香云纱旗袍，中跟的皮鞋，头发也就齐肩披着，新戴着郑景润刚给她的钻石发箍，虽是细溜溜的一条，却闪亮得很，更映得她明眸皓齿，乌发如云。这钻石发箍是南下广州的同事便宜转给他的，再便宜，总也是钻石的价格，足够金贵，郑景润原想藏着让李丽云结婚时戴，可今晚上鬼使神差地，巴巴拿出来让李丽云戴。这是他第一次用旁人的眼光去看李丽云，觉得她美则美矣，但总还是有点小城市的土气，这个钻石发箍，一下子就把她稍显老气的装扮变为典雅端庄，让她看上去像个有根底的淑媛。

李丽云一路浅浅笑着，跟着郑景润到了一个靠窗的小桌，低头对付一道道上来的西餐，她能感觉到旁边射过来的一道道目光，也就更专心一意吃眼前的食物。食物撤下，甜点上来，她才松了一口气。甜点再撤下，音乐响起，李丽云只好抬起头，看着滑入舞池的两对男女翩翩起舞。她的视线飞快地掠过几张年轻的脸庞，他们确实如传说中的那样英气勃勃，有的还有些腼腆，就像她不大敢看他们那样，他们也不敢很放肆地看她，和街上那些兵油子完全不同。郑景润拉着李丽云跳了一支布鲁斯，他只在家稍微教了一点，李丽云就能马上跟上他的步子，他才知道，原来李丽云的课程里是有舞蹈的，交谊舞也是学过的，这让郑景润简直喜出望外。

“跳得很好呢。”郑景润把李丽云带到桌边坐好，“你的乐感真好，节奏都比我踩得准呢。”

李丽云笑了，说：“我们学校里一学期也总有一两回弄个小舞会的，明年毕业有个大舞会，心急的同学都在准备行头了，你知道，我们这些穷学生要配齐整套正装，可是要老早做预算，一点点添置的。”

有个飞行员过来请李丽云跳舞，瘦瘦高高，看着像个青涩的大学生，整个人绷得紧紧的，舞到一半，才稍微轻松些了，手心还是汗津津的。在两段乐曲的小间隙里，他轻声附在她耳边说：“我叫刘仲瑞，刘备的刘，伯仲的仲，瑞雪兆丰年的瑞。”李丽云点点头，在犹豫的当儿，音乐又起，她也就专心跳舞，直到第二段音乐间隙里，她才郑重说出自己的名字，刘仲瑞重复了两遍，生怕忘记了。两个人交换过名字之后，都不晓得往下该说些什么，只是小心翼翼地踩着舞步，彼此都感觉对方是个生手，有几回，还是李丽云带着他跟上节奏。李丽云觉得自己似乎也该引导一下谈话，她问："您是不是还有兄长叫刘伯瑞？"刘仲瑞僵了一下，说："是的，他也是飞行员，等下回，我和你说他的故事。"李丽云能感觉到他话里的激动，可她不知道那是为了什么。

刘仲瑞把她送到座上，郑景润也刚送好舞伴回来，刘仲瑞向他微微鞠了个躬才走。郑景润看他走远了，才探身过来对李丽云说："我从来没看他跳过舞，原来他也会啊。"李丽云笑道："和我一样，是个生手，我们跳得就跟两个学生考礼仪课似的。"郑景润说："他哥哥是抗日英雄呢，清华毕业到中央航校的，一场空战后，他驾驶的飞机座机受损无法顺利返回基地，就加足油门冲向日本军舰要害部位，一个人炸毁一条军舰呢！办完丧事，这个弟弟也来航校了，也是清华的呢，都等不及毕业就来学驾驶飞机了，很让人感佩啊！"李丽云默默旋着手中的杯子，才体会到刚才刘仲瑞没来由的激动从何而来，她感叹道："跟他们相比，我活得多么渺小啊，我只想着明年我就能毕业，能当老师了。"郑景润也笑道："我的理想，只比你大一点点，我想着明年就可以和你结婚了。"李丽云道："那你的理想比我小。"

郑景润笑笑，不接她的话头了。李丽云又默默打量着这些神采飞扬的飞行员，他们好多都是和日本人对阵过的吧，对如今执行的任务，不知有何感想。郑景润不喜欢讨论这样的话题，她也就只自己想想。她感觉到刘仲瑞的视线穿越众人阻挡落到她身上的重量，他皱着眉头，闷闷不乐地坐在角落里，再没有起身来邀请李丽云跳舞，因为李丽云这边的邀请实在热闹，惹得郑景润都笑说："哎呀，今天才知道你有当社交名媛的潜质，以后是要多带你出来！"李丽云半恼道："别笑话我，我都不会说话的。"

"女人是不该多说话，只要保持微笑就可以了。"郑景润又打了个比方，"就像神秘的蒙娜丽莎。"

李丽云待反驳他，又觉得不必要，也就只好再笑笑。

这有点陌生的沉默，一直到他们回到潘宅才退去。李丽云说道："我现在能够明白童话里灰姑娘的心情了，舞会，是会让人恍惚不在人间的。现在好了，梦幻消失，我又是我了。"她摘下头上的钻石发箍，让郑景润再去收起来——在她这里，实在没有收这样贵重东西的地方。两人各自回房洗漱睡下。

一大早，李丽云被敲门声弄醒。她披了件衣服去开门，原以为是秦怡莲提前把山山送来，却是门房老潘，一见她就说："李小姐，门口有三轮车夫来说，老太爷被逮起来了，托他带话出来请您营救。"

李丽云脱口而出："哪个老太爷？"

"小姐您父亲啊！"

郑景润已闻声开门且穿戴整齐，他对李丽云说："你先梳洗，我这就去门口先看看。”走几步，又停下来说：“不用着急。”

李丽云赶到门口时，郑景润已经坐在黄包车上，她一坐上，车夫拉起就跑。郑景润说：“老爷子遇到警察盘查，顶撞了几句，就被拉进警察署。老爷子机灵，还晓得吩咐同伴来找我们。应该没事的，具保出来就好。”

那么，那天看到的背影果然是他，定海城不大，他要怎么小心才能避免第二次偶遇？窘迫中，李丽云心头抽痛了一下。直至进了警察署，看到他缩在角落里坐着，整个人比之从前是瘦小了不止一圈，李丽云的心已经软了，走到他跟前喊了声“爹”，郑景润竟也跟着喊了声“爹”，随即就走开去找办具保手续的人，仿佛他来龙去脉都已知晓。这是这几年来，他们父女站得最近的一次，李丽云低头看着他没穿袜子的布鞋问：“警察做啥抓你？”

“我前天做中间人帮一个男人找了一处房子，昨天警察挨家挨户查户口，查到他了，他身上的租约上有我的名字，警察就找到我了，说那男人有很大嫌疑是对方的探子，盘问我一通话，我急了，就顶了他两句，我说哪个人额角头上写着他是坛子还是罐子？我不过是个中间人，就租个房子，如果我和他有啥勾连，我会把自己名字写那租约上面？”

“你总是要占人上风。”李丽云放下心来，“都这个年纪了，总得改改。”

“你这话的口气，像你妈。”

听了这话，李丽云反倒挺了挺腰，走了开去，到郑景润身边，看他和警官说话。郑景润已经交了保金，都不晓得他拿什么交的，只看他手头已经捏着收据了，正对那警官说："那我就带人走了。"

三个人走到大门口，郑景润说："我们去吃个饭吧。"

"爹带你们去家新开的饺子店，地道山东厨师做的，离这儿就两步路。"李丽云听他这么亲热说话，心里并不舒服，可还是跟着他走了。

进了饺子店，三个人坐了一张小桌子，叫了三客饺子，李丽云爹给自己要的是猪肉白菜馅，给李丽云叫了虾仁韭黄馅，问郑景润要吃啥馅儿的，郑景润说："就跟丽云一样的吧。"店里伙计显然认得李丽云爹，一来就热络地说："李哥，您来了！有个主顾，要托您找房子，他晚饭时会再过来。"郑景润看他应了，说道："爹，得空您也帮我们找一处宅子。"

李丽云说："潘家指望我们帮他们住着，好不让部队来占他们家房子，我们俩都搬出来，怎么跟潘家交代？"

郑景润说："那我们结婚后，还住那里吗？那总是不方便的。迟搬早搬，总还是要搬的。"

她爹专心吃着饺子，一脸沉思状。

三人吃完饺子一起出门，在街角僻静处，李丽云从包里取出一包钱给她爹——秦怡莲前两天刚给的，连纸包也都是她包的，她还没启封过。她爹略推了一下，也就收下了。郑景润待要掏钱，李丽云伸手挽住了他，一边就说了再会。

两人默默前行，李丽云都不晓得说什么。这样与父亲见面，是她没有想过的。显然，他对她的状况，是一清二楚的；而她对他，一向是漠不关心的，就像从前他对她们母女漠不关心一样，这一点，她想和郑景润讲清楚，可是，那么多往事，她要先从哪里讲起？也就只有默默走着。在李丽云看来，此刻郑景润的沉默，倒像是一种谴责，李丽云就更不想现在解释。

街两边很多店铺的门板都没有了，店家在门前拉了一张网，网上挂着几把镰刀和铃铛，齐腰处又堆着些刺蓬，就算是门了。有几家竖着几条白坯薄板，看着就要倒的样子。

“门板呢？”李丽云奇怪了。

“都让当兵的拆去当床铺了。一下子来了很多人，县政府那里供给不上，大兵们自己想办法了，见门就拆。拆人家里的，总还是拆店铺的说得过去吧。”

“什么逻辑嘛！”李丽云说，“我们去看看，小弄堂里有被拆去的吗？”

两人特意拣了小弄走，一路去，除了几家铁门大锁的，小户人家的木门，都豁着口。因为气愤，李丽云走得飞快，一边恨声道：“来的都是些什么人啊！”话刚出口，就觉得不妥，气急又加一成，走得更快了，把郑景润甩在后面。这小弄堂七拐八拐，到了定海公园。这地方在城北镇鳌山南麓，他们住在城南太保庙附近，平常也不会特意来。

定海城中就这一座公园，听娘说过沦陷前这里又美又有人气，李丽云模糊有点印象，从她记事起，这里也被日本人糟蹋得破败不堪了，也就成仁寺那里还有一排房屋，胜利之后，大家都有点期待定海公园能恢复到它传说中的样子，可时局如此，期待只有落空。

李丽云慢下脚步，等郑景润一道走，叹了口气，说道："刚才我也不知道哪里来的隔壁气，生得那么大。"郑景润笑道："头回看你生气。原来你这么有正义感的，可算个侠女。"李丽云说："唉，恐怕我是第一贪生怕死的。要是真有侠女那烈气，我就跟随我娘去了，不用留在这里看我那不争气的爹这副鬼样子。"郑景润这下约莫知道她生气的源头了，不觉松了口气。

两人原以为园中无人，也就牵手而行，转过个墙角，没走几步，才发现这里似乎到处都有住人，就连园中那些破败的房子，里面影影绰绰，也住了不少人。成仁寺那里也赫然挂上了一块牌子，上面几个字墨迹簇新："舟山革命干部学院"。郑景润赶紧拉了李丽云疾走出来，这下轮到他走得飞快，架着李丽云，转眼出了公园，缓了缓气之后，才解释："我们这样冒冒失失走进去，万一被当作共军的探子，那要劳动你爹保我们出来了。"看李丽云不接口，就又说："爷爷给爹取的好名字，李不言，多脱俗。"李丽云还是上气不接下气，喘了半天才平复下来，说道："爷爷一生不羁，俗事上不肯下功夫，家境就一年年败下来，到我爹手里，也是这样，真没啥好说的了，否则，我也不至于这样……"她硬生生把"寄人篱下"这四个字咽了下去。

两个人走到北大街，叫了辆黄包车。车夫不等他们说话，就拉上了篷。郑景润问那车夫："您认识李不言吗？他也是你们这行的，好像还帮人找房子。"

"认得啊，我们这行里的都认得他，老爷子很仗义，谁有难处，他都会相助呢。他是在做中间人，很顶真的，先生放心找他！"

"他满大街跑的，怎么找他？"

"他最常去'好再来'的小菜馆，晚饭时分，他会在那里歇好长一阵子。喏，就在那里的。"车夫指给他们看。

郑景润和李丽云对望了一眼。平常，他们坐车到了太保庙弄堂口就下来，自己再走一段。这个好再来小菜馆，就在这弄堂口的对面，在他们的身后，也许，这会儿，他就在看着呢。李丽云真想转身去看看，可是，她缩了缩身子，继续往前走了，倒是郑景润一边走一边回头，说道："选的好地方哦。"李丽云也不搭理他。

第九章　疑是故人来

宋以文在咖啡厅的暗角落里，已经续了三回咖啡了，那么，今晚，又别想睡着了。不过，对于他的失眠来说，这咖啡，真不算什么，喝不喝，都是一回事情。楼下，秦怡莲在带着山山吃饭吧？她们很快会回家去。宋以文探了一下窗口，也许，她们正打算走呢，他可以喊住她们，一起回家。可是，他却还是坐下，坐在这里，等宋安华出现。他很有理由坐在这里，这一次，他带来的西式简餐的账目，他得给她，下一回要带什么，她也得交给他，他们必须见个面的。

他安下心来，掏出打火机打着，人呆呆出神，宋安华到面前了，他也没觉察到。

“你还留着这打火机啊？”宋安华说道，“打火机是最会丢的了。”

宋以文赶紧把玩得发烫的打火机装进裤兜，大腿那一块热乎乎地上来，脸上就更不自在了。

宋安华把这个角落里的灯调得更暗些，才坐到宋以文对面，一身墨绿色的旗袍更显得幽暗，只有眼睛亮闪闪的，还有挖得深深的旗袍领那里一个小钻石坠子，在暗中闪着，像一滴泪。两个人静默坐着，外面下起雨来，梅雨季的雨，黏稠得很，把黄昏的热气更逼得浓了起来。宋以文缩回手，解开了风纪扣。宋安华问道："从船上直接就过来了，没回家吗？"不待宋以文回答，起身从吧台里取了一串钥匙来，说："这天气，怎么穿得牢军装外套？这房间就紧靠这个厅，单独出入的，你快去洗洗吧，里面有便服，你换了再来。"

宋以文把公文包里的一沓账目交给她，宋安华自到吧台坐下，旋亮了灯，低头看起来。宋以文在她身后站了会儿，宋安华头也不回，说道："还站在这里干吗？快去洗啊。进了你身后的帘子，就是房门。"

这拐角处的房间与咖啡厅有一道竹帘隔着，与走廊又有一道门隔着，宋以文开门进去，也就一张大床一个衣柜，无甚出奇之处，这倒让他放下心来。水龙头热水量大得让人惊讶，宋以文感叹着，在水流包裹中感觉到困意袭来，一阵浓似一阵。浴巾松软，他擦拭自己的时候，这松软也增加困意。他朝着床走去，床也是松软的，陷进去的那一刻，睡意潮水一般涌来。

这一觉睡得香甜，等他醒来，已是天光微明，他愣神了好一阵，才想起身在何处。最近一直缠在他后脑勺上的一股冷气，现在全然没了。他神清气爽，这一点，几乎让他流下泪来。

宋安华和衣蜷在床头边的椅子上，想是守护累了，头抵住床背，姿态僵硬地睡着。宋以文掀开薄被看看自己，不觉面上飞红，他慢慢坐起，看到自己的衣裤都在床尾的美人靠上，但这时候忙忙去穿衣服，似乎，也显得小里小气。他裹好自己，挨近宋安华，想着该怎样把她抱到床上躺平。宋安华惊醒，瞪着眼看了他好一会儿，才说道："昨晚被你吓死，怎么都推你不醒，哪有睡那样死的！把你弄平了，隔一阵听听，再听听，呼吸都是平稳的，才放点心。害得我都不敢睡，试了你一夜呼吸！"

"我失眠有十天了吧，就是睡不着，"宋以文把身子往被子下面缩了缩，"昨晚热水澡洗着洗着睡意就来了，出来一扑到床上，人就不知道了。"

宋安华和衣躺到他身边，和他脸对着脸，问道："有心事？记挂瑞安老家那边？"

"李副舰长已经托人去看过了，也托付过那边的朋友了，说会帮着关照的，应该没有问题——目前也只能这样了。"

"我爸爸对了你带过来的族谱，说我们三代之前是同宗的，正要找你说归宗之事，自然，是我们这边的，归到瑞安那边去，可现在这样子，这事也没法做。不如我们两家就此走动起来，倒比归宗实在。"

宋以文把被子拉了一角盖到宋安华的肚子上，也还是一本正经地接着话头："这样最好了。那你就是我亲人了。"

宋安华伸手摸着他的脸说："说也怪了，想现在这一刻，我想很久了，可真到了眼前这一刻，心里怎么反倒清凉得很。"

宋以文隔着被子抱着她，心头也是苍茫一片，生生就把身体的骚动扫荡一空，叹了一口气，把头埋在她的胸前，一股幽香扑鼻而来，是旧时气息。宋以文简直要落泪。

宋安华拍着他的后背："你快穿衣服回家吧。以后想好好睡一觉，就随时来这里。你走后，我也好好睡一觉，再起来忙活新的一天。"

宋以文从二楼咖啡馆的前门出去，街市上没几个人影，天色还没透亮，还是夜里的样子。他走了一段，竟又想倒走回去。如果昨晚他没有睡得那么死，事情，也许就两样了。或者，如果这房间不是在这酒楼上面，这会儿，他就不用急着出来了。没有合适的时间和空间，就什么事也发生不了，对此，他不知道该遗憾还是庆幸，至少，这一刻，他的心里满满都是遗憾。

后面有辆黄包车来，在他身边停了下来。宋以文觉得这车夫面熟，那车夫却也记得他，说道："老爷还是去潘家吗？"宋以文才想起是他到这里的第一天遇到的车夫，笑说道："您老好记性。"

"我们这行，就靠眼头活络，我认得您，还认得借住在那里的一对小夫妻呢。"

宋以文愣了愣，朦朦胧胧记起秦怡莲说起过那一对是情侣，但又觉得不该和黄包车夫说这些，也就不搭这个话头，只看沿路店铺门板的狼藉相。有一家不知从哪里弄来的铁丝网罩了门面，这会儿正使劲解扣移开，看着十分吃力。那车夫似乎还想说这对小夫妻的话题，又提了一次，看宋以文不搭腔，也就不说话了。

到了门上，给车钱的时候，宋以文还是多给了他一些，但总不能明说："不可把我从哪里来告诉我夫人。"定海城小，如果有人留意，大概藏不住什么事。

他轻拍了一下门，才想起自己压根儿没带钥匙，柳安才有钥匙，昨天离舰时，他怎么就没想到这一点呢？看来，是要在门槛上坐着，等院子里有人声时再拍门了。不想，门轻轻开了，柳安探头出来，一见他，就赶紧轻声说："我说我是先回来候着您随时回家。"宋以文点点头，他自然不必和柳安解释什么。柳安在，他就不用和怡莲解释什么。他叫柳安快去睡会儿，自己也不进屋，就在廊下藤椅上坐了。那丛蔷薇花开得满枝满脑，菜畦里也挤挤挨挨，一派盛夏将来光景。几只白粉蝶在晨光里飞来飞去，宋以文的视线也跟着它们翻上翻下，在一个角落，他又看到了那只通体黑色的野猫，它定睛看住他，要把他看透一般。宋以文一惊，聚了眼力与它逼视，那猫才喵地叫了一声，扭身一闪，不知哪里去了。

秦怡莲在他背后笑出声来，说道："几时变得那么调皮，和一只猫也别起苗头来。"

宋以文转过头笑道："起那么早？"

"等你一夜啊，没怎么睡着。"

"那我下回不让柳安先来候门了，省得你等。"

秦怡莲笑笑，自去张罗早饭，宋以文也跟进去帮忙。这厨房用的还是烧火的土灶，宋以文就在灶后点柴火拉风箱，烧热一桶水顺便又蒸熟了鸡蛋和玉米，还有几只青团。秦怡莲说："等会儿吃好早饭，你就洗澡再睡会儿。船上洗澡总是缩手缩脚，家里洗得舒坦些。”宋以文应着，说：“我过会儿还要再去舰上，要是今晚能回，再好好洗。”

秦怡莲自去酒楼开工，嘱咐宋以文过会儿送女儿到李老师那里去。宋以文和山山玩了半天，看着她像模像样会写字，吃了一惊，再考考她的算术，一百以内加减法不成问题，乘除法也已有概念，甚至连东西南北的地理方位，她也有兴趣。宋以文暗暗纳罕，看来住在第二进的那个女子在启蒙上是有一套。山山攀着他的脖子说：“爸爸，我以后也会是海军，那样，我就能天天到船上陪你，我能为你做好多事的，我还要学会开船。”

“没有女孩子当海军呢。”宋以文抱她在膝上，拿胡子茬蹭她后脖子痒痒，“但你可以去念大学，当女博士。”

山山扭着腰笑着闪避：“等我长大的时候，女孩子也能当海军了。爸爸信不信?”

宋以文想想，说：“我信。”

宋以文送山山到李老师那里，不由多看了她两眼。平常的浅蓝竹布衫裙，不施脂粉的一张脸。五官的精致和身条的曲线，这些女人爱用装扮强调的部分，在她这里，却是着意遮盖，但也晓得遮不住，知道自己毕竟是美的，所以，宋以文特意看她这个人的时候，她回视的眼光并无扭捏与羞意，落落大方地以山山老师的姿态，从他手里，接过去孩子。

倒是宋以文有些不好意思，把自己对于山山开蒙的观感说了一通，最后总结说："今早上，我确实被山山惊到了，我说我要好好看看李老师到底有什么三头六臂。"

李丽云笑着抬起双臂，调皮地拉着山山一起，在他面前转了个小圈，假借着山山口吻说道："爸爸放心，我们会好好学，会让你知道我越来越厉害的哦。"山山也笑着把这话又嚷了一遍。

李丽云和山山把宋以文送到前院大门，宋以文随口又问了李丽云的学业和打算，李丽云一一答了，宋以文叮嘱道，以后如果有什么要帮忙的，一定记得找他。

这一天晚饭前，李丽云送山山到秦怡莲那里，特意说道："山山爸爸今早夸了山山一通，说想不到她已经会写会算了。"

秦怡莲也高兴，说："我早就写信告诉过他，兴许他不信呢，这回眼见为实，他肯定开心。"宋安华看她们说得热闹，也走了过来，听了个话题尾巴，也听到了秦怡莲最后感慨道："两夫妻有了孩子，心就都在孩子那里，孩子有一丁点的小成绩，做父母的，心里就别提多美，甜滋滋的。这感觉啊，就是有个爱人弄得他失魂落魄也抵不过这点甜的。"

李丽云暗暗吃惊，秦怡莲这声气，和往日不同，又平白无故地当着孩子说起"爱人"这样的事，似乎更不妥当。宋安华正站在她们身边笑吟吟地听她们说孩子，看她这么话题一转，表情也有些讪讪。李丽云也颇觉不自在，原来平日看来圆融的一个人，也总有一处藏枪掖棍的。告辞出来，一个人怏怏走着。郑景润这几天也不知道在忙什么，好像有什么要紧事，他不说，她也不问。

没走几步，身后有个人赶了上来，说道：“是李小姐吗？”李丽云惊了一下，才认出是那日见过的刘仲瑞。对方看着她，也是微有吃惊，说道：“我看背影很像，才上来问，预备让人骂一顿的。”李丽云一看到他，想到的是他的身世，不由得有些心疼他，和他说话的调门，也就温柔得很，问他最近可都安好，出任务一定要小心。话说到后头，李丽云才醒觉过来，倒觉得自己这样不合适，实在是交浅言深了，也就打住了话头。刘仲瑞近近挨着她走着，回答着她的话。

他们在芙蓉洲路路口告别，一个朝东一个朝西。走出一段路，李丽云本想回头看看，却还是熬住了。从状元桥边折向南边，她正好顺路一回头，远远地看见刘仲瑞还站在那里，见她转头，就朝她挥手。李丽云也朝他挥手，看他仍在那里立着不走，自己也不好就这样光站着一直挥手下去，也就顾自走了。

回到潘家，郑景润也已回来了，坐在书桌边，神情有些落寞。李丽云无语陪坐了一会儿。向晚天，又下起雨来，空气闷热，李丽云问：“晚饭吃过了吗？我还没吃呢。”

“不急，过会儿去吃。”郑景润说，“先让你看看我哥哥的信。”他把信交给李丽云的时候，长出了一口气。原来是他哥哥要他赶紧入台，随信又寄来一张入台证。通篇读下来，并无说到她半个字，那么，果然郑景润一直没有向家里提起她。她把信又读了一遍，这遍她又读到，郑景润手头的钱，已经都打到他哥哥那里了。李丽云把信还给郑景润，说道：“我们还是去吃饭吧。”一路上，两人默默走着，出了弄堂口，看到好再来菜馆，郑景润说：“要么到那里去找一下爹？”李丽云摇了摇头，说道：“你的计划里，千万不可有把我托付给我爹的想头，他不是个可靠的人，我呢，也已经自己照顾自己很多年了，你要相信我自己对付得了。”

“我不会一个人走的，我会想办法也给你弄到入台证，一定有办法的，我要带你一起走。”

“哥哥让你什么时候走？”

“他说尽快，”郑景润说，“信里写的，怕时局变化太快。”

“可我明年6月底才能毕业呢，我得拿到毕业证书才能走。你哥哥在信里说，越来越多的人到台湾，找工作都成了问题。没有文凭，我没法找工作的。”

“我们郑家养得起少奶奶的，我嫂子，现在也没工作的啊。”郑景润皱着眉头说，“你的文凭不是问题，入台证，才是问题。”

说话间，两个人又到了状元桥附近，找了家还算安静的菜馆，点菜吃饭，两人都有些闷闷的。郑景润说：“我想了半天，还是要托山山的爸爸给我们想办法，军舰常带人去台湾，怎么走程序，他肯定知道。”

李丽云只闷头嗯了一声，对着眼前的饭菜发呆。如果郑景润一走，她可能连吃饭也成问题——当然，她可以去给裁缝打下手，她还能继续当山山的家庭老师，等到学校毕业派了工作，那就有一份还算稳定的收入了。如果现在跟郑景润一起去台湾，她可能就一辈子跟着郑景润吃饭了。

李丽云莫名想起那年跟着娘去上海讨生活费的情形。

她们那天是凌晨上的十六铺码头，没有吃早饭，娘说，先保证路费，到了爹那里，再吃早饭。她向来懂事的，娘能饿，她也能饿。娘来之前，已经做足了功课，晓得先要乘几路电车，接着下来走几站。李丽云咬牙跟着，饿得很，偏偏娘又走错了路。从天色薄灰找到日上中天，才找到爹的门头。开了门，爹居然真的在，身边还有个女的，看着是刚起来，还蓬头散发的。现在想来，让女儿看到这个场面，爹多半是恼怒的，他就恨声问娘："你来做什么?" 娘像没看见那个女的一样，她说："你已经有三个月没寄生活费了，小弟病得不轻，吃饭、看病都要钱，家里没钱了。"

爹回头看了看那女的，出了门，又带上了门，说："你在这里等着，我去借些钱来。" 她们娘俩就在门外等着。巷子里各家都在准备午饭，飘出来炸带鱼和烤肉的气息，她们娘俩默默坐着，只不说话。门开了，那女的端着两碗泡饭出来，面上堆着一撮咸菜，她不说一句话，娘也不说一句话，但还是接过来了，李丽云看了看娘，也接了过来。娘俩不看彼此，把饭吃了，李丽云收了碗，敲了敲半掩的门，没人应，她就把饭碗放桌上，又退出来。房间里一股香烟和脂粉混合的味道，呛人。

她们就在门外等着。也是这样梅雨季的天气，突然下起雨来，她们娘儿俩犹豫着是否进门去等，等决定进门的时候，身上衣衫已经半湿。她们就坐在近门的那饭桌上，一楼看来是厨房，有只煤油炉子，一些炊具，散漫放着。有道木楼梯通到楼上，又陡又黑。李丽云真希望自己是个木头人，那就不会渴也不会想尿尿，她尽力克制着，缩着身子，而娘好像真的已经变成了木头人了，就只呆呆坐在那里，也不看李丽云一眼。最后，李丽云实在熬不住，她朝着楼上喊："阿姨，我要尿尿！"那女人在楼上应道："你上来吧。"她就上去，在一个痰盂里，痛快地释放自己，对眼前的这个女人，居然心生感激，虽然她一直绷着脸。她下来又坐到娘身边，娘还是不看她一眼。娘是怪自己背叛她了吗？小孩子尿急，难道不可以走出去在弄堂的墙角边解决？可李丽云觉得在上海，她这个十岁的女孩子不可以这样做，她已经是个大女孩了啊！

近黄昏，爹才回来，默默地给了娘一沓钱，娘说："小弟的病，费钱，我已经东借西借了……"不待娘说完，爹就吼起来："光知道钱钱钱！你不晓得我这里有多难！你以为钱自己会从天上掉下来！"娘说："你有钱养小老婆，就没钱养家了？"那女的在楼上不急不缓地说："大姐，我才不是你家小老婆，我也不花李不言的钱。这个地方，是我的，李不言不过是借住在我这里。你们要吵，到大街上吵去。"

娘一拉李丽云，低头出了门，走出一段路，才抽抽搭搭哭起来。李丽云不知道怎样安慰娘，她只是反复说："娘，我以后会赚钱给你用的。我会的，我会赚很多钱的。"不知道娘听清没，因为娘哭过之后，就急着要赶去十六铺码头，不能错过这班夜船啊。李丽云被娘扯着，她反复地咕哝着，还是不清楚娘到底听清了没有。

现在，李丽云长大了，赚很多钱，看来是无望的，但至少，明年毕业后，她能独立，能靠自己吃饭，不用靠男人。可惜，娘看不到她当先生的样子了。

“明天，我们和山山妈妈先说起来。”郑景润还在自顾自地说。

李丽云叹了一口气，问道：“你家嫂子结婚时候，是带着大笔嫁妆来的吧？”

“是啊，她家是乐清首富，嫁妆很可观，当初送过来的时候，很有些十里红妆的派头呢。”

“那，就不是郑家在养她，是她娘家的嫁妆在养她。我呢，我的嫁妆就是我明年可以拿到的毕业证，有了它，我就可以去找一份教职，和你一起养家。”李丽云说，“所以，听你哥哥的，你先走，你在台湾等我，帮我弄到入台证，一毕业，我就去找你。”

郑景润沉吟半晌，说：“我写信跟哥哥说我们的事情吧，我得等你。我等你毕业了一起走。”

这事情，就算这样定下来了。李丽云的心里，却还是没底。郑景润一直没有和家里点明自己的存在，心底里到底是在躲避什么，李丽云觉得很可深究。但是，李丽云并不想再去深想，她没法开口跟他讲梦里常常被尿憋醒，因为就是不肯再在那女人递过来的痰盂里尿尿。李丽云有时候也回想起那女的理直气壮说话的情景，那是她自己的地方——有一个属于自己的窝，靠自己，不靠男人，怎样说话都有底气。

他们吃完饭，两个人闷头走路，刚刚讨论过一个人生大问题，这会儿不晓得该怎样再说些什么。

“刚才黄包车上有个人，一晃从眼前过，看着像山山爸爸。”郑景润说，指着去北大街的方向。

“你看错了吧？”李丽云也跟着一起张望那辆黄包车，“要么是去办公务吧？去接山山的话，应该左拐了。”

“我看错了也不一定。那人穿着便服呢，没见过山山爸穿便服的样子。”

宋以文也看见他们了，心头着实一惊，好在黄包车夫跑得快，他又拉起了车篷，只一闪的交汇，未必就认出他来——即便认出来，那又如何？他肯定还是继续往前跑，去赴这个约会啊。

近中午的时候，宋安华的随身奶妈来船上送信——她跟着宋安华来过好几趟，船上的人都认得她。信里，宋安华约他到她家吃晚饭，怕他不认得路，还手绘了一张地图。宋以文一点没有犹豫，就托奶妈带回口信，说晚上准到。看来，归宗的事，是要放到桌面上好好谈谈，可是，他的内心里面，隐隐约约，还是在期待些别的。此刻，他除了莫名的兴奋之外，又为自己觉得羞耻，他实在应该拐到百乐门，带上秦怡莲一起来谈这归宗的事。再往前溯，这请帖，该是宋家的管家送来，他才可以答应得那么毫不犹豫啊。车子径直向前，又快又坚决，怕他中途变卦似的。宋以文下车一看，地址是对的，却不是他想象中的宋宅，也就是个小铁门，门柱上倒是有块木牌子写着个“宋”字。他轻叩了一下门环，立刻有人应门，正是那奶妈。

正是暮色翻成夜色时分，廊下挂着一盏汽油灯，照得廊边的两株盛开的栀子花越发地白。进门照壁之后，是个小小厅堂，并无平常居家齐整的横幅直条加八仙桌、太师椅，只悬挂了一幅苏绣，却是太湖泛舟，月光之下水波粼粼，远山层林尽染，近景水草丰茂，水天浩渺，仿佛世界上只剩那舟中的两个人影。宋以文深吸一口气，万千往事直涌心头，好不容易自己撑住了。厅堂之后，是短短甬道，葡萄架的顶，上面爬着紫藤，花期正盛，花朵一串串垂下来，流苏一般，怕碰到花，宋以文索性弓起背走。

宋以文回头一看，奶妈并没有跟在身后，不觉停住脚步，不过，也就犹豫了一秒钟的时间，他低头疾走进了里屋。迎面是一架山水屏风，枯山瘦水加几枝洒金劲梅，全无闺阁气息。进入内室，却是一个小客厅的模样，现在靠窗的位置，放着一只提篮，还有一瓶红酒，两只高脚杯子。不应该再往里走了。他走到桌子边，打开提篮，端出菜来，正是他托了人从广州带过来的西式简餐，最底下一层是刀叉碗盘和开酒器，他也拿出来放好，又打开了酒，在那里醒着。

窗外正对的是镇鳌山麓，归林的鸟儿啁啾不止。宋以文旋动着酒杯，突然心中一惊，会不会是个骗局？一念及此，浑身出汗。如果有人要对他动手，早就动手了吧？那么，难道是有人先制住了宋安华，接着再来对付他？他镇定心神，仔细谛听，并没有异常响动，但是，太静了，似乎更为危险。幸亏，他今天穿的也是布鞋，是秦怡莲亲手纳的布鞋，他快速观察了一下，提了一口气，踏进内室。他今天没带枪，他居然会没有带枪！如果宋安华真的有危险，他拿什么救她？

他看到的只有一张大床，床垫够厚够软，床头上满插一大捧玫瑰花，床尾贵妃榻上叠着两套睡袍，地上两双拖鞋。他拉开衣柜，柜中也只有一排女人的衣服。落地窗帘是绾起的，浴室里也空无一人。

他这才安下心来，赶紧又退回桌边。坐下不久，就听见宋安华的声音在前厅响起，却是在吩咐奶妈去洗她带进来的水果。他迎了出去，脸上僵硬得没一丝笑容。

"真是糟糕！才要出门时就被人绊住了，好一会儿才脱开身。"宋安华的着急，看起来不像是假的，平素镇静自若的她，现在面上真有些慌张。

宋以文惊魂方定，醋意正浓，对着她汗津津的一张脸，说不出一句客气话来。他只为宋安华倒上酒，默默切盘中已经冷了的牛排。内室并无直射的照明，墙角的落地灯上的光照不到这桌上，宋安华笑道："不好意思，让你摸黑吃饭。这个地方，是去年我爹赏我的生日礼物，平常我都不来住的，细节上，真是漏洞多多。"

"平常不来，那么，都什么时候来？"宋以文问道。

"今年，是头一回来。"宋安华笑道，"去年图新鲜，倒是来住过一阵，但总还是住在家里方便。"

"哪里不方便啊？一应生活设施都是全的，浴袍拖鞋都是成双的。"

宋以文一边说着，一边不相信这是自己在说，头埋得更低。

宋安华噗地笑出声来，说道："你这是在吃醋吧？"

宋以文重重地嗯了一声。

"浴袍拖鞋都是张妈昨天刚买来洗晒好，收据什么的，她可能搁在我梳妆台上，待会儿你自己看。"宋安华声音越说越低，叹气道，"我在别人面前，总觉得自己进退自如，自由得很，唯独在你面前，总是磕磕绊绊，没有一步是走得好看的。"

宋以文羞愧起来，说道："是我负你。"

"你现在不是还在我跟前吗？"宋安华恢复了常态，笑着说道，"你若愿意，这里可以是你的小公馆，就是那种你们男人都想要的小公馆。你的小公馆比别人还厉害，都不用你来养的。我要是你，铁定要了。不要白不要，是吧？"

宋以文哭笑不得，说道："你这样说，存心是挖苦我。"

张妈进来收走了碗碟，又送了一碟杨梅进来，宋以文吃了一颗，觉得酸，又不好意思吐出来，眼看着宋安华一颗接一颗吃下去，心里替她酸死。两个人也不说话，只听着张妈在里面浴室里放洗澡水。刚才他看窗子外时，看到过水井和水管，看来，浴缸的冷水就是从水井里来的，热水呢，还是自己烧的——到底这里只是个小城市。张妈张罗好之后，就默默退出，顺手还带上了门。

宋以文不禁想到那年他在镇江和宋安华告别的那晚，他们在街头无望地走来走去，不知道下一步应该怎么办，他已经告诉她，他得回乡结婚了，奶奶根本没和他打招呼，就给他选好一个新娘了，他能说不吗？也许能的，可他没有说。人总是选轻松的路走，那时候，和宋安华分手，相对来说，是条轻松的路。

而现在，他坐在这里，就此刻来说，留在这里，是相对轻松的，拔腿离开，在此刻，是太难了。这一晚，就是镇江那夜的继续，宋安华已经找到一个可以容纳他们两个的地方，他又怎能轻易离去？

他站起来，走到宋安华座位那里，从背后环住她，把头埋在她的肩窝里。他说："这场战争，比之抗战，更让我觉得朝不保夕。"

宋安华抬手把手指插进他短短的头发里，幽幽笑道："我也是看在这场战争分儿上，才肯做你的'小公馆'。不晓得以后会怎样，先就听从我这些年的欲望吧，我一直想拥有你——你也知道的。"

宋以文吻着她的脖子，轻轻说："我想，我知道。"他从裤兜里拿出一个戒指盒，这个，是这次在广州买的，老韩说的，带金条怪沉的，不如存几颗钻石压压箱底。他买了两颗，拿一颗镶嵌了，幸亏镶的是活圈。他贴着宋安华的身子绕到前头，单膝跪下，取出戒指套到她手上。

对着光，宋安华看了钻石，笑道："你真有心，还做了个冰糖款的哦。这颗黄钻，色度、净度很不错。"她拉着宋以文起来，一起到了内室，打开她的梳妆台，从一个小抽屉的最里边也摸出个戒指盒来，她说："奶奶过世前几天，她唤我进去单独给的，说是爷爷的戒指，留给我的夫君戴。你看，这块翡翠，又大又绿，也只有你这种高大魁梧又肤白俊美的人才配得上啊，说起来，你还真的有点像我爷爷。"

宋以文本想推辞的，可到底没有把话说出口，听凭宋安华将戒指推入他的手指。今天，他特意将一直戴着的金圈戒收起来了，现在，白白的那圈戒痕，正好被新戒指盖住了。宋安华撸了一下，说道："奇了，你看，真的是你的，戒圈一样大。"

宋以文默默转着戒指，一时接不上话来。它在他的指上，又绿又透，深如大海，他感觉到它沉重的分量。宋安华轻笑了一声，说道："水都要凉了，你先洗吧。"宋以文俏皮起来："不如一起洗吧？"宋安华斜睨了他一眼，嗔道："还不快去洗！"

宋以文裹了浴袍出来，宋安华已经抖开了薄薄一层丝绸被，单穿着小衣。床边一只电风扇缓缓吹着，另一侧的窗户也没有关，山风进来，吹得纱帘飘飘荡荡。宋以文看着宋安华走进浴室的背影，恍恍惚惚的，像走进"聊斋"梦境；等宋安华热乎乎地挨到他身边，这梦境仍在延续；等他进入宋安华的身体时，他才猛然间清醒过来，回到此时此刻。

宋安华并没有像秦怡莲那样闭上眼睛，她看着他，他也看着她，他的每一个动作，都得到她细致的反应，他体会到了，原来温柔和迷醉，是这个样子的。这些年的思念，不过是此刻之前无尽的前戏。事毕之后，他还用力贴紧她，不想滑落下来，他不想和她分开。宋安华什么也没说，只是温柔地吻着他，环上双腿扣住他。这一夜，他们没打算用来睡觉，迷糊一会儿，蓄了点精神，就又结合在一起，似乎，只有借由肉身，他们才能确信此刻真的在一起。只在凌晨那会儿，他们好歹睡上了三个多小时，两个人还是同时醒来，宋以文还想要一次，宋安华止住他笑道："你呀，不要吃撑了倒了胃口。"宋以文也笑了，说："从来没有这么馋过。"宋安华对着他笑："此地近山，吾狐仙也。"

宋以文是在大中午的时候离开这所房子的，初夏的大太阳下，白墙黑瓦都熠熠闪光，真有点像狐仙的居所啊。

第十章　相思始觉海非深

潘绮珍慢慢习惯穿旗袍了。她自己设计，让小梅嫂做的，领子比一般的旗袍矮了一半，接近男衫的领子高度；腰身那里呢，比一般的旗袍要稍微宽松些，下摆围也跟着宽大一些；开衩呢，也稍低一些。潘夫人直摇头，但她倒是忍住了没说什么，只嘀咕一两句，有一回是说“幸亏是块好料子，就是没形状披着也好看”，还有一回说“可惜糟蹋了一块好料子”！弄得人都不知道她到底想说啥，倒还是小梅嫂懂她的心思，笑着说：“老板娘尽管放心，我做的旗袍，任经理小姐想怎样改良，大样子一定走不了，再怎样，它还是一件旗袍。”潘夫人才多少放下心来。

最近潘夫人来布店的次数比从前要多，最多的时候，一天会来三趟，跟潘绮珍说：“听说今天好多飞机都飞回来了，城南的飞机场里都停满飞机了。”潘绮珍暗暗好笑，却又感念母亲这么把她的事情挂在心上，不过是人家说了一句不爱花瓶一样的女人这样的话，做母亲的就记挂上了。自己难道真丑到如此不堪吗？潘绮珍细细在镜前端详过自己，自我评价不算太低——不过她也懂，每个人都觉得自己不丑，这是她最近天天和各色各样的女人打交道后的结论。况且，她也没有很把美丑放在第一位，人生天地间，怎么就甘心被一副臭皮囊来定义呢？一个女人，靠搔首弄姿就能拴住一个男人？她从来不信。

潘夫人采买了一些口红、胭脂和眉笔，还有香水，说是美国货呢，潘绮珍转手就把口红和胭脂给了李丽云。潘绮珍的面色向来好，唇红齿白的，她实在不需要这些，倒是李丽云近来开始面色苍白，连唇色也淡了。香水她开始用，淡淡的花果香，闻着让自己也很愉悦，她喷一点在耳后、腕上，也洒一些在手帕上，走动起来，就有些香风习习的意思。

她身上最大的改变，是修了眉毛。

有次，一位空军夫人来店里，盯着潘绮珍的脸看了半天，把潘绮珍都看毛了，她才说："我实在很想为自己修出凯瑟琳·赫本一样的眉毛，实在太美了，可我的眉形不合。可是经理你啊，眉形合适，连脸型也有点像她呢！我可不可以为你修眉啊？"潘绮珍也就随她修了眉毛，那夫人还不死心，又怂恿潘绮珍索性就照着凯瑟琳·赫本的发型，一样做了一头短鬈发，潘绮珍也从了。发型和眉形一变，潘绮珍的脸也为之一变。脸部英气的线条，从前旁人看着觉得有男子气，不够温婉，可现在呢，却是增加了五官的立体感，整张脸看上去十分洋气。潘夫人初见之下，手捂了胸口，惊道："啊呀，原来你被埋没了这么多年啊！”即刻就叫李妈去跟那夫人学怎么梳理打理这发型，弄得潘绮珍夜里也要戴着一头发卷睡觉。幸亏潘绮珍睡得沉，这样居然也能一觉睡到大天亮。李妈手巧，把发型收拾得一天比一天妥帖。早饭桌上，连潘培基都夸她说："果然女大十八变。"李丽云却说："没啥大变啊，我一直觉得你很好看啊！"这话倒是让潘绮珍舒心，她觉得身边的人太过大惊小怪，难道她从前很丑吗？

所以，那天，当王天锡押着货走进店铺，走到她面前，一点也没有为她外形的改变而大惊小怪，潘绮珍还是觉得满意的。

"分了三回，才买齐你要的布料，广州的市面，也大不如前了。"王天锡还是手里拿着墨镜，倚靠着柜台和潘绮珍说话。一个小伙计沏了茶来，热乎乎地往王天锡手上送。潘绮珍看到潘得财身影一闪，急急忙忙出门去，她晓得他这是去做什么，不由得自己先咬了嘴唇笑了一下。王天锡捕捉到她这个笑，也笑道："在笑我连布料都不会买吧？我真不会啊。在广州特意请了个布行老板，到他进货的地方去拿的货，既让他出力，又不让他赚钱，我真够黑的，你知道吗？"

说话间，潘培基夫妇一前一后走进门来，潘绮珍只好把王天锡介绍给他们，潘家夫妇表了一番感激，王天锡这边自然是谦辞连连，潘绮珍在中间，不知道该说什么好，索性在那里微笑不语。等王天锡终于答应下来晚饭到百乐门吃，潘培基两夫妻才回去，临走前，潘夫人还一再叮嘱潘绮珍好好招待贵客。

待他们出门，王天锡和潘绮珍同时大大松了口气，潘绮珍摇头笑道："真吃不消他们。"王天锡也笑了，说："你刚才这么一摇头，还真有点像凯瑟琳·赫本啊。"潘绮珍道："我电影看得少，只模糊记得有这么一个明星，长什么样子，我真不知道。"王天锡说："这个简单，我床头就贴了她的电影海报，我等会儿就去揭了来，晚饭时送给你好了。"潘绮珍连连摆手，说："那怎么好夺爱？"话说出口，又觉得哪里有些不妥，眼神都不晓得往哪里放，只好低头算账。王天锡买来的布料价格比他们以前从上海进的便宜许多，果然是第一手货源的价格，到底不一样。王天锡凑在她身边，看她把算盘打得飞快，笑道："看来，不会描眉的小姐会打算盘。"潘绮珍抬了抬眉毛，说："天生浓眉，再画，就要成妖怪了。"

"看出来了。我等会儿把凯瑟琳·赫本的海报拿来，你对比一下看看，你的眉毛和她那条，一模一样。"

潘绮珍斜了他一眼，待要说什么，想想又不说了。王天锡笑道："我知道你要说什么。"

"要说什么？"

"反正我知道。"

潘绮珍咬住嘴唇笑，低声道："我不信，你倒是说说看。"

两人在旁边就这样嘀咕着。伙计们站得远远的，不来打扰他们，眼睛却直往这边溜。潘绮珍过了好一会儿才觉察到这些，面上就有些挂不住，直起身子，招手叫潘得财过来，让他去取了银钱来让王天锡带走。

等下午李妈来接她的时候，潘绮珍才晓得晚宴是设在家里，她不禁有点奇怪，说道："好好的，饭店不吃，干吗到家里？"

李妈说："听说是老爷吩咐的。连厨子也是借来的，说是江苏的厨子，我们老张在打下手呢，他还怪委屈的。"

潘绮珍再一想，面上不觉就飞了红，只好暗暗摇头。到了家里，果然一派热闹景象。李丽云和郑景润也在，李丽云穿着那件墨绿色的旗袍，戴着暗红色的珊瑚玉镯，都是暗淡的颜色，却更衬出她白皙的皮肤，美得让人无法忽视。潘绮珍站了一天柜台，已觉疲乏，就先去房间洗了个脸，换了身刚做的洋装，镜子里的自己，看起来有点陌生，却是新鲜生动的，她朝自己笑了笑，是的，你虽然不是一个美人儿，但你自自然然，舒展大方，没什么不好的。

等她回到餐厅，王天锡已经到了，在那里正和潘培基说话，眼睛却一直关注门口，看到她来，像见救兵一般，一脸要求搭救的表情。

潘绮珍一进门就嚷饿，潘夫人立马就招呼安席，潘培基坐了主位，让王天锡坐主宾位，王天锡推辞了一下，也就坐下了，潘绮珍坐了他的下首，郑景润和李丽云也对应着坐下了，两位少爷坐在下首，潘夫人坐了最靠近门的位置，忙着布菜。王天锡几乎是耳语一样对潘绮珍说："我说谎说顺嘴了，刚才居然对着你爹说你是我同学。完了完了。待会儿你得想办法解释一下。"

郑景润最近常往空军的红房子跑，认识不少那里的人，却从没见过王天锡，自己在那里称奇，王天锡笑说："我不爱跳舞，那太累了，所以，你从没见过我。我们另有一帮人爱打篮球的，有空就去定海公园那里，偶尔也去学校打篮球，定海城里没几处打篮球的地方呢，我们都跑遍了。”

潘夫人刚张罗上完无锡排骨，接口说：“我们前院大，空空的，没啥大用，不如在那里装个篮球架，你带朋友们来打球，还好带带我们家植宏和植伟。”

两位少爷怔住了，这可是他们央求了好久的，可潘夫人一直反对，说这前院是要办很多大事的，可不能在当中竖个篮球架，这会儿，他们连着问：“妈妈你说的可是真的？”潘夫人点了三次头，他们才击掌相庆。

王天锡本来还想说这院子里是砖地，恐怕不适合打篮球，可看看那两个大男孩的雀跃样，也就不好泼冷水了，只好说了谢谢。李丽云在对面没忍住笑，说道：“绮珍也该站起来欢呼一下，她在学校里想打篮球的，可没人陪她玩，有回去小学堂，她用一盒华夫饼干哄一群小学生陪她打篮球的。”

王天锡几乎是惊喜地看着潘绮珍，问道：“他们陪你打了吗？”

潘绮珍笑道：“我都快师范毕业了，忽悠一群小孩儿，那可是我的专业啊，当然打了。”

王天锡又吃了一惊：“你师范快毕业了？你不是潘经理吗？”

潘夫人马上解释道：“这都怪我们，百乐门拖住了我们俩，男孩子们又还小，布店的事情，就多亏绮珍张罗了，幸亏就只是个布店，每天接触的也就是一些太太小姐……”

潘绮珍无奈地看着起劲的娘，只好埋头吃菜，任由王天锡在那里诺诺连声。潘培基在那里笑着说：“这个松鼠鳜鱼一定要趁热吃，来来来，这可是厨子的拿手菜。”王天锡说：“这个做得真是地道，是苏州口味！我妈就擅长做这道菜。”潘培基迟疑了一下，还是问道：“那，如今，你家人可都安好？”

王天锡改色道：“家父家母，哥哥和嫂子，都随政府到了广州，总还算团聚在一起，就我一个人出门在外。”

潘夫人说道：“孩子们在外不易，做父母的，不知道会怎样牵挂。你把我这里权且当个家，缺什么要什么的，尽管来说。”王天锡连忙应了。

潘绮珍叹气道：“我们在这里，也不知道能偏安多久，我总担心……”

潘培基截住她的话头：“这么多海陆空军队都在，都说要确保定海，你放心好了，安心读你的书。”

王天锡跟着说：“安心做你的经理。”潘绮珍看看他，说道：“那要靠你在天上飞来飞去保护了。”话出口之后，自己就后悔了，偏王天锡接得飞快，说：“好啊，明天我起飞后就先朝你的布店飞。”一桌人就当没听见他们说话，李丽云在对面忍住笑，夹了块松鼠鳜鱼到自己盘子里，手一抖，鱼肉和松子散得满盘都是。

饭后，潘培基又招呼着王天锡来了一盘象棋，潘夫人对此颇有些意见，说饭后应该让孩子们出去散步消食才好。王天锡却说："我在家常陪父亲下棋的。"潘夫人也就无话，拉潘绮珍一起观战。郑景润他们先行告退，两个少爷也被带开去玩，静静的客厅就剩下他们四个。

下象棋本就是潘家不多的娱乐，三个孩子跟着父亲学着下过一阵，潘绮珍在学校里代表班级去出战过，可王天锡却是内行，很快，潘培基就笑说："天锡，你别净让着我，这样我赢了也觉得没意思啊。"王天锡才放开来下，接连两盘都是潘培基输了。潘绮珍有点不服，第三盘自己上手来战，潘家夫妇说去看看饭店，也出客厅去了。这会儿，偌大客厅，就剩下他们俩，潘绮珍一门心思都在象棋上，她晓得王天锡在让她，却还是一路穷追猛打，王天锡笑道："哎呀，真的好凶啊。"一路还是净让，到底输了这盘棋，却一个观众也没有，赢的人就在那里骄傲："下一盘，你不让我，说不定我也能赢你。"两人于是又下一盘，果然还是潘绮珍赢了，而且她觉得自己赢得毫不吃力，简直是王天锡铺好了路，让她胜利前进，她掷子笑道："明天起我开始看棋谱，下回真的要赢你！"

王天锡斜着眼看她："今天你还没赢舒服？"

"你这是在先礼后兵？"

"不，不，我在诱敌深入。"

这会儿，两人眼神相对，黏着了好一会儿才移开。王天锡打开他带来的凯瑟琳·赫本的海报，手指抚摸着她的眉毛说："你看，像你的眉毛吧？整个脸型都像，你的美是西方式样的。"王天锡的手从凯瑟琳·赫本的脸上抚摸下来，停留到她的锁骨上，再往下，就是丰满的胸部了，而这个，潘绮珍也有。王天锡把它卷了起来，交到潘绮珍手里，潘绮珍红了脸，又塞回给他，说："我看过就好了，你那么爱她，你就再把她去挂床头吧。"

王天锡嗯了一声，原本伶牙俐齿的一个人，此刻却期期艾艾起来，憋了半天，什么话都没有说出来。两个人并排挨得近近地站着，胳膊有那么会儿黏在一起，他们就保持着这个姿势，看着窗外的夜色开始浓起来。王天锡说："南城门快要关了，我得归队。"话说着，身子却还是一动不动。隔了好一会儿，潘绮珍才像从梦中惊醒，抬起眼看他，视线又黏在一起，潘绮珍催道："那你快去。要来不及了。"王天锡不舍得撤回视线，也不舍得撤回胳膊，静静地又立了一会儿，方才说："我这就回去，我明天还来。"潘绮珍出去让车夫送他，自己倒不好意思送到门口，也就站在楼下，目送他出门，愣怔了半天，才回过神来，整个人鼓胀得很，身子里好像还有一个自己，准备着脱壳而出。

第二天早晨，潘绮珍正睡得迷迷糊糊，听得屋子上空闷闷的有飞机掠过，她一骨碌坐起，披了晨衣走到走廊，只看到飞机远远的一个影子。这又是飞去轰炸哪里？一整天，潘绮珍脑海里就盘旋着这架飞机，想着昨晚和她挨得近近的胳膊，如今正在操作着，往地面上扔炸弹。她好像也在半空中，俯瞰着地面上密密麻麻的人头，还有车马，都是活生生的，走在她的脑海里。

等晚间王天锡走进布店的时候，潘绮珍的恍惚才消失，白天的种种想象都退去了，眼前就这么一个人，实实在在。王天锡这回也不来靠着柜台跟潘绮珍说话，自己坐在角落里，默默一个人抽烟，看潘绮珍在那里跟顾客说话。潘得财给他泡了杯茶，他也不喝。等打烊后，潘家打发黄包车来接，他一起上了车。两个人坐在车上，也就胳膊贴着胳膊，不说话，车子一会儿上桥一会儿下桥，摇摇晃晃，他们借着这颠簸，向对方又靠拢了些。车到南门的时候，他们的腿，已经快挨到一起了，近到能感受彼此的颤动。王天锡下了车，潘绮珍立马觉得身子一侧凉了许多，心上竟怅惘起来，呆呆看着王天锡在那里笑嘻嘻地说："明天，我还从你家屋子上掠过哦，把你吵醒。"

潘绮珍靠着车沿说："我有姑婆住在宁波灵桥那里。"

王天锡收了笑容，说道："我有个表舅，也住在宁波百丈路那边。"

两个人在南城门别过，潘绮珍默默想着王天锡要过几座桥才能到东门外的红房子，这会儿在过南珍桥了，这会儿在过太平桥，这会儿在过马和桥了，进了家门，她的脑海里，他还在走路。

第十一章　夏雨春风穷管仲

李丽云从秦怡莲那里，又拿到了一包钱。银圆券在一天天贬值，秦怡莲又不是不知道，李丽云接过这包钱的时候，都不知道说什么。秦怡莲大概也感觉到了，说道："郑先生在银行，他有渠道把这些纸币换成银圆吧？你也知道，我们一般人是不行的，去银行，只能用银圆换银圆券，不能用银圆券换银圆呢。这简直是……"她把最后两个字咽了回去。

李丽云心头倒有些释然，笑说："我怕他也没这能耐。"

"如果换不了，你再退给我，我给你银圆。"

"说实话，我还没和他认真地说过一些银钱上的事，"李丽云窘道，"今晚他回来，我会和他说的。"

李丽云把这包钱放在五斗柜上，郑景润一进她房间，就去那里放他的公文包——现在，他一回家，总是先到她这边，拖到要睡觉的时候，才不情不愿地离开。

果然，郑景润下班回来，一放下公文包就看到了这个纸包，拿在手里一掂，他就问："这哪儿来的?"

李丽云解释了一番，郑景润倒笑了，说："宋太太果然是精明人。"说着就把那包钱放进公文包，一边拉了李丽云在小圆桌边坐了，正色说道："下回，宋太太再给你的时候，你就说你不要了，就当替姐姐带孩子，空着也是空着。我会给你一笔钱，总够你这两年用的——你用的本就不多。"

"你这话说的，好像明天要出远门似的。"

"哥哥又写信来催，急吼吼的。"郑景润从公文包里拿出一封信来，展开让李丽云一起看。李丽云从头看了一遍，还是一个字也没说到她，大哥已经在台北替他谋到了一个银行高管的职位，那银行要面试过才肯下聘书的，所以，无论如何，8月底前一定要去完成面试，否则，这职位就不会为他保留了。而且，大哥又说到，最新又有规定来，新聘的职员不准入境，这家银行愿意通融一下，面试成功后以老职员身份下聘书。李丽云不知道他大哥这理由是不是仅仅是个说辞，还是真有其事，因为并没有很确切地说出是哪个银行，按理，已经说到为他保留职位的份上，哪个银行哪个职位，必是确定无疑。李丽云等着郑景润来指出这个疑点，她就又和他一起把这信读了一遍，但她没有等到。

郑景润把信收进公文包里，笑道："为大哥这封信，我今天一整天都不大开心。下班路上，在东大街那里，碰到了一个空军朋友，他邀我们明晚去一条船上玩，我答应了，就当去散散心吧。”

“哪个空军朋友？”

“其实我也不熟，就是那天和你跳过舞，他哥哥是英雄的那一个。他还向我问起你呢。”

“哦，他叫刘仲瑞，”李丽云笑着说，“他看起来真的是个好温柔的人呢。”

“看起来就觉得他很温柔吗？”郑景润也笑了，“我倒觉得他呆呆的。要么，男人要是木木的，就显得很温柔？”

“也许吧。”李丽云随口应着。她突然想到，要么郑景润自认圆滑，他处理事情就有机巧。或者，他根本就没有在给哥哥的信里提过她？她不禁有些呆了，木木地看着郑景润还在翕动的嘴唇。

这个念头，在她心里扎下根后，开始一点一点发酵，她几次张口想问，却又问不出来。郑景润又说起他看到过潘绮珍和那个王天锡坐在潘家的黄包车上，两尊木雕一样。李丽云木着脸，说：“我也是个木头人。”郑景润这才感觉到异样，却想着是为了不舍得他离开吧，心头不禁一酸，人也就静下来，在那里呆呆地看着李丽云。忧伤满面的李丽云，好像比任何时候都美。他就闷声不响地坐着，看着李丽云低头盘扣子。他晓得这是为潘绮珍店里的裁缝在盘，平常她不大当着他的面做这些手工的，所以，上回他们一道去潘绮珍的店里，看她递给裁缝一大包扣子，心里倒好奇这都是她什么时候盘的。现在这么切近地看，才晓得原来盘一个扣子，要费那么多工夫。

晚饭是李妈送来的。最近街上的人越来越杂，郑景润给了潘家厨房一些钱，就在他家搭伙了。李妈给他们摆上饭菜，又帮他们拉了门，这才出去。清蒸梅鱼、红烧大排、青菜腐衣、漂着蛋花的紫菜虾米汤、两碗压得密实的白米饭，这样的家常菜，在如今样样紧缺的时局下，已经是奢侈了。郑景润说道："如果我走，我说是如果啊，走之前，我会给潘家一笔钱，算是你的搭伙费，有他们吃的，就该有你吃的，绮珍在，潘家伯父伯母在，吃饭，是不成问题的。等我在台湾安顿好了，你也毕业了，我拿到你的入台证，就来接你，最多一年时间。"李丽云听着，眼泪就扑簌簌下来了，放下饭碗，扑在桌上哭了起来。

郑景润只好也放下饭碗，过来抱住李丽云，不晓得怎样安慰，自己也先哭了起来，两个人抽抽搭搭哭了半天，还是过来想收拾饭桌的李妈进来，他们才止住了。李妈也不说话，只端了一脸盆热水上来，绞了热手巾帕子给他们，又出去把两碗冷饭炒成青菜咸肉饭，两个人止了哭，单吃了这两碗热饭，就让李妈都撤了。

哭过之后，两人还是默然，呆呆坐着，李丽云终于还是问他："上回信里，你提过我们订婚的事情吗？"郑景润说："我说了啊，前后两封信上都说过你。"

"那大哥的回信里，怎么没有说到我一个字啊？"

郑景润也怔住了，这个问题，他确乎没有想过。哥哥长他七岁，他们兄弟俩之间从来没有一句玩笑话，要说就说正经的，哥哥想来是不知道怎样来回应吧？他把这一层说与李丽云听，一说出口，就觉得自己又说错了。果然，李丽云的眼泪又汹涌而出，流得郑景润胸前一片湿凉。郑景润摸着她的头发，说道："我着急过去，也是想先去那边把自己稳定了，好早回来接你。我哪里舍得离开你呢？这一点，你比我明白的，我哪里舍得离开你呢？"

第二天两人都是核桃眼，肿得不好见人。郑景润差人带了请假信去银行，索性在家陪李丽云和山山玩。秦怡莲送孩子过来，自然看到了他们这副面容，她呆了一呆，到底没问，她说的是另外一件事情，她说："我接下去想开个台湾米店，已经托人在找房子了。"郑景润问："那饭店那边，还继续做吗？"秦怡莲说："饭店那里，本来就是潘家和宋家是大股东，我只是陪着玩玩的，抽股出来，对他们不算什么的，却够我开个小米店了。"郑景润说："可要我们也参个小股？"秦怡莲笑了，说："等我张罗得像样了，再拉你们入股。"

秦怡莲走后，山山看看他们的眼睛，说："眼睛肿也是会传染的吗？我妈妈前两天也这样眼睛肿肿的。"

郑景润和李丽云对望了一眼，李丽云问道："你爸爸呢？有一阵子没见他了。"

"妈妈说爸爸一直在海上，在军舰里呢。好大的军舰，下回我带你们去看看！"

吃过午饭，郑景润的眼睛已经恢复如常，李丽云就再三催他去上班，他才不情不愿地走了。

晚饭前，李丽云送山山去了饭店，回到自己房间等开晚饭，算算还有半个来小时，又拿出书本温习起来。再想想昨天夜里，简直不能相信自己哭得那么凶，原来自己的身体里还住着一个哭哭啼啼的女人，这个，是她始料未及的。

暑热蒸腾，窗前是西晒太阳，李丽云把椅子挪后了些，躲开这日头，还是热，索性把凳子搬到堂前，那里有穿堂风。就在出门的那一刹那，她看到了照片上的婷姐盈盈笑着看住她，李丽云不由得想，如果婷姐在自己目前地步，她会不会也一样哭哭啼啼。她不会像她这样，把自己和一个男人绑在一起吧？李丽云对着墙上的婷姐自问自答：你不会，你有自己的立足之地。如果郑景润在信中提到的是你，他必定会大书特书你的家庭，那么，他哥哥复信的时候，势必得恭喜一下，不会这样不着一词，对吧？墙上的婷姐依旧笑盈盈地看着她。

拿着本书，到底读不进去，一个人盯着院中的樟树发呆。潘家旺从外院匆匆跑进来，说门首有黄包车夫来找。听了这话，李丽云往门外走，心下越发凄凉。等到了门口，看到的是个陌生人，吓了一跳。来人说："老爷子被拉去修飞机场了，今上午的事情，他托了人带口信出来，让我来找您，老爷子说，让姑爷想想办法。"李丽云的脸红到脖子根，幸亏潘家旺识趣，躲得老远，但来人声音那么响，想必也是听到的。李丽云问："是连人带车一起被征了吗？"

来人犹豫了一下，说道："小姐可能不知道，老爷子有一阵子不拉车了。"

李丽云等着他再说点什么，可人家一副不想就此多说的样子，让李丽云也不能多问，况且，又有潘家旺在旁边。她很自然地从坤包里取出一块银圆给来人，对方犹豫了一下，才来接去，李丽云自己倒尴尬了，赶紧补问：“这位叔叔，我怎么称呼您？”

来人缓了脸色，笑道：“小姐就叫我刘震吧！以后有啥事找我，您只要逮着一个拉车的，让他转告我，我就会来这里找您。”

那人走后没多久，郑景润就来了，李丽云说了这事，郑景润道：“听说过强征民夫的事情，没想到爹爹也会被拉去。”李丽云窘极了，说道：“这事情得找谁呢？山山她爸爸在海上，潘绮珍那位，又是新相识的，不好一上来就让人帮忙，少不得还是找你那几个红房子里的朋友。”

郑景润想了一会儿，笑道：“我知道找谁了！就找刘仲瑞。”

李丽云惊讶地看着郑景润，说道：“找刘仲瑞，那怎么好意思？一点交情也没有的。我想想看，我可以去找苏荷。”

郑景润愣怔了一下，说道：“这个苏荷，我听你说过几次。只闻其名，不见其人，想必是个厉害角色。”

“人住在潘家，总不好意思往这里带朋友。几时张罗一下，让你们也见个面。”

郑景润有点讪讪，说道：“我说找刘仲瑞，是因为，正好，今晚上他请我们去玩，我们马上就能见到他。过会儿我们去码头，那里新来了一条船，跟外国邮轮一样，吃的玩的都有，还有舞池，乐队也是原先上海百乐门的，可以尽兴玩一玩。再说，毕竟，修飞机场的是空军，他那里找人，总直接些。”

两人简单用了晚饭，李丽云换了身月白的绸缎旗袍，郑景润又给她戴上一串珍珠项链。上回看潘绮珍戴了珍珠项链之后，郑景润托人不知道从哪里也买了一串来，说是东珠，海水里的珠子，小小的，却亮，还是三层叠戴的设计，挂在胸前，月光一般，白中微微泛出粉光来。李丽云用了潘绮珍给的口红，画了眉，整张脸也泛出粉光来。

地上湿的，李丽云犹豫着是不是穿那双乳白羊皮鞋子，郑景润说：“说好了，潘家的车夫会送我们去，不用你走路，你放心穿吧。”快到码头的时候，后面有辆吉普车开上来，却是刘仲瑞开的，他们就舍了黄包车换到吉普车上。李丽云是第一次乘吉普车，东摸摸西看看，刘仲瑞带笑看着她，说道：“下回我教你们开汽车怎样？”郑景润连声说好，他说：“这可是求之不得的啊。”

除了汽车，李丽云也是第一次上军舰。大一点的船，她就那次和娘一道去上海时乘过，那一趟，看什么都是憋屈的，她们窝在底舱，闻到的都是汗味、烟味、柴油味，可这船，宽阔敞亮，香气扑鼻。这是什么香气呢？李丽云说不上来。他们从餐厅门外走过，那餐厅，比潘绮珍家的气派多了，在那里吃饭的人，一个个像是从电影里走出来的。刘仲瑞轻声说：“到这里吃饭，得预约订座，还未必订得着。定海城中，现在高官太多了，我们这些低阶的，也得托门路预约的。”李丽云和郑景润对望了一眼。

刘仲瑞带他们进了舞厅，他向迎上来的侍者说了预订的桌号，落座之后，侍者送上了水果和汽水。李丽云暗暗看了看旁桌，人家那里桌面上干干净净的，并无一个果盘，只有几杯茶水。刘仲瑞捏起一块黄色的水果给李丽云，说是从台湾过来的杧果。

乐队果然不错，布鲁斯舞曲从容不迫地漫上来，人群波浪似的涌入舞池。郑景润远远地看到舞池对面坐着的是他银行的同事，说先过去打个招呼，李丽云看了看，像是他同办公室的曹会计，戴一副厚厚的玳瑁框眼镜。郑景润站起来走了，刘仲瑞就顺势邀请李丽云往舞池里走。

对布鲁斯的节奏，李丽云有把握，也就跳得放松，步点配合着刘仲瑞，让他带得轻快。刘仲瑞的舞步比上回娴熟了许多，像是狠狠练过一阵才出师来跳舞的。

“你跳得真好。”刘仲瑞夸道。李丽云却听出了另一层意思，就笑道：“学校里老师教的时候，我被选中做布鲁斯的示范生，可见我当时学得不错。”

“原来是学院派的啊，怪不得。”刘仲瑞好像松了口气，又换了个话题说，“我注意到李小姐的珠宝，上回的钻石发箍，这回的东珠项链，都不是凡品。我母亲特别喜欢珠宝，她收藏了很多，我跟着也会看一点。”

李丽云却更窘了，她轻声说：“实不相瞒，这两件，都是人家的。我母亲有过几件珠宝，可惜，她去世前，都变卖了，换药还债，没剩下的了。”

刘仲瑞步子乱了一下，很快又恢复了，柔声说道：“近年兵荒马乱，发生变故的，实在太多。李小姐遭此变故，精神面貌上，还是很朝气，还能坚持学业，真是不容易。”

在音乐中，李丽云沉默了好久，方才说道：“就在今上午，我父亲在街上被拉民夫，去修南门外的飞机场。我们家，一步一步败落，我身上，还撑着，你看，我父亲那里，就是挑夫样子了。”

这些话，两个人是附在耳边说的，在音乐的缝隙里。

一曲了后，两个人回到座位，郑景润还没有回来，隔着舞池，李丽云看他还在那里和人谈得热络。

“现在南城门还没关，不如我们这就去机场吧？在那工地负责的，是我的一个同乡，他说这些天工程紧张，都要住在那里，我们去，就能找到他。”

李丽云向着郑景润招手，偏郑景润就是勾着头和人说得起劲，没往这边看。

“你表哥那里，好解释的，就留他在这里好了，晚点我们来接他。”刘仲瑞已经收拾着起来，向侍者要了张便笺，潦草写了几个字，让侍者去交给郑景润。

李丽云木在那里，心里问：“表哥？是表哥吗？”到底没有问出口去。拿着坤包，就随着刘仲瑞出去。正是一支新舞曲起来的当儿，人群中，刘仲瑞拉起李丽云的手，怕走散似的，推开厚厚的木门出来，才犹犹豫豫地放开了她的手。

路上没人，一路开得飞快，出南城门时，又被士兵盘问了几句。刘仲瑞没穿军装，却开了部军用吉普，又这么晚出门，自然招人疑。那士兵往车里一张，看到一身月白的李丽云，不由得释然一笑，说道："长官，再一个小时，这门就要关了，你们早点回来。"

刘仲瑞莫名就红了脸，李丽云也跟着红了脸，士兵退远一步，笑眯眯地给他们敬了一个礼，放他们走了。一路上，刘仲瑞没有看李丽云，只专心开车，李丽云坐在副驾驶座上，倒是偷眼看了他几回，一脸专注的刘仲瑞，身上有那么一股精气神，李丽云不知道该怎样命名它，莫名却也感染了几分。

不到十分钟，车就到了机场，刘仲瑞大大咧咧地让守兵去报他的名字给他的长官听，没两分钟，就有一个穿军官服装的人急吼吼地走来，看到刘仲瑞，就让门卫放车子进来，一边问道："大半夜的，你这书生出来想找啥?"那人看到李丽云，当即又笑了，说："你们这是私奔?"刘仲瑞下车笑着捶了来人一拳，笑道："少胡扯。这是李小姐，来问你要她的父亲。"

刘仲瑞一边开车门，扶李丽云下了车，一边说道："这就是我的好兄弟，彭万里。"李丽云大方地伸手出去，和彭万里握了手，说了来意。彭万里说："这事不难，这些民夫都集中在营房里，您把伯父名字给我，我让士兵去请了来。你们俩到我那里去坐会儿?"彭万里看了看李丽云写下的名字，说道："真是个别致名字，再不会跟这些挑夫混起来的。”

刘仲瑞也凑上去看，连声说果然是个好名字。爷爷大概就是安心要人夸奖，才这样取名字吧？他以后给孩子取名字，就取个普普通通的。

彭万里要把他们往室内让，刘仲瑞看了看李丽云，说道：“以后我们再来，这次，还是赶紧带伯父出去，一是城门要关，二呢，你这边，也还是让我悄悄来悄悄去的比较好。”

刘仲瑞让李丽云在车子里坐好，自己陪彭万里抽着烟等，李丽云想到等下可能会有的尴尬场面，就深呼吸了两口气，稳住心神从前窗张望。整个飞机场看上去就像个大农场，闻起来都是新翻泥土的气息。

不想人却是从后方来的，等李丽云发觉时，李不言已在车边，穿着一件敞领的黑布短衣，裤腿扎着，确实是个挑夫样子。李丽云赶紧下车，李不言一见她，倒也不意外，却往她身后一看，待要问：“姑……”李丽云截住他话头道：“我都知道了，你不用多说，赶紧上车吧。”

李不言果然闷声上车，在后座坐了，再不出声。

回程路上，李丽云待要说些感谢的话，却发现怎么说都不妥，正苦恼间，刘仲瑞问道：“我们回哪里？”李丽云怔在那里，这问题，她真的回答不出。李不言在后面回答说：“张家弄1号，那就是我们的家。”

刘仲瑞答应着，一边说：“在那里啊？离我住的地方很近的。真是条安静的好弄堂，你们家我可是走过好几回了，可是门里面有株大海棠的？”

李不言应道：“就是呢。旁边井边还有一棵梅子树呢，在角落里，你看不到。”

“是吗？那海棠真是好一树繁花哦。”

李丽云不知道这戏该如何收场，想想反正自己在舞池里都兜底说了，再出丑，也是不怕的了，也就任由李不言瞎说一气。他们还在说梅子树，李不言说这梅子明年春天就能收一树，到时候，可以做好几桶梅子酒呢。李丽云也不去阻止他，想着郑景润现在不知道怎么样，等会儿自己还是跟着刘仲瑞再去接郑景润的好。再想想郑景润说自己是他表妹，这个，李丽云也是知道的，郑景润第一次带她去红房子玩的时候，两个人就说好不说破他们是未婚夫妻的，但现在听刘仲瑞说起来，却又觉得“表哥”两字，实在刺耳。

车子沿着城东新修的马路开，在离芙蓉洲最近的路口，靠边停了车，刘仲瑞和他们一起往张家弄走，李丽云说：“索性就让爹一个人回家，我们赶去接郑景润吧？”

刘仲瑞道：“不差这点时间啊。”

李不言说：“也让我烧壶好茶谢谢长官啊。”

李丽云下了车，看着要走一段泥路才是青石板路，犹豫着不敢迈步。刘仲瑞看到了她的乳白皮鞋，笑说：“别糟蹋了那鞋子，我抱你过去可好?”李丽云一狠心道:“没事,我自己会走。”

李不言走在他们前面,熟门熟路地在张家弄1号的偏门那里不知什么角落摸出一把钥匙。他们看着李不言开门进去,立在院子中,等他拉亮电灯。那亮起灯的房间,是间客厅,墙上一大幅油画,占了半面墙。

刘仲瑞指着那暗灯的西厢房说:“李小姐你是住那间吧?有一次,我走过,你的窗开着,衣架上挂着一件秋香绿的旗袍,那时我就想过,好像你也有这么一身的,却原来真是你的。”

李丽云的脸是通红的了,她说:“我们还是赶紧去接郑景润吧,再不去,他要待在城外了。”

刘仲瑞说道:“我一个人去接就可以了。”

“不,我要和你一起去。”情急当中,李丽云用了撒娇赌气的口吻,刘仲瑞这边笑着连连说好。出门之后,李丽云在暗里叹了一口气,说:“我现在住在我同学潘绮珍家里。”

“你和伯父处得不好?”

“是的。他对我娘不好。我娘过世之后,我就搬出家了。”李丽云说着,几乎是带了哭腔。刘仲瑞的手环上她的腰,把她往自己怀里带了带,说:“以后会好的,真的。”李丽云惊得往后连退两步,说道:“是的,熬到明年,我就师范毕业了,能工作了,就会好起来了。”到了青石板路尽头,刘仲瑞问也不问,就抱起了她,过了那段泥路。慌乱中,李丽云的胳膊感受到刘仲瑞的心跳,擂鼓一般。

两人上了车，李丽云依旧是坐副驾驶座，路上鼓了好几次勇气要说明郑景润和自己的关系，可是，最后，还是没说出口，又想到了母亲，莫名其妙落了好几次泪，拿手绢擦了又擦，倒是说了一些母亲和弟弟的旧事。刘仲瑞一只手开车，一只手探过来拍拍她的背，然后，就一直停留在那里，她擦眼泪的时候，他就轻轻拍她。

近码头了，有段路坑坑洼洼，车子颠簸，李丽云轻声说："你好好开车。"

刘仲瑞才抽了手去，一边幽幽说道："失去亲人的痛，想不得，一想起，简直不能呼吸。"李丽云这才想起他的英雄哥哥，想来他们必定是兄弟情深。

码头上，郑景润早在那里等着了，远远看他的香烟蒂头红红的一明一灭。接他上车后，刘仲瑞又赶紧往回开，他说他归营的时间也快到了，李丽云过意不去，诚心诚意地说："今晚多亏你，真的让你受累了！"又对着郑景润说："我们刚才已经从飞机场接了爹回来又送回家了。"郑景润在后座点头，心事满腹的样子，有点心不在焉地说道："这可太好了！"李丽云就转头坐正了，瞥了一眼刘仲瑞，说道："潘家是在南门外的，您在太保庙那里放我们下来，赶紧进城归营去。"

刘仲瑞说："好的，郑先生，您可一定要把李小姐送到家啊。"

郑景润在后座停了好一会儿才应。

他们俩下车，挥手目送刘仲瑞的车远了，才往潘家走。李丽云叹道："多亏刘先生热心，我一跟他说，他就急忙带我走了，急得都来不及和你说一声。”

“急事急办是对的，我一看到他留的纸条我就明白了。军人嘛，就是这样的。”郑景润说。

两个人默默并肩前进，他们叫了一声门，潘家旺就立刻应声开了，想必已候门很久。李丽云道了声乏，潘家旺连连说，哪里啊，客气了，小姐也还没回家呢，李小姐你们还不是最晚的。李丽云道：“店里那么忙吗？”潘家旺笑眯眯不答。

他们进了李丽云的房间，李丽云看看郑景润还是心事重重的样子，就问：“今晚上出啥事了，怎么这会儿还在发呆？”

“在船上，曹会计和我说了一堆话。”

“哦，他说了啥？”

“他也认识我哥，说到台湾银行里那个职位，他也知道是我哥尽力帮我争取到的，又说后面还有人巴巴候着，最好我去不成。这样的话，在办公室，他是不会告诉我的，在舞厅，几杯酒下去，他对谁都掏心掏肺。他这个人就是这样。”

李丽云沉默着，去浴室洗了澡出来，看郑景润还待在那里，就说：“那你快点去台湾吧，先把这位置给占上了，等我明年毕业了，再去和你团聚。”

“真的不和我一起去吗？我怎么也不放心你一个人在这里。”

“说起来，也不是一个人，不是还有我那爹嘛。”于是就把张家弄1号的事说了一遍，笑道，“唉，他这人，怕是他最近在当中间人，手里拿的一套房东的房子吧，肯定的。”

“那房子怎样？你和爹两个人住起来还方便吗？明天我就过去看看。看看能不能安顿下来，再给你找个帮忙家务的，那我走了也放心。现在这样住着，到底不是长久之计。”

郑景润说到自己房间理理账目，如果要走，走之前是要忙一阵的，让李丽云自己先睡。

岛上的夏夜，到了后半夜，就凉下来，李丽云却觉得还是热，半坐起来，看着挂在床前的月白绸缎旗袍，呆了半晌。迷迷糊糊，好不容易熬到天光发亮，就起来洗了把脸温书，也许应该想个办法去借到新学期的课本，趁早预习起来，要把成绩稳定在第一二名，那么，毕业分配学校时，才有优势。她得为自己打算。新学期的学费，郑景润会帮她留好的。最后一个需要依靠别人的学期了，等她自己有薪水了，她要存下来还债，前头也有欠人的三石米，也得还。她想着，没让自己落泪，她得坚强些，不能再掉进哭哭啼啼的陷阱里去。她不喜欢哭哭啼啼的自己。

温了书后，她又把东珠项链擦了一遍，相比上回的那个钻石发箍，她更喜欢这串项链。她把它装进首饰盒，等一下还给郑景润。她想了一下，还有什么是郑景润可能想带走的，比如那只潘夫人送的菊花玉镯，那是不用给他的，本就是潘夫人送给她的，难道不是吗？如果要还，也仍旧退给潘夫人去。

早晨的风，带着凉意，李丽云穿着光膀子的棉布长睡裙，一阵风吹过，她打了两个喷嚏，响亮地。过了会儿，郑景润睡眼惺忪地来敲门，进来就问："受凉了吗？一大早惊天动地俩喷嚏。"李丽云笑道："我们舟山人老话说了，打喷嚏就是有人在想你。不知有谁在狠狠想我呢。"

"我知道，刘仲瑞呗，瞧他昨晚看你那眼神，哇，能把你吃了！"

李丽云收了笑，说："我可没看出来。"她确实是没好好看过他，可后背一阵暖融融。

"他这样，也正常啊。"郑景润有点得意，"谁见了我家娘子不动心，那才不正常。"

说完，看李丽云并不搭腔，忙接着说："刚才是说笑的。"

李丽云把珍珠项链盒子推给他，说道："这个你也收起来。你这次去，是从容走的，你又是一个大男人。我下回去，天晓得路上是什么情景，值钱的东西，还是你带在身边安全。"郑景润犹豫了一下，就接了盒子过去，说："好的，我就连那钻石发箍一起帮你收着。"

李丽云点了点头，说："我们赶紧收拾一下去张家弄1号吧，晚了他可能就出门了。"

李丽云敲着门环，黑漆的大门刚油过，门环上的漆还有些黏手。她父亲眨眼就来开门，穿了件黑色丝绸外衣，恍惚让李丽云觉得回到了从前。

郑景润一进门就四处看这房子，越看越觉得满意。正屋前后两进，前面做了房，后面应该是个放杂物的房间。挨着正屋的，是客厅，宽宽大大的褐色皮沙发，宽宽大大的米白大理石茶几，下面是一方团花的墨绿地毯，墙上的大幅油画，是早晨的港口，船只和人，都在薄雾中。

东厢前面厨房，后首餐厅，厨房后面又是个小小天井，有个后门可以出入，后门旁又有一间可以住人的小房间。西厢就很幽静，前面朝南的是卧室，后面朝北的是浴室，和卧室相通，看来是新装修的，学的是美式风格。最早一批的，比如潘家的，据说是学法式风格，浴缸像个大木盆似的醒目。它这里单设了一个玻璃淋浴房，浴缸在一个角落里，做成一个扇形，缸沿子像个小桌面，上面还有两只红酒杯，可以边泡澡边喝酒似的。

李不言得意地说："怎么样？这就是我替你们找到的房子。前头房东是去年从上海下来的，留过洋，见识广，这房子，也是我帮他找的，原打算在这里久住，还好好装修了一下，前几天，他全家都去美国了，走得匆忙，家私啊衣服啊，留下不少，说都送给我让我去折卖。顶房子的钱，我也已经给他了，其实也不是钱，丽云，你还记得你娘手上那透明得玻璃一样又带几朵绿云的玉镯吗？我居然不知道它能值这幢房子！"

"爹！你怎么这么急就把镯子抵了呢？"郑景润有点急了，"最多拿金条顶就是了啊，或者，之前，你和我商量一下啊。听爹说的那镯子，该是玻璃种带绿飘花的翡翠镯子，能抵两幢这样的房子呢！"

李不言倒也坦然，说道："乱世啊，这镯子，也就几个有钱又不愁钱的会让我抵，他还觉得自己很合算。像我这样的，这镯子，能给我和女儿一个家，这简直是天大的好事，做梦一样。买卖双方，都觉得自己好赚，这才是好买卖。”

李丽云心头一热。娘哪里有这样的手镯？也不知道他从何编起，但李丽云还是感激他这么做了。

“我也没啥好给丽云做嫁妆，这房子，就是嫁妆了。不过，郑先生，虽是时局乱糟糟，婚姻大事，仍旧是婚姻大事，合八字的帖子，也还是要麻烦你家来补一个，结婚的酒席，也是少不了要请上六亲八眷热闹一下，这一摊子有很多事，马虎不得。再有，我以后养老送终，也就托赖你们两个了！”

李不言洋洋洒洒说着，郑景润在那里连连点头，他说：“我这几日就要启程去台湾见家兄，结婚该补的该做的，到时我都会来补好来做到。丽云明年才得毕业，这一年间，恐怕我不能回来，还要靠爹照顾她。有这房子在，就像有根在，我就放心了。我会留下钱给丽云，等我走后，丽云搬到这边来住，爹爹你再去找个帮忙的姨娘应付生活，那这里就是一户人家了。”

李丽云在一边听着，说道：“这房子的房契，可否让我看看？”李不言忙不迭进屋去，拿出房契来，却真的是新换的契书，上面端然写着李丽云的名字，郑景润拿过手去，仔细地看了看，放心地递给了李丽云。李不言又递上买卖契约，上面写的真就是一只玉镯抵这套房子，签名押印，都色色齐全。李丽云把这一沓东西递给李不言，李不言又推给李丽云，说："是你的，你留着吧，经过这几件事，我晓得，你再恨我，也还是认我是你爹，不会不管我。倒是我自己，不大相信我自己，万一哪天犯浑，拿这房契去抵个啥的，你收着，我比自己收着，还放心些。"

郑景润上前一步，站在李不言身边，说："我这回真的是可以放心地去台湾了，爹爹放心，你这地方，我也留一笔钱，你来当这个家，好让丽云安心读她的书。"

李丽云看看郑景润，也就笑笑。郑景润还在那里说："我到台湾后，会再想办法寄点过来。"

李不言在那里苦笑，说："要不是丽云一定要等毕业，我也会死乞白赖跟个人，去香港也好，去台湾也好，再去寻寻活路。"

李丽云还是在那里笑笑，听郑景润跟李不言说："再等等，弄得好，明年一道跟丽云走。"

李不言在那里摇头，说："难的。真要跟着走，我现在就得东奔西走寻机会，丽云的入台证，你也要从早计议啊。"

李丽云看着李不言，好像不认识他似的。

郑景润要去上班，一个人先走了，留下他们两个。李不言陪着李丽云又看了一遍厨房，说："到时候真要请个姨娘吗？"李丽云摇头道："不用，我会做饭给你吃的。"

"我也会做。"李不言说，"这个厨房装修时，我也搭把手过了，有三种灶头，柴火灶，煤球灶，煤油炉灶，我跟你讲，定海城里这么齐全的，没几家。”

李丽云又看了主屋后面的储藏室。李不言拉开橱门柜门给她看，四季所用的被褥，厚厚薄薄都叠在那里。衣服或挂或叠，也有很多，单是女装，长长短短，厚厚薄薄，就有两排。李丽云取下比了几件，居然和自己身量一样，而且，真有一件和自己那件差不多的墨绿色香云纱旗袍，想必就是在潘家的布店里做的，那一批盘扣，还都是自己盘的。她拉起来看盘扣，果然是自己的手工。她最后收针脚的时候，会留个记号，像签名似的，把三针覆在上面。

再有鞋子，也是一年四季都留着几双，李丽云试了试，也合脚的，缎面跳舞鞋，硬皮鞋，软皮鞋，短靴长靴，李丽云一双双套进去试穿，脚底踩着鞋底的感觉，云端似的，后背却有些发凉，不由暗想，身边的这个李不言是不是假的李不言，眼前的这些东西，也都是假的，就像走进了《聊斋志异》里狐狸幻化出来的居所。

李不言在旁边看得高兴，说道："这家人在上海，生意做得大，基业都在那里，真不舍得离开上海的，原想在定海耽搁一年半载，等稳定些了，再回上海去，没承想，是回不去了，说留在上海没带出来的东西还很多。他们子女，是早就在美国了，这回，他们就投奔子女去。走时，我也送到码头的，带走了很多箱笼，这里留的，是他们挑剩下的，但也够我们用上几年了。”

李丽云拎着那件香云纱旗袍出来，到西厢房穿衣镜旁的衣架上挂好了，开了窗，自己跑到窗外，看了看，看起来果真和自己的那件一样，就是少了绲边罢了。李丽云问：“住在这房间的，是谁啊？”

“是二姨太。那男人带着老婆和二姨太住在这里。大老婆管家的，一日三餐安排，四季衣物置办，都归她管。二姨太就管照顾那男的，再就是打扮自己。不独那男的，就是大老婆，也都顺着她，她要什么就给买什么，但她手上，是没有几个钱的。”

这种家庭模式，李丽云是听说过的，大老婆没有男人的身体，但有男人的钱，小老婆有男人的身体，但没有男人的钱，大家扯个平。

走到主屋，李丽云看着，竟觉得这房间不像卧室，倒像个办公室。靠窗一张办公台大且阔，配着一把高背的旋转椅，那实木的质地，就是李丽云这外行看起来也觉得价值不菲——想必是男主人的。靠东边墙那里，又放了一张美式的书桌，正面靠墙是三排抽屉格子，桌子两边，也是抽屉，都是有锁的，现在，每串两把的钥匙，整整齐齐都在锁孔上。拉开西墙上的柜子，只有几只半旧的公文包，还有两只装得进大开本杂志的女包，李丽云拎出一只来，几乎雀跃，说道：“我喜欢这个房间，我喜欢这个包。”李不言带笑看着，说：“这个房间好是好，就是没带个浴室。”李丽云环顾着，说道：“浴室稍微改装一下，把门往这边厅里开，我们都好用。”

李不言说：“这个不难。你看还有哪里要改的，再想想，我找人来弄。姑爷对这个浴室很中意的，我们这样改了，是不是要问他意见？”

“山长水远，他想够也够不到，我们自己琢磨就是了。我的房间如果靠着路，也不妥当。”李丽云说。

两个人说着话，李丽云待要问他那镯子的事情，偏听得门环被叩响，李不言去应门，领了提着一大篮子红红黄黄水果的刘仲瑞进来。李丽云笑道："这么大一篮子，怎么吃得完?"刘仲瑞也笑了，说："我住得近，会帮忙来吃的。"李丽云把他让进客厅，李不言赶到厨房烧水沏茶，刘仲瑞说："你家客厅虽不大，可是挺气派的。"李丽云暗想，不知道他家的客厅大成啥样。

刘仲瑞又把墙上的油画也看了一遍，说："这画也很不错。我有个朋友极懂画的，几时我带他过来欣赏好吗?"

李丽云自然只有说好的。

李不言托着茶盘上来，瓷器也是雅洁的——都是那家人留下的东西。李丽云端着茶杯，看着沿口处的那圈金纹，感觉还是跟做梦一般。潘绮珍家的器皿，大都是实用为上，细节上，都是不讲究的。刘仲瑞对这茶杯，并没有什么感叹，一副习见了的样子。他说："果然那件秋香绿旗袍是你的，我刚从窗子里看进来，又看到它了。"

李丽云放下茶杯，不晓得该怎样和他讲，也就笑笑。外头毫无征兆地下起雨来，雨势不小，屋檐头很快雨水成线，一串串珠帘一般挂下来。又续了茶，刘仲瑞却有点着急，说："这雨不知道什么时候停，我得归队去，临黄昏，我还有起飞任务呢。"李丽云忙起身去储藏室找了一把伞出来。刘仲瑞手里拿着伞，却又坐着喝完那盅茶，眼睛巴巴地看着她，却也不说什么，只是在那里，看看画，又看看她。天就放了晴，日头蒸着雨水，潮嗒嗒的热。刘仲瑞走后，李丽云看着斜靠在沙发上的雨伞，发了半天呆。李不言在厨房忙午饭，她想去帮忙，身子却懒得动，就歪在沙发上打盹，迷糊当中，刘仲瑞好像又进来，挨着她坐了，转过她的脸，深情地看着她，她闭上眼，他就吻了上来，吻在眼皮上，舌尖一路探下来，和她舌吻半天。她是被自己的呻吟声弄醒的，惊觉是梦，半是稀奇，半是羞愧。

第十二章　旧国婆娑几树梅

从1949年的6月份起，城南的飞机场四十多架飞机起起降降，飞去轰炸宁波，轰炸上海。每天，飞机轰鸣着向陆地飞去，提示着仰头看的众人，战争就在头顶不远处，就在隔海不远处。被战争对照着，当下的世俗生活，比任何时候都显得宝贵，特别是在吃上，每一口都像是往后再也不会有的美味。

6月末到7月初，本地晚稻杨梅上市到落市，不过半个月时间，在这个岛城，这段日子简直就是节日，对潘绮珍来说，更是如此。她爱吃杨梅，能一口气吃下一大盆，牙齿一点不会酸倒。往年一到杨梅季，就会有相熟的果农送杨梅来家，今年的杨梅，百乐门的顾客们都帮潘绮珍先“试吃”了，潘夫人让人送回家的杨梅每一颗都饱满甜口，不知怎么，这反倒让潘绮珍有些不自在，一篮杨梅，就该有几颗烂的，几颗酸的，这样，等吃到完美的那几颗，才会舌头和心头都为之一振，这感觉，才真实。

那天，潘绮珍和王天锡在潘家客厅里吃杨梅，吃着吃着，就把这层意思说了，王天锡边笑边摇头，说："我看你，是不是想爬杨梅树上摘了吃?"潘绮珍连连点头。王天锡说："我来张罗，我们这几天凑个时间去趟白泉怎样?"潘绮珍说："你才来多久啊，怎么弄得跟地头蛇似的? 这事情，还是让我妈妈去张罗吧。请她找个相熟的果农，我们约了丽云他们一起去。"王天锡自己也笑了，说道："奇怪了，在你面前，我怎么这么想逞能。"

这段时间，客厅里只有他们俩。王天锡接了潘绮珍打烊回家，再一起吃了杨梅，算算时间，南城门怕是要关了，再一会儿，潘家夫妇也该回家了，可是，他实在不舍得离开。这黄梅天的夜，在这客厅里坐着也出汗，两个人近近坐着，都能闻到彼此的汗味。潘绮珍洒了香水的，汗水蒸腾过，这香气就成了体香。他深呼吸了一口，站了起来，说该走了。潘绮珍也立起来，没踩稳，打了个趔趄，王天锡就势抱了下她，又烫手般丢开了。潘绮珍的脸涨得通红，不知怎么在那里赌气上了，瓮声说道："天晚了，你快回吧。"王天锡应了一声，真的就出门去了，潘绮珍看着他的背影，把手放到胸口那里。

这天气，向晚时分，实在闷热。潘绮珍懒洋洋洗了澡，喝了井水镇过的酸梅汤，收拾着就睡下了。到下半夜，窗口才进些凉风，她的胸口才多少放松些，人却清醒着，怎么也睡不过去。在漆黑的夜色中，身体慢慢地膨胀开来，把王天锡临走前那个蜻蜓点水一样的拥抱一点点还原过来，又想把它变成了一个更深更紧的拥抱，到底不能，整个身体空荡荡的难受，左睡也不稳，右睡也不稳。到天亮时分才迷糊睡去，却又睡不醒，还是李妈把她推醒，一边问她："要不要我和夫人去说一下你身上懒，想歇歇？"潘绮珍一骨碌起来说："不用，我都好好的。"

这一天，直到黄昏来临，潘绮珍都是恍惚的。虽然她一样也对付了店里的日常，甚至，和妈妈说了计划去白泉摘杨梅的事，众人也如常看她，她看众人，却觉得他们都异常远，说话动作，云里雾里一般。

王天锡今晚来得比往日早，他往角落里一坐，也不抽烟，只在那里呆坐着看潘绮珍忙碌。潘绮珍也不去搭理他，自顾自忙碌着，最近的订单有点多，她要理个先后让小梅嫂按顺序出货。天又潮又闷，衣服都不会干，那些官太太赶着来添新衣，一边埋怨舟山的天气："比重庆还要潮，这日子，教人怎么过？"她们总是满肚子委屈。

临近打烊时分，伙计们一个个走了，只剩下小梅嫂和得财老伙计。潘绮珍走过去给小梅嫂一沓单子，小梅嫂从缝纫机上抬起身子，咕哝道："这几个太太，真叫人受不了，人活着，还活得好好的，有什么好埋怨的？"潘绮珍扶着小梅嫂的肩膀，不知道说什么好。得财边上排门，边说道："小梅嫂，做人分等次，她们的郁闷，我们不懂，也不用去理会，我们过我们自己的日子，往前看。"这话，潘绮珍听着，也不是味道。她若说她有郁闷，得财一样也是不理解的。

王天锡过来，说："植宏让我今晚带他们打篮球，我晚饭也在你家吃。我们快点走吧，两个小家伙恐怕是要等急了。”

接潘绮珍的黄包车早就等在门口了，天下着毛毛雨，等他们俩上了车，车夫放下帘子。王天锡的手从后背环上潘绮珍的腰，潘绮珍把整个身子往后缩，身子与车壁的距离，只是这条手臂的空间。这臂膀一点点往上挪，潘绮珍闭上眼睛装睡，尽量控制住自己的呼吸，隔着绸缎，她感觉到他手心的火烫。这火烫，在她的半球边缘停了一会儿，果敢地覆了上去，潘绮珍不禁轻哼出声，身子都颤抖起来，王天锡比她颤抖得还要厉害，他都不敢看她一眼，只是顽强地用手掌托住了整个球体，石子路颠簸，她在他的手心里跃动，时空在此刻凝成胶状物，把他们俩黏在了一起。

直到黄包车停下，王天锡才醒过来，慌忙撤下手来，匆忙间，手肘撞到了车子后壁，痛得哎呀叫出声来，把潘绮珍也吓了一跳。王天锡捧着自己的肘部在地上蹲着，潘绮珍站在他身边默默陪着，旗袍的下摆被风吹着蹭到他脸上，一下一下，两个人还是木头人一样不说话，毛毛雨斜斜淋着他们。良久，王天锡站了起来，轻声说道：“这只手，今上午还在投弹，我已经尽力在往空地里投了，但怎么样，都是在摧毁一些东西。刚才，它在你那里是活过来了，可明天还得去死一次。”

潘绮珍湿了眼睛，说道：“不许说死。”

到饭桌上，两人还是有点迷迷糊糊，潘夫人凑到潘绮珍耳边问：“你们吵架了？”潘绮珍红了脸说：“没有啊，就是今天排单子排得挺累的。”潘夫人用了正常声音说道：“以后你累的时候，就不要管店里，自己出去散散心，歇一歇。”又叹了一口气说道：“做生意，简直就是把自己卖给店里。”王天锡道：“做一行，怨一行，什么都不做，也无聊。”潘培基笑了：“是这个理。自己做老板，辛苦是辛苦，总还能做自己的主。”王天锡道：“能自己做主最好。像我这样，不过是听命令的一个机器，细想想，悲哀的。”

潘培基说：“现在这局势，空军上，总是占优势的吧？”

王天锡道：“这只是暂时的，对方身后有苏联，他们有飞机。”

潘培基又问道：“广东和陕西那一带，白崇禧和胡宗南他们，还有很多兵力吧？我们的货，现在是从广州在进，祈愿南边时局稳些。”

王天锡缓缓说道：“据说，首都可能又得迁移，再度入川。这消息，我是听大哥说的，他在中枢输运委员会，这些天，正忙着造册，一部分机关工作人员和眷属到重庆去，一部分到台湾去。”

潘培基悲叹道：“啊，那我们最近好好再囤点货。”

王天锡说：“伯父可曾想过离开舟山？”

潘培基缓缓摇头，说：“身为长房，就这个命，我得守在这里，我身后还有列祖列宗要祭奠，我走了，祖坟怎么办？”

饭桌上静默下来。今天的菜是老张主厨，烧的却都还是上回那借来厨师的淮扬菜，潘夫人关注着王天锡的筷子，她笑说：“我们好好吃饭，时局这样的大事，自然是有大人物去对付，我们这样的小老百姓，顶要紧是把饭吃好了。”

王天锡和潘绮珍对望一眼，低头吃菜，王天锡到底还是夸了今天的菜式比之上回更有他家乡的味道，潘夫人扭头对李妈说："待会儿你把王先生的话带给老张去，让他多做一份他喜欢的红烧肉给自己。"

晚饭后，雨歇，微微起了风，地面转眼干了，植宏兄弟耐心等王天锡他们吃了杨梅，又下了一盘象棋，看看饭后三四十分钟已经过去，合乎他们妈妈的养生要求了，就拉了王天锡往院中走。潘妈妈果真给他们在院子中央竖了个篮球架，最有趣的是，这还是个双面架，两面都有投篮筐。看王天锡惊讶的表情，植伟笑道："我妈从小就给我们买双份的，怕我们抢来抢去。"王天锡问："那你姐姐呢？"

植伟答道："姐姐是大人啊！"

王天锡说："姐姐从小就是大人吗？"

植伟憨憨笑道："是的呢，姐姐从小就是大人。"

王天锡莫名有些心疼。就说今天，潘绮珍还是习惯性地把这玩篮球的机会让给两个弟弟，他们走的时候，她留下和父母商量店里的事。王天锡脱了外衣，单穿了背心，换上潘妈妈给准备的球鞋，带着两个孩子玩投篮。

潘培基夫妇去了饭店，潘绮珍先在楼上看着他们玩，两个弟弟真把投篮当玩，一点技术都不讲究，她看着有些心急，换了球衣球鞋下去，让王天锡边上歇会儿，自己教起两个弟弟来。

王天锡在旁看着。她教单手投篮，双腿的弯曲程度，双脚的错开程度，右手持球，左手扶球，手肘要如何弯曲，眼睛要如何瞄准，力量要如何传导，她都教得非常到位，比他会讲技术要点，王天锡暗暗佩服。

过了一会儿，潘绮珍退出场来，让弟弟们照她的话来练。王天锡走过去，递了毛巾给她。潘绮珍叹道：“到这个年纪，还是光知道玩，可就连玩，也不用心，真让人着急啊！”

王天锡笑道：“是啊，你出嫁之后，他们怎么来顶你的位置呢？”

潘绮珍横了他一眼，嗔道：“瞎操心。”

“才不是。时局变动太快，不晓得哪天就给你来一个开拔，我不和你结婚，就没法带你走。所以，我想，趁现在伯父伯母看我还顺眼，我打算说提亲的话。”

潘绮珍擦着汗，低下头去，一声不响。王天锡看着她粉嫩的一截后脖子，凑到她耳边轻声说：“还有，再不娶你，我只好把那墙上的海报扯下来抱着睡了，这几夜，一睡下去就浑身难受，蚂蚁爬一样。”

潘绮珍抬头剜了他一眼。王天锡自己先脸红了，说道：“我向你保证，这是我头一回这样想一个姑娘家。”

潘绮珍看着弟弟们，轻声说道：“那，你找机会和爸爸说吧。”她把毛巾还给他，准备再去教弟弟们，开步前，又快又轻地说道：“其实我也很想你的。”

王天锡听着自己的心怦怦一阵乱跳，呆呆地看着潘绮珍带着弟弟们投篮，虽然她个子不高，却矫健得很，在上篮的瞬间，几乎飞升一般。她是个与众不同的女孩，她是个宝。

“天锡哥哥，姐姐说，我们分队比赛！我和你一队！”植宏在喊。

王天锡上场后，看着潘绮珍带球时的潇洒，只恨手边没有照相机，植宏又喊：“天锡哥哥，你这是在瞄准哪里啊？你可不要输给一个女人啊。”

王天锡笑道：“植宏啊，我只能输给你姐姐啊。”

潘绮珍说：“植宏，你也大了，以后少说女人啥的，女孩子不爱听。当心娶不到老婆。”

“不是我娶老婆，是我妈娶媳妇，我妈总有办法的，这个我真没愁过。”

“你们就不能让妈少操点心吗？”

植宏看姐姐真的着急上了，自己也就连声应了，他们家的规矩，是从小敬着姐姐的。

王天锡催赶紧比赛打球，他和植宏到底是实战多些，连胜了两局，把潘绮珍弄得气呼呼的，带着植伟迎头追上，也赢了两局，总算扯平了。

杨梅上市，本就昙花一般，安排摘杨梅的事，拖延不得。原想去皋泄，这个地方的杨梅，因其甜美而闻名，未及成熟，那杨梅早就被预订一空，今年小年，那杨梅果都不够分给预订的。潘夫人只好退而求其次，在小洋岙那里找了家果农。他们家的杨梅树不高，刚够抬手摘；他们家的山地也平坦，不会崴到脚。而且，离家也近，若去皋泄，估摸着可能得住一晚，潘夫人到底不大放心。

那天下午，潘夫人安排了一只船，让李妈随侍着，从自家河埠头出发。王天锡和郑景润都是头一回在定海河道乘船。两岸人家黑瓦粉墙，院子里大多栽有一棵樟树，冠盖多半伸出墙来，都是有年头的树，墙上爬满各种藤蔓，开着各色小花，白的底子上深绿浅粉，临水照着，煞是好看，他们俩开头还坐在篷口张望，后来索性坐到船头。李丽云和潘绮珍仍在篷下坐着，潘绮珍悄声说："这两天我特别想和天锡单独处处，可总没有地方。"李丽云说："你们可以说来看我们啊，然后，我让房间给你，我去景润那边坐。"潘绮珍轻笑着问："你们已经真成夫妻了吧？"

李丽云愣了一下，说道："前头，是他很想，我不肯。这会儿，他又说，幸好没尝过男人滋味。他有他的道理。我呢，你知道的，我要明年毕业教书的，万一不小心生个孩子出来，我的计划就全毁了，也不体面。男欢女爱，也不是我不想，可我不为自己打算，谁来帮我打算呢？"李丽云擦了擦眼泪，又说："据我看来，我们订婚的事情，要么他没有和他哥哥讲，要么，他哥哥不赞同，反正，他哥哥的信里，没提过我一个字。"

潘绮珍瞪大了眼睛，说："那李妈可真冤枉你了，她在我面前嘀咕过好几回呢。"

李丽云被她逗笑了，说："那，也不是完全冤枉嘛。我也不算完全守身如玉啊。这是笔糊涂账，不好算给你听。"

到了果农家，一切都是现成的，他们只要站在树下，伸手摘果子就行。潘绮珍一边摘，一半往嘴巴里塞，一半放篮子里，王天锡带笑看着她，说他从前爬到茶油果树上吃花瓣，那才叫享受。潘绮珍不信，即便真有，哪有杨梅好吃？李丽云拦阻潘绮珍道："还是带回家洗洗再吃吧？这样子，谁知道有啥虫子爬过呢。"

"啥虫子也不怕。"对潘绮珍的混不吝，李丽云只有摇头。

李妈和那果农相熟，在一边有一搭没一搭地聊天，说着她的儿子和媳妇。潘绮珍一时起兴，说道："李妈，你的家就在附近吗？带我去看看吧！"李妈愣了愣，笑道："我倒真是想回家看看，可是，小姐啊，我家是泥地草房，我那媳妇又是个不会收拾的，恐怕连立脚地方也没有啊。"潘绮珍执意要去，让果农拿来一篮杨梅，李妈提了，一行人下了山，沿着条村道走去，他们爱惜皮鞋，挑平整处落脚，走得慢。李妈捉住道旁一个七八岁的小儿，让他快去村东阿兴家报信，那孩子飞奔去了。等他们又走了十多分钟，才到了，果真是草房泥地，左邻右舍也都是草房子。潘绮珍从前没到过乡下，一边看一边叹气，说："出了城就是另外一个世界啊。"郑景润和王天锡却看着平常，说："乡下嘛，就是这样。"李丽云默默想，要是毕业后被派到乡下当老师，那可能得好好适应一段时间。

李妈的儿子瘦怯怯的，媳妇倒壮实，一个小男孩抱着她的腿藏在她身后，看着也就两岁光景。潘绮珍笑道："这就是小冬儿吧，你奶奶常常说起你呢！"一边就褪了手上一只银镯子递给那孩子，说："来来，收个见面礼吧！"那孩子一径往后躲，李妈抢上前接了镯子过去，说：

"这可不行，这是太太特意给你打的刻了《心经》的镯子。我先替冬儿谢了，回去小姐你再找找，弄个小锁头啥的给他，就是了。"潘绮珍笑着套上镯子，站在门口张望屋里，黑洞洞的，家具和农具混着堆放，看着倒像个仓库。

"那堆犁头，是给牛用的，我们买的牛，下个月就能拿到了。"李妈的儿子凑上来说。

"明年开春种地就省力了，"他媳妇说，"我们能多种两亩。"

潘绮珍暗想，明年或许该给李妈涨点工钱。

向晚时分，他们原船返回，夕照满河，碎金散霞，船头满满六筐顶着青枝绿叶的杨梅，风吹过来，有几分果香，也有几分花香。李丽云低头看着金光闪烁的河水，面色凝重。潘绮珍道："想什么呢？一脸严肃。"

"我刚在设想，假使我明年分到乡下小学，我该怎样安排日常生活呢？"

"你呀，放着好好的少奶奶不做，宁可做个乡村教师吗？如果分到乡下，我们就不要这工作了。还有，要是有了孩子，你也得辞了工作回家里吧？"郑景润笑道。

"丽云把独立看得比爱情更要紧呢，她这是入魔了。"潘绮珍说道，"我也觉得跟爱情和婚姻相比，独立，是第二位的。"

李丽云笑道："生活对于你们太容易了。跟你们真没法说啊。"

话说到这里，僵住了。李丽云也觉得自己有点过了，转了一个话题："有件事情，我得找机会和伯母说去，景润走后，我会搬去和我父亲同住。我们家在张家弄买了一处房子。"

潘绮珍待要挽留，但一转念，凭什么不让人家搬去自己家呢？犹豫之下，说出口的是客套话："置业大喜啊！几时搬去？我要送你一架屏风暖房啊。"上回为小梅嫂在店里隔出裁缝空间买的屏风，当时她看中了两架，都买下了，只用了一架，另一架就收在库房里，初时还喜欢看屏风上小山重叠，疏梅掩映，再后来，就有些嫌它碍手碍脚，这会儿它就莫名其妙冲进她的客套话里。

李丽云想了一想，她想住的大房间，若有架屏风，就能把它的办公味儿和睡眠区域隔开，至于屏风上画的啥，她倒不担心，潘绮珍选的，想来不会太闺阁气，她就没有在乎潘绮珍话里的客套，答道："我还真需要这样一架屏风，我的睡房太大了些。"这话，倒把潘绮珍唬住了。李丽云身上到底都发生了什么？曾经无话不说的她们，现在竟这般疏远了。

李丽云看潘绮珍在那里默然不语，接着说："张家弄的房子，是我父亲拿我娘的一只手镯抵的，我也是才知道。我竟不晓得家里还有这样的镯子，也亏遇到了识货的买家，否则，一只玉镯能抵什么用？"

潘绮珍好奇这个手镯，问李丽云可曾戴着它到照相馆去留过影，那么贵重的东西，来去都该有个存照才好。李丽云笑了，说："你果真是个靠谱的生意人，我怎么就没想到呢！"

在晚饭饭桌上，潘绮珍把这事也讲了，郑景润说："是的，伯父也不和我们商量，就把镯子抵了，真是可惜的。”大家一起感叹着，潘夫人说：“大户人家老底子是有藏玉藏珠宝的习惯，我们这样的生意人家，钱都在货里在店里流转，看得到钱，这钱却是在流的，藏也藏不住。”王天锡道：“现代经济，这钱就是讲究流动，不能多藏的。你看，幸亏有识货又愿意收藏的买家，要是遇到我，我还是愿意接手这流动的钱啊。”

“可是，现在通胀得没边了，钱，都快不是钱了，怎么保值？藏一些珠宝，等过些年，它们的价值就出来了。”郑景润说，“手头上的钱，还是赶紧把它们投到保值些的东西上为好。自然，投入生意肯定是投资正道。”

李丽云在一边不说话，她想着她在两年前借的三石米和如今买到这三石米需要的钱，大得像个天文数字，哪天她得去问问秦怡莲。虽然，这个借给她三石米的债主，她的小阿姨，已经悄悄跟随她的汉奸丈夫去了不知哪里。可不管怎样，那都是一笔债。如果当初借的是钱，那现在，就简直不是债了。可见稻米是保值的。

这桌饭，在百乐门吃，宋老师来敬了一回酒，算是给郑景润送别。宋老师好像已经喝多了，在敬他们酒的时候，眼里都有些泪光。李丽云搜寻了一下店堂，她在找秦怡莲。明知道秦怡莲已经抽股离开，自己去开米店了，可李丽云眼前偏偏老是闪过她的影子。一桌子人就是不提起秦怡莲，她想问一下秦怡莲离开的缘由的，可想想还是私下问潘绮珍的好。无论怎样，秦怡莲是个知道自己想要什么的人。

开了米店后，山山她就一直带在自己身边，说是在入小学前，李丽云把山山启蒙到这程度，已经够了，余下的，山山自己能自学到哪里就哪里吧。这之间一定发生了什么，甚至殃及了李丽云自己。等送走郑景润之后，她可以慢慢去了解。郑景润离开之后，她就会拥有大段的空白时间，对这一点，惶恐之中，她又有些兴奋。

这顿饭，气氛沉闷，做东的潘培基总忍不住在叹气，连潘绮珍也看不过眼了，笔直问："老爸，有啥心事？"潘培基道："说起来，也是小事，县政府说我们生意好要给我们提税，当时我也应了，他们要提，我又能怎样？今天税单下来了，这数字，是原来的十倍，那教人怎么办？我也只好大幅提高价钱了。价格上去了，这生意能不能做，我也没底。宋舰长他家倒是先知先觉，先就抽了股算了利去，我家和安华家，怎么样都得死扛到底。"

王天锡在那边沉吟着，说道："伯父，你赶着写个申请减税的报告，再准备些送得出手的东西，我从我们空军这边去走县政府的路子，税务方面，看能不能通融些。伯父您得告诉我，哪个是来跟您说要提税的，先从他那边说起。"

潘夫人说："当初人家来说提不提的时候，我们就该走门路的，偏你爹实心眼，说生意是还不错，提点税，也应该的。这不，看你没动静，人家就狮子大开口了。"

他们一家人就在那里说税收的事，李丽云闷闷坐着听，郑景润从桌子下伸过手来，握住了她的手。

第十三章　新知何脉脉

一进 7 月，出了梅，台风就接踵而来，大大小小，隔一阵子就来一场，有一个星期，一头一尾连来两场，让所有的出行都没了定期。

郑景润本来是想搭宋以文的船走，可他们的路线最近都在忙着北上封锁港口，搭空军的飞机，那更是说不准日子，所以，到最后，他选的还是乘坐客船去，从定海出发的船票如今也难买，郑景润托了人，总算也按他的日程买到了，可万一来个台风，还得耽搁。他哥哥已经第三封信来催了。所幸今天空军陈队长那边却有消息来说，明下午有一架飞机飞台北，上面还有一个空位。郑景润忙着又托朋友出脱那张船票，这边又赶着给陈队长送钱，一天就忙这个了。

郑景润的行李，都是他自己理的，李丽云也帮不上忙。他上回带来的二十多个箱笼，这回却顶多只能提两个去。这剩下的，便都交给李丽云了，反正她那睡房的后屋储藏室，足够放下这些东西。可郑景润还是不放心，又赶着在第二天一早，把李丽云和他的二十多只箱子分了五趟搬到张家弄，又是一场忙碌。李丽云也跟着忙，不晓得停顿下来该怎么办，倒还是李不言稳些，张罗了午饭让他们吃好，约好了黄包车夫两点半来。

李丽云在潘家用的被子之类，本就是潘家的，在学校里存放的铺盖卷，又过于简陋了些，匆忙之中，李丽云从储藏室翻出一套铺盖，赶着铺上了。细篾藤席，薄薄蚕丝被，从樟木箱里取出来，还有淡淡香味，看着有年头了，想必是主人随身带到定海准备过长久日子的，没想到，现在归他们用了。

李丽云再想不到，郑景润一心想要的单门独户的生活，他只能过上一会儿。郑景润也觉得憋屈，疲惫得很，又了无情绪，暗暗怪前段日子李不言执意要改浴室门，一拖两拖，总住不进来，就是这会儿，他也在院子中坐着，这多煞风景。郑景润倒是一点没怪自己，他行前忙碌，空军那帮人拖着他折腾汇款，每天竟不得空，很少时间和李丽云相处。

郑景润往枕头上铺了层他自己的旧内衣，说道："真是委屈你，用这些旧东西。我走后你去买些新的吧。"

"不用啊，我用这样的东西，就很知足了。"李丽云枕着郑景润的肩膀，心里空荡荡的。风从窗口进来，淡绿色窗帘飘飘荡荡，白色蚊帐也起了波纹。

郑景润嚷嚷头痛，说自己这怕是中暑了吧。李丽云说："你先睡一会儿缓缓吧。"

郑景润沉沉睡去，李丽云侧身过来，单手给他扇扇子。她仔细地看他的额头，他的鼻子，他耳朵的形状，怕忘记了，可是，越细看，越觉得似乎从来没见过一样，不禁起了一阵恐慌。悄悄起身坐在椅子上看帐中的郑景润，再看看这房间，真觉得浮生如梦。李不言来敲门说时间不早了，李丽云才推醒郑景润，让他起来到浴室梳洗。郑景润收拾好了，看看时间也快到两点半，就又把行李检查了一遍，李丽云叮嘱他把入台证小心收好了，郑景润也叮嘱她把那包东西也收好了。那是大清早他给她的，一罐银圆和三根金条，另加一大沓港币，还有四张借条，是还留在这里的几个朋友借他的，说好这几个月间就会还他，他已经和他们说好还到她手上了，李丽云粗粗看了两眼，数字不小，是用银圆计数的。

“我已和爹说过了，他到时候会带你去的。”郑景润说，“爹对这一套都内行的，你尽可相信他。”

李丽云不知道郑景润对李不言的信任从何而来，但她还是为此有些宽慰。她想象过他们的分别场景，再没想到会是交代银钱。郑景润真不要她送，在院中海棠树下，他用力抱了抱她，说：“我先到新职位上去报个到，再帮你打好入台证，很快就能回来。到时候我们就从容过几天自己的日子。”李丽云还是恍惚，呆呆看他提着两个箱笼，上了黄包车就去了。

李丽云在院中又呆立半晌，听着黄包车的车轮声渐渐远去，她才进屋去，把篾席和蚕丝被拿出来挂晾衣竿上晒，李不言说：“这两样东西，都不是日头好暴晒的，透透风，过一会儿你就收进去吧。”

正说话间，刘仲瑞提着一筐菠萝进来，看到李丽云，说道：“咦，你什么时候来的？”

李丽云一时会意不过来，竟不晓得怎样回答。李不言道：“仲瑞常来看我，有时就在这里吃饭了。我会做各种水果饭，他爱吃水果饭，我们就这样吃在一起了。”

“你爱吃水果饭吗？菠萝饭，杧果饭，好吃又好看。”刘仲瑞把菠萝交到李不言手里，不待李丽云回答，“我得赶紧归队，晚饭时我再过来。”一边说，一边就又出门，一路小跑着走了。

一院子菠萝香，李不言在厨房里削皮剖肉，装在玻璃盆里拿到井边，放进打水桶里摇下去，盖上井盖。李丽云默默收了被子席子进去铺在床上，这才感觉浑身倦怠，索性钻进被窝补睡。这一觉酣甜，如同死了一回，醒来时天色已经擦黑，院子里的菠萝味和饭香实在浓郁，窗外有人轻轻说话，听着是刘仲瑞，这让她更恍惚，像是在另外一个世界醒来。这时候，郑景润已经在和家人吃饭了吧？

李丽云又在床上赖了一会儿，才起来吃饭。刘仲瑞穿着便服，低着头在那里扒饭，恍惚中，和弟弟竟十分相像，本想说给她爹听，可是，往事袭来，对爹的怨恨也袭来，那时候，他在上海，何曾对弟弟有什么挂念？

眼前的这个爹，和往事中的爹，实在重合不起来。

菠萝饭里，李不言又放了对虾和黄瓜丝，做得别有风味，比潘家厨房的本地菜更有看头。刘仲瑞一盘吃完，又起来盛了一盘，一点也没把自己当客人，顺便又帮李不言也添上了。李丽云面前的，还只动了动，刘仲瑞说道：“看来丽云不喜欢吃菠萝饭，我以为女孩子都喜欢吃水果饭的。”他说话的腔调，也和弟弟有几分相像。李丽云说：“我喜欢的。就是今天身上懒懒的，没有胃口。”

“今天搬家累的，明天就好了。”李不言从水井里取出菠萝来让李丽云吃，刘仲瑞看着李丽云吃，一脸满足。李不言看看刘仲瑞，又看看李丽云，叹道：“你弟弟在，也和仲瑞一般大了。说起来，仲瑞和他，还真有些相像，特别是耳朵那里，真是一模一样。”

刘仲瑞那天就听李丽云约略说起过，知道那是他们父女俩的一个心结，就怔在那里，只呆呆看着李丽云。

李丽云默默吃着菠萝，只当没听见。晚饭后，李不言在厨房忙着收拾，她和刘仲瑞坐在院中的藤椅上纳凉，她才说：“我们第二回遇见的时候，我就觉得你长得和我弟弟很像，但这样的话，实在不适合和你说。你想想看，我弟弟那么可怜又福薄的一个人，像他有什么好？”

刘仲瑞握了李丽云的手，说道：“我听着是开心的，再没有比像弟弟更好的了。论年龄，我比你大上三岁，可人家都说我看着小，做你弟弟也没问题。”

“听着像笔糊涂账啊。真奇怪，内心里，我真把你当弟弟看。你看，我算术学得不好。”

李丽云不知道她爹还和他说了什么，眼前掠过的都是弟弟的样子。他咳嗽的时候，她就整夜抱着他，娘赶她走，怕弟弟会把肺病过给她，她却无所谓，如果好不了，要死一起死，也是可以的，都不怕死了，别的，还怕什么？那一夜，弟弟的身体，就是在她的怀抱里慢慢冷去的。李丽云觉得一半的自己，也跟着弟弟去了。娘的心境，自然要比她凄凉，最终，多熬了一年，也跟着走了，只有自己，还苟活在这个世界上。

李丽云的泪，到底没止住，抽噎着说着往事。夜色慢慢浓了，院子里没有灯，萤火虫在脚边飞着，蚊子也在脚边飞着，李丽云也平缓下来了，说道："天晚了，你早回去休息吧。"刘仲瑞说："不晚。刚听你说着，我也想我妈了。她整天忙，从大清早起来到晚上睡下，除了午间短短歇会儿，一天都在张罗照顾一大家子，总有那么多事要处理，那么多人要见，忙碌下来，紧张得整个身子僵硬，肩膀更是硬得跟铁板一样。我跟着一个推拿师傅学了揉肩，只要在家，就给妈妈揉。"

"那伯母在家，就是贾府里管事的王熙凤那样的角色？"

"简直就是呢，当然，没熙凤那么厉害，却也算个厉害角色。"

"她现在哪里呢？"

"一家子都搬到香港去了。还是那么一大家子，住的地方又小，又在那里坐吃山空，我想我妈肯定焦灼得不行——这是我猜想的，她来信里从来报喜不报忧，不想让我分心吧。"

"你实在是该陪在伯母身边，让她做依靠。"

“我们家里人，包括我，都认为，为哥哥报仇，为国家尽力，比之安稳过日，更有意义。”

也许，在安稳的日子里过久了，就会不太稀罕这份天然的安稳，更愿意要安稳之上的东西，比如说人生的意义。没过上几天安稳日子的人，渴求安稳，就像渴求水和空气，为的是衣食无忧的生存，再高一点意义的人生，在李丽云，只是旁观，但这一些，李丽云没法和刘仲瑞说，只就感叹道：“真是忠义之家啊。”

“当初和日本人打，虽万死也不辞，配得上忠义二字。现在这场战争，真让我颇多迷惑。这两天我常常想到我奶奶，去年全家迁徙，有叔伯建议去美国的，可我奶奶就是不肯，她的底线就是到香港，再远，她就不随行了。我很佩服她老人家，她知道她自己。我呢，我的底线在哪里？”

李丽云不知道该如何接口，关于人生的底线，她现在自己守着的就是先毕业，寻求自立，然后再议其他，可是，这样的底线，在刘仲瑞看来，大概是十分好笑的吧。她也就只默默听着。天色渐渐黑下来，两个人之间的沉默，也跟这夜色一般浓重起来，刘仲瑞告辞的时候，李丽云松了一口气。

李丽云在院中又默默坐了一会儿，才去洗浴睡觉。她今晚并不想和李不言说话。他们俩，或许不该说往事，就说眼前，或许还有将来。这一点，难道他不自知吗？难道，借由这处房子，过去，就可以轻松提起，或者，被轻轻化解？这怎么可能？李丽云躺在床上，越想越清醒。

好不容易有点蒙眬睡意时，院门被嘭嘭敲响，有人在门外喊："快开门，查户口！"隔壁人家的房门，也在被拍响。李不言已起来在应门，李丽云也赶紧穿上睡袍，扎起头发，找出了自己的身份证，还有母亲留给她的户口本，她想了想，又把房契揣在身上。她走出去，打开客厅的灯，请来人进来入座。但那两人却快速进了各个房间，连储藏室也进去了，确定屋里再无旁人，才出来客厅坐下，翻看了李丽云给的户口本和身份证。李不言倒上茶来，问清楚了来人是县政府的。他们接了茶，说话就有了几分客气，年轻点的那位说最近有一批共党探子悄悄混进了岛，夜里查户口，以后会是常态，不好意思，真是扰民。其中年长的一位环顾四周后，说道："胡长官不是在找一处小小宅院安家吗？我看这里挺好。你们父女俩住这个房子，也有点大了，不如租了吧？"

李丽云说道："这可不巧，今天正好空军陈毓恒队长的部下刘仲瑞上尉来看过房子，说定了来住我们家。您若不信，明天尽可去问。"

"空军啊……"那人笑道，"空军处处受优待的，我也犯不着上门去找事儿。再说，过几天，或者明天，我们还会来查户口，到时候自然就知道了。"

李丽云也笑道："只是说定了来住，没说好是哪一天搬来，我也不好问，万一过一阵再搬来，也是有可能的。如果您急不过，还是得上空军那里问。"

年轻人旋着手中的茶杯，说道："真是好茶，今年能弄到新茶的人家，真是不多的。"

李丽云转头跟她爹说："把我们剩下的那点都拿来给长官带去，半夜出公差，喝杯浓茶也好提神。"

李不言果然进去装了两小包出来，两只牛皮纸信封装的，李丽云拿在手上递过去，瞟了一眼信封上印的红色小字，却是省政府的。那两人推辞了一下，也就收了，缓了语调说道："今晚打扰了，过意不去。"

李丽云道："哪里话？您也是公事，辛苦了。下回来时，敲门轻些，万一吓到我的房客呢？"

李不言送那两人出去，关上了门，面上竟有些喜色，进客厅对李丽云说道："你刚才说话的样子，像极了你奶奶。会这样应对，往后我也好放心了。"李丽云到底也有些得色，这是她第一次和"社会"上的人交锋，她赢了，对吗？奶奶的能干和持重，还有偶尔显露的锋芒，让她一直和众人保持着距离，即便是和家人。李不言偶尔说起从前阔绰时，他会说：哎呀，我有一个奶娘一个娘姨随身伺候，我娘呢，一天能见上一回就不错了，她总在忙。奶奶在李丽云七八岁的时候就过世了，对于奶奶，李丽云也就只有模糊印象，光记得奶奶手腕上长年套着个镯子，奶奶瘦，镯子就总晃悠晃悠，李丽云老担心它下一刻就会掉下来。这会儿，李丽云猛然明白过来，问道："抵这房子的，是奶奶那只手镯？"

李不言默默点头，说道：“我前阵子好好整理了你娘留下的东西，在一件老棉袄里找到的它。我们不识货，当年都没想到拿它去变卖，这回，要不是我当牙人老是去帮人当东西，也不会去留意翡翠啊玉啊这样的东西，也幸亏我遇到这个识货的卖家，才抵到了这房子。”

“要是被什么胡长官来占了，这镯子不就白丢了？”李丽云道，“刚才不过是缓兵之计罢了，能不能算数，明天去找刘仲瑞和陈队长再说，也不晓得他们肯不肯帮。再有，真有人住进来了，爹爹你怎么住呢？”

“厨房旁边，后门那里，本来就有一个用人房，也挺宽敞，我本来就想住在那里，管住后门，也很要紧的。”

“我们去买一些好家具放那里吧。”

“好的，现在买家具便宜得很，有几家正托我出手呢，我很可以挑些好的来。”

已近午夜，虽然两个人并无睡意，但说好明天起个大早去红房子那里后，就互相催促着睡去了。

他们父女俩到红房子的时候，驻地里刚刚吹过起床号，卫兵听说是找刘仲瑞，也没有多问什么，就让他们在接待室等着，特意嘱咐不能走出这房间一步。等了好一会儿，刘仲瑞才来，看到他们俩，大吃一惊，等听李不言把事情经过说了，他才安下神来，说道：“我这就去找陈队长，大前天，郑先生来这里告别时，陈队长还特意把我找过去，郑先生当着他的面，托付我好好照顾你们。”

李丽云道："难为他想那么周到。那，今天你怎么去和陈队长说呢？"

刘仲瑞对着李不言说："伯父，我可不可以称您为义父呢？目前的情况，有眷属的军官才能就近在外居住。我可以和陈队长说住义父家。"

李不言惶恐道："那怎么当得起啊？"

李丽云笑道："委屈你了。任凭你怎么说都好，先把眼前对付过去吧。"

刘仲瑞愣了一下，随即就快步往院子里走。这院墙红漆起皴，树影斑驳映在上头，乍一看，像张老妇的脸，也和她一起盯着刘仲瑞高挑挺拔的背影。李丽云心头一惊，颓然坐下，摆弄膝头的坤包，她从储藏室拿的，白色小羊皮，带着一排坠了水钻的流苏，她就耐心一个个水钻摸过去。等刘仲瑞进来的时候，她已经把水钻摸得闪闪发亮了。

刘仲瑞凑近李丽云说道："陈队长答应了。不过，他说，你不要骗我，好端端认什么义父，是和郑景润的表妹成一对了吧？怪不得郑景润巴巴来拜托你照顾她。我本想说不是的，可你说过，先把眼前对付过去，我就默认了。"

李丽云红了脸，却还强撑着说道："那，要不要我们一起进去给陈队长道个谢？"

"不用。对陈队长而言，小事情而已。"

“嗯，就是委屈你了。”李丽云站了起来，窗外面的红墙在阳光下红得有些刺目，她不禁微微眯起了眼睛。

“哪里，你不觉得委屈就行。”刘仲瑞笑道，“那我什么时候搬过去？”

“后天搬过来，或者，先收拾些东西搬过来，你定就可以了。”李丽云还有点恍惚，难道，郑景润在朋友当中一直把她当作表妹在介绍？认她做未婚妻，有哪里不妥吗？或者，一开头介绍了是表妹，后面就很难改口了？那都到了要托付人家的份儿上，也还是这样含含糊糊的吗？事情到这份儿上，却由不得李丽云含糊了，她深吸了一口气，轻声说道：“可有件事情，不能瞒你，其实，我一直是郑景润的未婚妻，他在外把我介绍成他的表妹，我也不知道他怎么想的，只好配合他。”

“这个，我都知道了。我也会和王天锡说一下的，说只是为了保住房子不被占，才这么说的。”刘仲瑞轻声答道，“你不必困扰，这事情，我会处理好的。况且，你们也没有正式结婚，法律意义上，也都还是独立的个体嘛，他说你是他表妹，也说得过去。”

李不言在旁一直默默无语。到了家里，才开口叹道：“我想着有个独门独户的宅子，就好过稳当生活了，没想到，是这个样子。总是我无能，让你东也受委屈，西也受委屈。”

李丽云也不由得想起住在潘家的便利，但无论如何，总归还是住在自己家里自在，她就这样宽慰了李不言。

两个人全无心绪，也就煮了饭，就着一碟泥螺、一碟蟹糊，囫囵吃了，开始收拾后门处的用人房。李不言前阵子把手头所有钱都囤了米，四大袋，用蓑衣盖了，和一堆渔具放在一起。李丽云对着这四袋米呆了一呆，说道："爹，不如这样，我那间房间里面，储藏室也比这间房间大，不如把储藏室收拾出来，东西搬到这里，你住那里。"

李不言断然拒绝道："那都是好东西，不能搁这里糟蹋了，储藏室的地板下面都做过防潮的，木头都是樟木，我这把老骨头，和这用人房间更搭。"看着李丽云还想坚持，他又说："这个房间，我更自由，你看，这一溜厨房柴间，加这后门小道地，都是我的天地。"李丽云想想也是，也就不说什么了。她坐下温书，心头不宁，坐不安稳，可她熬住了就不起身，多坐坐，也就心静了，眼前只有功课。

没多久，李不言就带人拉家具回来。李丽云透过窗纱看着，不过就是一张单人床，一只床头柜，一只衣柜，看着他们抬得吃力，那么，木头材质应该不错。一下午，李不言就在那里收拾，李丽云想着这四袋米，他要放到哪里呢。自己房间里，郑景润留下的东西，也得找个地方放，都放在储藏室，防蛀防潮是好，但防不了谁冷不丁进来扛起就走。李丽云到底坐不住，绕着房间走起来，前房后房，边走边想。后房樟木气息浓郁，可是，前房的樟木味道也一样浓郁，李丽云贴近墙壁，觉得这香味就是从墙里来的。她贴着墙壁看了好几个来回，看不出什么破绽，转念一想，到了相邻的客厅，又拉了李不言出来，取下挂在墙上的画，摸索半天，也看不到什么机关，也就原样挂上。

刚刚挂好，门外就有人敲门，听着是潘绮珍的声气。果然是。她和两个伙计带着装好的屏风来。潘绮珍把房间前前后后看了一遍，惊叹道："这房子小了点，论精致，比我家的强，储藏室里的衣物，也都是好货色，有一小半是我那里出的，我约莫想起她是谁了。我们管她叫林小姐，身形和你，真是一样的。有时候她爸爸陪她来，有时候她妈妈陪她来，她爸爸和和气气，会帮着看布料看款式，她妈妈就严肃得多，大多是取货的时候来，付钱之前必定要林小姐试过衣服，她又仔细看过细节，最后也总是记得给小梅嫂一点小费——自己亲手交到小梅嫂手里，很有教养的样子。"

李丽云父女俩对望了一眼，李不言说："前面那房东姓庄，不姓林，恐怕不是林小姐这家。店里从没送货到林府吗？问问伙计就知道林府在哪里了。"

"是吗？"潘绮珍道，"林小姐的衣服从来都是自取，店里是不晓得她家住哪里的。记得有一回我说我们可以送过去请林小姐试穿的，可她爸爸说反正林小姐有的是时间，让她出来散散心也好。"

"这城中太太小姐大半是你家主顾，你哪记得那么清啊，弄混了也正常的。"李丽云说，"这屏风可真是救了我这个房间，山水青绿疏梅淡粉，多少有点软和气息，否则，我这房间真是太方正了。"

潘绮珍也笑道："我知道，你方正起来，那也是没边的，配你的。"

李丽云瞪圆了眼睛，一把就拉了潘绮珍进了客厅，李不言早就倒好了茶，又拉了两个伙计到厨房去吃杧果。李丽云把昨晚和今早的事情，都和潘绮珍说了，潘绮珍也叹道：“你们俩这一搬走，我妈就立刻让李妈和厨师张伯住了进去，一晚都不敢脱空的。你这也是没办法的说辞，郑家哥哥那里，说得明白的。”李丽云一颗心方才放下，又回赠了她一只四方的坤包。潘绮珍接过这包，端详了一会儿，说道：“丽云，我见过这包，林小姐的妈妈去我那里结账，提过这个手包——不过，手包也不是唯一的，买重了很有可能的。我很喜欢这个包。”

李丽云笑道：“这个林小姐，这会儿必定喷嚏连连，你都念叨她一个下午了。”

“是啊，是有一阵子没见林小姐来看布料了。还有几个常来转悠的太太，也不见人影了。估计都找到出去的门道了。他们到定海，也就是来歇个脚，身上有美金跟金条，去哪里都好重新开始。”

“你们也不用愁，总有办法的。”李丽云说道，“只是，万一没等到毕业，王天锡开拔了，你也跟着走吗？”

“文凭并不是顶重要的，另外地方也可以接着读，这年月，能跟着一起走，就走吧。我没有你这么执着。”

李丽云苦笑道：“我怎么能和你比呢，我的大小姐？这文凭就是我随身嫁妆。”

正说话间，院门那边又有响动，李不言跑出来应门，潘绮珍也站起来顺势告辞。来的却是刘仲瑞，提着两只皮箱，李不言已接了过去，提到西厢房放好。刘仲瑞看到潘绮珍，略有些窘，却还是撑住了，点头问好，又笑道：“我听说现在查夜的，除了县府那帮人，还有司令部稽查处一帮人，他们更难对付，就赶紧先提行李过来。”

潘绮珍也笑道：“刘先生想得周到。这里缺什么短什么，一时半会儿办不齐的，刘先生您跟王天锡说一声，晚间我再叫人送来。”

刘仲瑞愣了一下，马上说道：“这里有急需的，我一定向天锡兄求援。寻常事情，我们能应付的。”

潘绮珍待要再说些什么，倒被李丽云半推着送出门去，到了门外，潘绮珍附到李丽云耳边说：“他看你，目光炯炯，如见珍宝。”

李丽云笑道：“你看他，才真的是目光炯炯，如个雷婆。”

李丽云送走潘绮珍，赶着进了储藏室，寻出一套铺盖来，在院中晒架上晒好，7月的日头，过午了也还是急辣辣的。刘仲瑞把军装挂进衣柜，拉李丽云来看，说万一有人来捣乱，让他看看这些。另一只箱子里，都是书，李丽云翻了几本，有英语的，有日语的。李丽云打算把她房间里的大书桌搬过来，量了尺寸，却又嫌大。李不言说他大致有了目标，明天就能弄回来一套合适的。

刘仲瑞又要李丽云把房契给他看，他好摘抄些内容去县政府那里备个案，就说这宅子已经被空军征用了，免得别人打主意。李丽云拿出房契，刘仲瑞看着倒有些吃惊：“怎么是新买的？房主还是你？”李丽云想着王天锡保不定会跟他讲一只镯子顶一套房子的事情，就索性把整一沓资料都递了给他，刘仲瑞却也不推辞，拿过来仔细看了，表情慢慢放松下来。李丽云说道：“我爹拿我奶奶的一只手镯，顶了这房子。从我记事起，我们家就是这样不停拿祖宗的东西去抵去当，勉强过日子。这镯子，是奶奶一直贴身带的，我娘怕是不识货，若是只金镯子，恐怕早就变卖了，哪会藏到现在？”

刘仲瑞说道：“托奶奶的福，我也沾光住下了。这会儿，我妈妈在香港，再坐吃山空下去，估计也得拿她自己的首饰出来变卖了。乱世，有什么办法？”

李丽云说：“哪里是沾光？委屈你了。”

刘仲瑞赶着去了县政府，李不言出门去看家具，李丽云就在家里温书。宋老师说过，李丽云的强项在于语言，她能把中文学好，也就能把英文学好。可惜师范的课程里，也就教个英文字母和简单会话，深不了，李丽云深以为憾，而现在看来，她很可以跟着刘仲瑞学英文——她真不知道往后两人一个屋檐下怎么相处，一个学一个教，也算个相处模式。

到晚间，潘府来人，送来一些柴米，李丽云谢过收下了。第二天一早，书架书桌也送到了，还有一些笔架、画筒、花儿，材质和做工，看着都不俗。李不言说：“你知道这套书房家具是谁的？是我们原来那县长小书房里用的。他辞职不干带着家眷走人了，连房产家具都托人卖了，可不就是不打算回来了？当局还说什么确保定海呢。”

李丽云要端了水来擦，李不言阻止道：“红木可不兴湿布擦，得用鸡毛掸子拂去灰尘，再用软和又干净的棉布来擦。”这两样，他都从卖家那里讨来了，他又说道：“这房间往后的保养收拾，都交给我就是。”李丽云默默点头。

有钱有势的，都选择了离开，他们家却在此时买房置产，真的是得了便宜吗？李丽云的思绪卡在那里。

傍晚时分，刘仲瑞来了，又提来两只箱子，走得快，一脑门汗。李不言忙问吃饭了没，刘仲瑞答说吃过了，今天飞出两趟，下地了空落落的，只想把肚子填饱，笑说：“人真到只要吃饱饭就不多想的地步，就万事太平了。”李不言也笑道：“我的少爷，那是你没挨过饿。”李丽云想起那段李不言到学校找她要吃的日子，不禁鼻头一酸。刘仲瑞说：“说起来惭愧，缺衣少食的日子，我真没体验过。”李丽云道：“我们曾经历了一段这样的日子，过怕了，真怕它再来。是经历啊，不是体验，说都不想说它。”

李不言在那里叹气，说道：“我们还是去把新家具落个位吧。好日子过一天算一天。”

刘仲瑞边看家具边问价格，连连夸李不言买得好，他说：“我住家里来，我就把自己当家里人了，买家具买柴米，我也要出钱出力的。现在物价又飞涨，多个人，可多很多负担呢。”

李不言道：“这哪行啊？是请你来帮忙住的啊。”

刘仲瑞随手拿出一包银圆递给李丽云，说道：“我看出来了，连房契都是你的，那就是你在当这个家，这是我的份子，收了吧。”

李丽云笑道：“这个家，自然是爹爹在当。你这个钱，我收不得，爹爹也收不得。你就乖乖收起来吧。”

刘仲瑞也笑了，说："我常愁没地方寄放钱了，存银行，怕银行跑得比我快；汇兑吧，怕汇到了钱就贬一大半。不如你帮我收着，我要用的时候，问你拿，好过我东藏西藏的。"

李丽云这才接了过来，当着他的面点了数，不多不少是两百元，又打开记账本，另开了刘仲瑞一个细目，把这笔钱记下了。刘仲瑞说："看你这麻利样子，像我妈。"

李不言说："也像我妈。"

李丽云搁下笔笑道："要真是这样，往后真就我来当家吧。"

李不言也笑了："好啊，别太抠门就行。"

三个人张罗着把书房家具落位，洗了澡，在院中烧了点艾叶，支上三把竹躺椅，纳起凉来。储藏室里的衣服，除却外出穿的，还有家常穿的宽大袍子，厚厚薄薄，或绸缎或棉麻，也挂了一排，有几件，根本就是没穿过的。李丽云挑了件细麻布长袍子来穿，给刘仲瑞和李不言也各挑了两套绸衣绸裤。刘仲瑞躺下没一会儿，就睡着了，李丽云给他盖上毯子。李不言略躺了躺，就打着哈欠去睡了，说后道地有股穿堂风，凉快的。李丽云看看时间约莫过了大半钟头，就推醒刘仲瑞，让他也睡去。刘仲瑞半梦半醒，任由李丽云牵着送到床上，一翻身就又睡过去了，他的睡姿如一只小熊，两条手臂环抱着头部，人又侧着，脸轻轻蹭着毯子，像在寻求什么。这个动作，李丽云很熟悉，弟弟也这样，被子一定要盖到他唇边，才能安心睡下。她俯下身去，把毯子上沿拉到他唇边，看他睡安稳了，才拉上门出去。

月上中天，李丽云呆立中庭，听着她爹爹隐约的鼾声，检查了一下前门是否关紧，又走到后门，查看了一遍门窗，一个人重又回到躺椅上。这个屋子静悄悄的，好似也在微微呼吸，陪她醒着。李丽云侧身看着西厢房，这竟是一间无法上锁的房间，里面没有插销，没有门闩，也没有锁孔。那位李丽云不肯在潘绮珍面前认下的林小姐就住在那里，她的老爷可以随时走进她的房间，她没有拒绝的权利。那房间，一张床用来安放她的身体，一个衣柜用来摆放当季的衣物，一个梳妆台用来梳洗她的脸容，除此外，没别的。而李丽云所住的那间正房，外有锁，内有门闩，桌上抽屉也都有锁，里房储藏室门也都上锁，重重锁，防的是谁？李丽云盯着西厢房黑黢黢的门，想着明天得让人来装锁和插销。

似乎有谁在弄堂里轻轻走动，李丽云屏住呼吸，等那脚步声过去。她重又进西厢房，确认对着弄堂的窗户关严了，又把对着院子的东窗开大了。风吹动白色蚊帐，幽暗中，似乎看得到空气也在一抖一抖。她站着听了会儿刘仲瑞的呼吸，平稳安静。她把凉在院中的一杯茶端到床头柜上，才又蹑手蹑脚走出。

等李丽云睡醒起来，天已大亮，李不言在院里浇花，看到她就说："仲瑞归队去了，早饭在桌上。我过会儿要出去见个客户，龚家河头有处房子出租，我带人去看。"

李丽云说："你看要不要给他的房门买把锁来？这也怪了，这房间居然没一个锁。"

“我也跟他说了，他说不用，”李不言顿了顿说，“他说好让姐姐半夜进来帮盖被子。”

李丽云道：“他真把自己当弟弟了。”

“他和你弟弟，真的很像啊。”李不言慨叹道，“我那时年轻不顾家，现在想想，后悔莫及。我都做了些什么啊。”

李丽云并不搭话，只走到洗衣槽那里埋头洗衣服。衣服在晾衣竿上敞开着胸怀，她的，她爹的，还有她“弟弟”的，亲亲密密挨在一起。此刻，郑景润在做什么呢？给她一个小庭院，和她一起过小日子，郑景润早就想这样，是她不想。而现在，却有人来代他过了。

第十四章　行路难！行路难！

从6月底开始，宋以文就开始执行北上封锁港口的任务，从渤海湾一路下来至上海港，是他执勤巡逻区域。

隔着一片海，宋以文远眺上海，看得久了，水面上跳跃的阳光，刺痛眼睛，他得闭目好一会儿，才能睁眼重看这世界，在重新睁开眼睛的刹那，这个世界仿佛是另一重空间。特别是今天，一场台风刚过，余波犹在，海面起伏不平，天空中却无一丝痕迹，天蓝云白，仿佛昨日的乌风暴雨，都不曾来过。是从前的那个世界不曾存在过，还是现在的这个世界已坠入虚空，他分不清。

他驻锚的地方，正是海路南北交集处，也是内外海交汇处。他们失去了陆地，但目前还没有失去海洋。他停驻在这里，监视着海面，劝返想进上海港的外轮，对本国的船只，那就不客气了，直截了当阻止，也算是从轻发落了，看着有些不对劲的，连人带船带回舟山。

转眼，上海怎么又成沦陷区了呢？他并没有在上海生活过，可他有个姨父住在原先法租界马当路那里，胜利后，宋以文去拜访过，他们说等整修好瑞安的老房子，他们就搬回去过太平日子。现在不知道他们到底搬了没有。梧桐树掩映下的西式小楼，阳光透过树叶打在或红或灰的砖墙上，横竖截面参差并立，异国情调浓郁，宋以文看着这些，莫名喜欢，他想他以后在瑞安造房子的时候，也可以这样，又朴素，又有韵味。这会儿，隔着宽阔的海面，他能做的，也就是想想。

有两只贩卖鱼盐的船，愣头愣脑地一径朝黄浦江里开，被他们拦截后，反倒大大咧咧地问："长官，台风刚过你们就出海了啊？"弄得宋以文哭笑不得。一盘问，他们是从嵊泗列岛过来的，"我们祖祖辈辈都这样的呀，哪朝哪代都这样啊"。这是他们的理由。宋以文他们只好以生硬的"政令禁止"应之，看他们执拗，索性就系在船尾，拖到嵊泗海域还是放了他们，也就口头警告："下回再逮到，船和货，都没收。"

老韩说："可惜了这一船货。别的船，可没有我们这样好脾气，没收货物算轻的，连人带船都拖回港口羁押，还算有功呢。"

"这样的功劳，还是不要了吧？"

李副舰长在旁说："舰长别急，老韩说笑呢。我们这些人当中，跟民众感情最深的，还是老韩啊。他做补给这些年，不就是天天跟这些人打交道嘛。"

老韩止住李明诚道："快别这么给我下套。你这个人，就是没有舰长实诚。"

宋以文知道他们平素亲厚，也就笑笑走开。时局动荡，又时有舰只起义的传闻过来，上峰对他们肯定也多有防备，不知道这舰上可有耳目，这样的话题，他总归还是不接为好。

李明诚也跟着他，一起到了驾驶室。他们在回定海港了。不知道为什么，宋以文还是再次确认了一下航路，确实是在驶往定海的，才放下心来。李明诚顺手给了他一根烟，他收下之后，想了想又还了回去。李明诚咕哝道："我看到过前阵子你抽过了啊。"

"唉，很有犯罪感，还是继续戒烟，让我心安。"

"舰长做人做事，总想走在正道上，这可真让人佩服。不过，正道是哪一条呢，颇可思量。"

宋以文突然明白了他的意思，又看他一点也不避轮机官，后背不禁一阵发凉，他说道："我拖家带口，不过是一只上轭的盲眼驴，围着工作打转转，只好求少些鞭打，糊弄日子罢了。"

"前阵子我得了个机会，和宋老师聊过，她倒是很有些想法。"

宋以文怔了一怔，说道："商人之见，不过言利吧。"

"你可别忘了，宋老师正经职业是个老师。从商，不过是她随父执而动，业余的。"

宋以文拿过那根香烟，又从口袋里掏出打火机，点上了。

舰只驶入定海港的湾区后，宋以文才放下心来。今晚到底去哪里呢？宋以文犹豫着，坐上黄包车，车夫问去哪里，他也还是说，先往城里方向走，看看快近太保庙，才说了去潘宅。

他敲门的时候才想到，也许该先去米店里，没想到一敲门，秦怡莲就立刻来应门了，宋以文道："今天店关得好早。"

"米卖完了。"秦怡莲说，"人越来越多，这米，是不愁卖，倒是愁没米可卖。你得便帮我催一下李副舰长，我的下一批米什么时候好到。"

宋以文看她蔫蔫的，不似平常，也就脱了军装，到井台上帮她打水洗菜，说道："看你累的，我们还是找个人帮忙家务吧？不能这样硬撑着。"

秦怡莲垂着头，说："本来我是想替你能省一分是一分，以后无论去哪里，都要用一笔钱重新开始。现在看看，倒是不用替你这么省。明天我就托人去请个阿姨来。"

宋以文看她话里有话，一时竟不知如何作答，也不知她到底知晓了几分，也就更不知如何接话，幸好这时候山山从屋里跑出来，叫道："真的是爸爸啊，我还当又在做梦呢！"宋以文赶紧迎上前去，让她拉着进屋去看她的功课。

等一家围坐吃饭，也不似往日喜气。菜是宋以文喜欢的清淡做法，清蒸梅鱼，丝瓜炒虾仁，女儿喜欢的红烧做法也就一盘红烧土豆，另加一个煎鸡蛋上淋了酱油，搭配几片黄瓜，秦怡莲看着女儿吃了鸡蛋下去，又夹了几个虾仁在酱油里蘸了一下，督促她也吃下去，看宋以文饭碗空了，起来又帮他盛了一碗，中间就是没和他说一句话。宋以文有点坐不住了，却还是努力把第二碗饭也吃了，说晚上还是得回舰上值班。秦怡莲放下碗筷去拿了一包换洗衣服出来，说道：“我看你也不像是想在这里洗浴的样子，你就快点去吧。”宋以文愣怔了一下，接过那包衣服。山山最近也习惯了爸爸的匆匆来去，像大人一样叮嘱他道：“不早了，爸爸到船上赶紧睡。”

宋以文出了门后，又在门外犹豫了片刻，还是急急走出小巷，叫了一辆黄包车，放下车帘，让他进城往北门方向去。一旦出发，犹豫也好，愧疚也好，都抛在脑后了，心里的期待涨满风帆。他打开公文包，脱下手上的金圈戒，换上了那枚颜色深如大海的翡翠戒指。他并不愁他会跑空趟，“整天都有人在家，要么张妈，要么李伯，总有一个守着的”，宋安华这样说过。为了让他能吃上热乎的，她这里多添了个李伯，身兼厨师、园丁和车夫三职，宋以文也已见过两三回了，据说也是从宋家大宅里过来的，宋以文不知道宋安华怎么和家人说的，想到这，他就有些心悬悬。

是张妈来应门的，宋以文说：“我晚饭已吃过了。小姐在吗？”

“小姐还在店里。她吩咐过，您来了就先洗漱歇着。”张妈说话总是不温不火，跟她的为人一样。宋以文知道，她转身就会去让李伯去店里接宋安华。果然，等他泡好澡，穿上飘飘荡荡的薄绸浴袍，正歪在窗边的贵妃椅上看窗外淡灰的镇鳌山麓，宋安华就进来了，一身笔挺的细白麻西装。宋以文坐起来，拉着她到穿衣镜前，两个人看着都笑了起来。宋以文笑道：“这可是女权社会景象。”

宋安华吃惊道：“你也关注女权吗？国内自1912年女子参政同盟

会以来，是各种口号响亮，在学界没有系统的称得上经典的论述，在民间也没起什么大波澜，启蒙上，也说不上成功。像潘绮珍，她帮家里经营布店，她母亲还认为那可能是女儿德行上的一个污点，将来会被婆家诟病。没有普遍平等的工作机会，平权就是空中楼阁。这方面，据说共产党做得比较好些。我很欣赏他们这一点。”

宋以文尴尬笑道：“谈不上关注，我的阅读里，英文阅读还是其中一块，那里有说女权运动。但我也就是看看，没做什么深入的思考。就我个人来说，我非常欣赏独立自由的女性，赞成一切男女平等的做法。”

宋安华笑了，说：“一开始，我就是非常非常喜欢你这个态度。不像很多男的，一上来就当你是一朵花欣赏，这种把玩心态，真让我作呕。”

宋以文本来想说，可我真的也是把你当一朵花来欣赏啊，到底还是没说出口。

张妈端着水果和甜点进来，说：“老李今天新做了酸梅汤，加了窖藏的冰块，请小姐尝尝够不够甜。”

“让老爷先尝尝，我一身汗呢。”

张妈愣了一下，端到宋以文那里，清清楚楚叫了一声“老爷”，宋以文只好接过来，尝了几口，说：“正合适。”暗暗忖道，这喊女权主义的，怎么就给了他一个老爷封号呢。

房间角落里的两只风扇开了起来，窗纱和帐幔飘动起来，宋以文身上浴袍衣角也飘动起来。宋以文对张妈说："冰块只要加一两块，不要加多了。"张妈应着退出去，很快就提了一壶酸梅汤和一碟绿豆糕过来，再又往浴室里送进一桶热水，宋安华又在里面说再打四瓶热水进来备着，宋以文听着，面上不禁有些发红。张妈小跑着进出几趟，才出去，顺手拉上了门。这屋子里所有人都知道，下一刻，将发生什么，这一点，竟让宋以文更加亢奋。

他先上了床，抖开了薄被，隔着白纱帐，看着宋安华从浴室的一团雾气中出来，他身体的反应已经到了极限，他抱住她，就像濒临溺水的人抱住一块船板，宋安华轻巧地伸展四肢，就把他裹纳进去，她在上边，像个男人一样行动着。从头到尾，他就跟着宋安华的节奏，两人滚来滚去换了四次体位，才结束了这场漫长的纠缠。他搂着宋安华，生怕一松手就要失去她一样，还是宋安华先挣脱出来，拉着他去浴室又心满意足地泡了个澡。宋以文出来，在酸梅汤里又加了点热水，才端去让宋安华喝，他说："这时候，不好喝冷茶的。"

肚子好像饿了，就喝着酸梅汤，吃了几块绿豆糕，连葡萄，也吃了不少，宋以文才觉得胃里安泰了。宋安华披了件绸睡袍，抽着烟坐在桌子对面看他吃，宋以文也要了一根烟抽，两个人对望无语，心里满满的，说一句话都觉得多余。

两个人收拾着并头睡下，手脚尝试放了好几回才放妥帖，最后也就手拉手，迷糊着睡去。

夜半突然起了风，窗纱呼啦啦卷翻了一只杯子，咣啷一声掉地上，宋以文惊醒，翻身去关了窗，再拾起那瓷杯，居然还是完整的一个，抹了一下杯沿，也没摸到豁口，深以为罕。

这一惊醒，宋以文睡意全无，宋安华蜷在他身边，一点也没被惊醒，他也深以为罕。秦怡莲的睡眠向来很浅，夜里有什么小响动，总是她醒来的多，有时候宋以文蒙眬中见她在暗里走动，像是一个彪悍的武士。风声更大了，前厅有扇窗没关好，在那里嘎吱响，一会儿就听到有人把它关好了，不知是张妈还是李伯，但无论是谁，这房子里有人和他一起醒着，让他安心。他迷糊着又睡过去，迷糊中感觉宋安华醒来，他也随即睁开眼睛，吓了一跳，宋安华一双眼睛正直溜溜看着他，宋以文拍了下心口，说："干吗？不认得我？"宋安华嘟着嘴说道："人家狠狠多看两眼嘛，过会儿你不就又要走了嘛！"紧接着又问："今晚还来吗？"宋以文说："今天的任务还是跟昨天一样，晚上应该能回来，但可能就来一下，马上得走的。"

宋安华在那里沉吟了一下，说道："那不如去饭店楼上那房间吧？你特为跑大半个城来这里，太辛苦。"

宋以文应了，又说道："前几天李明诚李副舰长，到饭店来过了？"

宋安华点头道："是的，来咖啡馆坐了半天，拉我说了好一会儿话。听他言语，像是个和那边亲近的。"

"他昨天在我面前提起你。我心虚，有点想多了。"

"那你准备跟他说吗？'嗯嗯，我有个小公馆了。'我想要女权的，可我也知道目前社会现状，你们男人，稍微有点社会地位的，有两个妻子，没人觉得不正常，说实话，毕竟，我们刚刚从一夫多妻社会里过来的，不，我们现在还在那个社会里，只是妻妾之分，没从前那么大了。”

宋以文讪笑着，说：“这得先问过你，你同意，我才好和舰上的人说，让他们有事先跑这里。”顿了顿，他又说：“怡莲好像已经知道我们的事了。”

宋安华哦了一声，沉吟了一会儿，说：“夜里进城，实在不便的。我家在城外也有处房子，比你现在住的，还靠近港口。往年我们消暑住的，老大一个园子，还带个荷花池塘呢。我让人收拾收拾，这之前，恐怕，你得见见我父母。和怡莲，你也可商量一下，听听她什么打算。”

宋以文忙接口说：“怡莲自从知道自己不能再生育后，总感叹自己让宋家绝后，很认真跟我提过要么哪里去找个年轻姑娘，但也就是说说。我这回真要和她明说我们俩的事情，我还是觉得很难开口。不如我们这样子先混着，等以后再说？”

宋安华冷笑道：“等我肚子里有孩子了再说？那我也不能保证我生的就是男孩啊。一胎不成，继续再生？我母亲也就生了我一个女孩，后来又生过一个男孩，没养住，我父亲心疼她，没让她再生，也就把我当男孩儿一般养育。我还想着为我们宋家生个孩子呢。”

宋以文有点冒汗，下床说道：“好在我们都姓宋，就算是两家共同的孩子好了。”

宋安华无奈道："看来这是可以一辈子混着的。那也行，就当我招赘你进门好了。我就这样和我父母说吧！你也知道，这些年，家里把我宠坏了，大事小事，都由着我胡来的。"

宋以文诺诺应着，赶着吃饭穿衣，乘李伯的车往码头去。车过北大街小余桥那里，从车帘缝隙看出去，一队便衣模样的人正警觉地盯着街市，他这辆遮盖严实的车子，更是他们盯视的目标。宋以文急催李伯快跑而过。确实，从城北到城南，要穿过十余座桥，他要是真的常在这里过夜，出城不是件小事，不知道路上会发生什么。到了船上，宋以文还是有几分恍惚。勤务兵柳安一见他，面上的紧张才放松下来，和他一起进了他的舱室，才说："昨半夜李副舰长让我到家找您，说今早要一大早开船，说有紧急护卫任务。"

"那，你怎么说的？"

"夫人一见我就问，是忘带了什么。我赶紧说，要多带一套军装，得几天不回家。我就带着军装回来了。我没有和李副舰长报告这事。我一直担心着呢。"柳安都快要哭了。

宋以文拍拍他的肩说："算我欠你一个大人情。以后我到岸上住，我一定让你知道我在哪里。"

柳安咕哝道："不住家里住哪里？"宋以文就当没听见，去了驾驶舱，果然，李明诚在那里，两个人再把命令的电文看了一遍，就跟上回一样，让他们原地待命随时出发。李明诚说："不会又是伺候老头子吧？我已经跟空军那边的人打听了，说老头子这两天在。"顿了顿，他又说道，“上个月失了象山，老头子怕是着急了吧。他总爱跑前线，还总爱自己下命令，唉，可敬可佩也可怜。”

宋以文道：“我对总裁，是十分崇敬的，他想力挽狂澜的决心，也很让我尊敬。如果今天的任务是护卫他，在我，真的是非常荣幸啊。”

李明诚笑了：“得，接下去你是不是要背总裁语录了？”

宋以文也笑了。命令苦等不来，两个人又研究了一番电令，宋以文说：“船上补给应该还有两三天余量吧？万一像上回那样在海上一漂四五天，这中途就尴尬了。”

“老韩一早就下船去了，这会儿也快回来了，他和我说过，万一船开了，他和货就留岸上。你放心，他不会丢下我们俩自己跑掉的。”

“对你们，我绝对放心的。”宋以文也赶紧表态，想着和李明诚说说宋安华，但到底说不出口，要么，这样的事情，他还是和陈副官说吧，但似乎，连跟陈副官开口，也很难。大家一起从重庆过来的，这些年，怡莲对他身边的人，都是如同对待兄弟一般知冷知热，他们对怡莲的感情，不会比对他的少。看来，这事情是说不得的。他默默盘算了一遍，竟发现，他居然是想跟怡莲说，问问她，他该怎么办。

一直等到近黄昏，才收到另一条电令，护卫的任务取消，明日正常执行巡逻和封锁任务。补给官老韩埋怨道：“急急忙忙找的补给，都让人小宰了一把，早知道就不下船去买了。”陈副官安慰他：“现在这市价，一天一个价，早买早得利，亏不了。”宋以文在旁默默听着，猛想起秦怡莲的嘱托，偏又忘了是让问李明诚还是问老韩，这样的事情，过往大多是老韩在张罗的，可他记得听到的是让他问李明诚，到底问哪个，他自己寻思了一遍，还是去找了李明诚。

李明诚一见他就说：“警报解除了，横竖这里有我呢，你快点回家去吧。”

“我差点忘了，昨天回去，怡莲让我问你台湾米啥时候可以到，她的店里没米了。”

“明后天吧，一到，我就给嫂子。放心，不是我们军供那条线的，是我和几个朋友自己做的小生意。”李明诚又叹了口气说，“真羡慕那些含着金汤匙出生的，一点都不用操心，这物价，就是飙到天了，跟他们也是没有关系的，因为，他们是在云端上的。就我们这些苦哈哈地在海里漂的人，好不容易有些积蓄，一通胀，就啥都没了。”

“是啊，前两天，我看过个时评，说从去年8月到今年6月，前后十五个月，这金圆券贬值两万万倍。我仔细一想，不止这个数吧？去年一枚银圆值美金五角，是两元金圆券，到今年6月，要五亿元金圆券了。怡莲就拿着一枚银圆跟我讲，‘这可是五亿元呢！’到这份儿上只有停了金圆券来发银圆券，你说，除了发我们军饷我们只有收着，市面上谁敢要啊。”

“辽沈败，平津败，徐蚌又败，节节败退到江南，不知道是战场败了货币涨，还是货币涨了战场败，反正是两败俱伤。多少小康人家，转眼赤贫，我们要是不折腾来折腾去，也只能喝西北风了。眼下……”

“这些话，以后，还是别说了。”宋以文截住了他的话头，“上面是连败退都要我们说成‘转进’的，你这样直白，若露出去，会给自己添麻烦的。”

李明诚说：“哪里禁得了？大家都演戏吧，一个演不说，一个演不听，到后来大家都变成木头人，不，不，变成牵线木偶。对了，有件事情你听说了吗？说是在广州的政府要转进到重庆了，想在重庆再胜利一次。已经在搬了，实在也不算啥新闻了。”

宋以文淡淡笑道：“军人，以服从为天职，在某种程度上，可不就是提线木偶？无论政府搬哪里，我都听命就是了。”

李明诚也笑了，说道：“良禽择木而栖，贤臣择君而侍。有选择的机会的话，还是不要做提线木偶。”

宋以文沉默了好一会儿，自去收拾东西回家。

秦怡莲一听他声响就过来开门，身后跟着山山，宋以文俯身抱起山山，肉乎乎的，沉手。他瞥了下秦怡莲，看她面上带笑，并无异样，才说道：“据说是老头子在，要用我们的船，我们不知道要待命几天，到晚上，才等来命令解除待命状态。”

秦怡莲边关大门边说道：“那万一明天一早又来命令呢？今晚好好待船上不更好嘛。”

“他们赶我来的。李副舰长说，大米明后天能到，我想着赶来和你说一声。”宋以文听着自己声音里讨好的声气，自己也觉得不好意思。山山自己扭着要下来，不像从前那样总想让他抱着。

“过几天我请李副舰长陈副官还有柳安他们到家吃个饭。很久没一起吃饭了。”

宋以文应着，进了屋，秦怡莲给他端了杯茶，给了他一封信，说：“你看看，家里来信。前阵子，有个跑单帮的从台州穿过封锁线来，我也不晓得他是怎么做到的，他居然能带绸布来，再带着米和盐回。我给了他地址，托他去家里问问，如果爹娘肯来，那就带着一起来舟山。我知道，奶奶是怎么也不会离开瑞安的。他前天来回话了，带了爹的信来，爹娘他们想陪着奶奶在老家。”

宋以文满心羞愧，也就埋头读信，果然是父亲的字迹。对于他们自己那边的情形，只笼统说一切都好，宋以文在那行字上停留半天，猛然间他又想到些别的，陡然心惊，暗暗怪怡莲不该把父母暴露给陌生人，但事已至此，多说无益，反增烦恼，也就按下不提了。

秦怡莲说：“这几天，我想来想去，想早点带山山去台湾。她该去上小学了，不能耽误她。不说战事，单就读书环境，定海城未免太热闹了，总还是到台湾安静找个学校读起来比较好。我已经去信问过严沁婉，她回信说她会帮忙找学校，找住处。你知道，她值得托付，比那个看起来活络的汪夫人活络多了。”

“那是，她老公姜洪让也比汪之道靠谱多了。姜夫人想得周密，也热心，也有执行力，很不错的一个人才。”宋以文想到那天台北聚餐，她是劝过他快点送怡莲过去的。

“我到台湾后，会和她商量着做些事情，总不能在那里坐吃山空。

你这边，我会留点给你，备你急用。”话说到这里，秦怡莲愣神了一会儿，又说：“我从百乐门那里撤股，还留了一小半的，这账怎么算，我待会儿给你一个折子。那里的钱，留给你日用。我会和宋安华交代好。”

宋以文呆呆地看着她，她身上的那件家常衣服，衣襟上绣了朵茶花的，从他见她起，她就一直穿着的，似乎永远也不会穿破似的。

山山捧过一本素描本，让宋以文看她的画。宋以文一张张翻过去，多是画她妈妈在店里忙的，妈妈在称米，妈妈在舀米，有一张，是妈妈在抱米袋，画得很传神，米袋重，妈妈快抱不住了，整个腰都往后弯成弓，画的背景，是摞成半人高的米堆。米店的后房做了仓库，那地方窄小，怡莲又在地上用木板做了层架空的，米袋一层层摞上去，真是不低。他怎么一点也没想到他该去帮个忙的？他一直以为这样的粗活怡莲都会找人做的。再接着一张张往下翻，是怡莲在种菜，在打水，在洗菜，在做饭……山山也画了他，不过就是空洞的一只大船和船头呆立的他，海与天，都是一片空白。最后一张，是秦怡莲在抹眼泪，墙角一只猫正盯着她，山山把猫眼睛画得滚圆。

“猫猫把妈妈气哭了，”山山指着那野猫说，“妈妈赶它，它老不走，妈妈就哭了。”

秦怡莲探过头来看，笑了：“后来我才看明白，那母猫在墙脚草丛里生了三只小猫，它就无论我怎么赶都不肯走了。做妈妈的都这样啊，得保护孩子。不知怎么，想到这一点，我就落泪了。”

山山立起来抱了抱妈妈，想了想，又过来抱了抱爸爸，说道："我们三个在一起，也不分开。"

宋以文连连点头，泪湿眼眶。秦怡莲带了山山出去洗漱，让她睡去，走过宋以文身边时，她探手摸了一下他的后背，说道："你要不要再洗洗？"

宋以文一惊，几乎要反问她何出此言，顿了顿，他答道："不急，等山山洗完了，我再洗洗。"

秦怡莲自带着山山去井边提了水进屋，宋以文把廊下的竹椅移到院中，半躺着乘凉。明月皎皎，看久了，觉得近在眼前，伸手可扪。安华这会儿还在店里忙吧？或者已经回到北山下的家里了？宋以文摇摇头，把这一闪念推远了。这样的夏夜，小时候，他乘凉，一直是有人陪着，先是奶娘，她会由着他在院子里待过上半夜——她自己陪着陪着就在椅子上睡着了，等她一觉醒来，他也已经迷糊着睡了。父亲总是不在家的时候多，他在城里忙生意；奶奶向来早睡，吃过晚饭，她就进屋了；母亲向来在忙，她是一家里睡得最晚起得最早的，可她有时候会忙到把他忘了——反正有奶娘带着嘛。奶娘呢，确实是从早到晚都带着他，可她很会得空打个盹，宋以文很享受这样无人管的时刻，有一回他溜出院子到了菜地，拔起了一畦萝卜，回到院中他洗了手洗了脚，又乖乖坐椅子上，居然都没人知道。是奶奶发现了奶娘的这个毛病，有一回，奶奶就守在她身边看她到底睡多久。奶娘那一觉特别漫长，从早饭后一直睡到午饭前，等到肚子咕噜噜一通响，她才伸了个懒腰，醒了。她一抬头，就看到了奶奶冰冷的眼神。奶奶没说她什么，也没让母亲说她什么，就结了一个月的月钱，让她即刻走人，只让她跟人说是“家里有事”。事后，奶奶教导他：“做人做事，要给人留足面子。你自己心里有数就好。”现在，恐怕秦怡莲就是这样在对他。

两个人收拾着睡下，已是月过中天，小窗临河，风带水汽，宋以文觉得整个人都潮乎乎的，就顺手拿了蒲扇来扇，秦怡莲从他手里拿过扇子，一边坐着替他扇风，一边说道：“我前前后后说了半天，也不见你说声好坏，你看，我们娘俩现在去台湾可好？”宋以文说道：“姜洪让他们，早就催我送你们过去安家，我晓得你不想一家人分开，也就没提议，你肯先去，那是最好了。”

“定下走，那我这几天就把米店盘了，既然盘店，店里得有米，所以，着急催李副舰长。盘了米店，我就收拾整理，等严沁婉信一到，我就出发。沁婉急性子，说不定，她的来信已经在路上了，你帮我留意下去台湾的军舰，要是你们会去那是最好，你也放心些。”

“我可以去跟上峰商量，万一他那边也有想送过去的人，公私两便，也不是没有可能。”宋以文拿过秦怡莲手里的扇子，说，“你也累了，赶紧睡吧。我来帮你扇会儿。”

秦怡莲依言睡下，不一会儿就鼾声轻起——她累的时候，就要打鼾，黑暗中，宋以文看不到她的表情，不过，想必是安定的，是那种把前前后后都想好了的安定。宋以文却迷迷糊糊睡不踏实，有一个刹那，他闻到了宋安华身上的淡淡香水气息，他搭手臂过去抱住了，把她往身边搂过来，搂紧了才猛然醒过来此刻谁在他怀里。他摸到了一脸的泪水。宋以文听自己在黑暗里说：“有些事，我对不住你。”秦怡莲并不接话，翻了个身，又继续睡去了。

第十五章　四面边声连角起

李丽云是在菜市场听到这个消息的。她正拿着张紫菜对着光看，是张莹润发绿无杂质的好紫菜，她正要跟那个摊贩讲价钱，却听他叹着气，和旁边卖鲞鱼的说："大榭老胡说好前天来取他要的五十张紫菜的，结果没来。他这个人，讲好的事情，天落铁也会来，恐怕，大榭那边，出事了。"卖鲞鱼的压低声音说："大榭真丢了，金塘那边乘早班船过来的菜贩子说都看到从大榭撤回来的部队了。"李丽云呆在那里。难道大海这天险也抵挡不了战火？空军不是天天在侦察，在轰炸吗？海军不是天天在巡逻吗？她扔了紫菜，急急走出，在大太阳底下站了，回头看幽暗中的菜场，觉得那些话语，都是从这幽暗中自己生出来的。

她朝半路亭方向走去，秦怡莲的米店，就在这附近。到了店门口，店门却半掩着，不像是在正常营业的样子，李丽云犹豫了一下，还是走了进去，里面有个男声说："小店要等明天开张呢，这会儿正忙收拾。”

李丽云问：“宋太太在吗？”

“宋太太把店盘给我了，说是这两天要去台湾了呢。”

李丽云赶着去潘宅，手里还拎着刚买的一包黄瓜茄子和几条小梅鱼。门房老潘看到她就高声道安，接了她手上的菜过去，说老张今早上做了生煎包子，还有一些，要不要先吃一点。李丽云笑说：“谢谢您老记挂，给我装两个我带走吧，这会儿我先去找宋太太。”老潘神秘一笑，轻声说：“我听人说宋舰长有小公馆了，大太太一生气，就准备去台湾了。”李丽云一惊，说道：“这种事，还是不要乱传的好。”老潘诺诺连声，自朝厨房那边走去。

秦怡莲果然在打包，看样子，是全家都搬走的样子，每间都空了，整整齐齐一摞箱子，估摸有二十多只。秦怡莲一见她就说：“我正想着今下午去你那里辞行，张家弄1号，对吧？”李丽云点头道：“理该我来送您。可我也是才知道。怎么这么急？”

“赶在开学前到台北，让山山入学去。”秦怡莲道，“她若是个愚钝的孩子，我也就安心陪她爸爸随军队走，现在，你让我知道，她是个多聪明的孩子，我得好好培养她，她需要一个安定的环境，对吧？”

李丽云连连点头，说：“我能理解。当初我家生活窘迫，我母亲仍旧强撑着让我读书，我才走到现在，等到明年毕业，或者可以自立。”

“经济能独立，很要紧。来舟山这几个月，我才发现我也能在城里经商，我可以靠我自己的力量生活，没有这个信心，我真不敢带女儿这么一走了之。”秦怡莲长叹了一口气。

李丽云说：“我会记住您教我的话。我羡慕宋太太能这样自由走呢。我总得在舟山读到毕业，有张师范毕业文凭，我到哪里都可以找事做。”李丽云忍住没说，在这个岛上，并不是每个人都有想走就走的能力，更多的人，是被环境压着过生活，能跳脱出来，去开拓个新天地，是少数人才有的幸运。

说话间，宋以文带着山山从后门进来，两个人手里都是大包小包的各色吃食。山山一见李丽云就笑着跑过来，说道：“老师，我要去台湾上学了呢，爸爸的军舰带我们去，你以后也搭爸爸的船来台湾看我啊。”

李丽云抱住她，接着她的话说：“好的，我一定请你爸爸带我去台湾，你在那边好好读，我要来检查作业的啊。”

宋以文说道：“郑先生那边几时拿到入台证了，李小姐你就赶紧告诉我，我来安排你过去。”

李丽云赶紧表了谢意。秦怡莲道：“我们眷属到底占便宜些，那边有部队上接应。对了，这回我可以做信使啊，你若有信，我带去就是。”

李丽云呆了一呆，她怎么就没有想到？他哥哥家的地址，在基隆和在台北的，她都有。去了这半月，毫无音讯，怕他也是找不到带信的人，或者，他的信正在邮路上。她能给他写什么呢？她设想着她的信先落到他哥嫂手里传看，那大概没一句话是妥当的。李丽云说：“他走的时候，东西实在带得太少，我可否请您带一小包轻便的衣服？”话出了口，又自己否定了，“你们东西那么多，再不能往上加码了。衣服，自然他会自己再买的。我明天过来给您他哥哥家在台北和基隆的地址，有空烦您去看一趟他，让他写个信给我就是了。我这边，也没啥变化，除了为避免被征用，请空军的人来住了一间房。”

秦怡莲点点头说：“我这样走，对潘家，真是很难交代。先是你们搬了，我们又再搬走，他们这里，不知道又会被谁占去。这年头，托谁来担保，怕事到临头，一样没用。”

李丽云才想起她来的本意，问道：“宋舰长，我在菜场里听人说，大榭失了，是假的吧？”

宋以文愣了一下，说道：“是前天夜里的事情。失了。好在还有梅山和金塘岛做定海屏障。或者，再去夺回来，也是有可能的。李小姐不必过于担心。”

“那，海军也阻挡不了他们登陆吗？”

“他们来得神速，我们来不及反应……”

问得轻，答得也轻，像在说一件遥远的事情一般。

李丽云看了看眼前堆堆叠叠的箱笼，心里想的是自己好不容易藏起来的那些箱笼。回家的路上，她走得恍恍惚惚，那些被无数遍重复的“舟山有大海之天险”“舟山有海陆空立体防御体系”之类的话语，她也曾坚信过。在广袤无际的大陆，四面八方都可以被进攻，守住，也许真的很难；在海上，守住一座岛，应该容易好多。难道，他们真的连这座岛也要守不住了吗？从半路亭过，进南门，过南珍桥，过状元桥，进了芙蓉洲，一路街市闹猛如常，人走在太阳底下，不紧不慢，都不见慌张。或者，一个新世界即将来临，于她，是该庆幸的事情。模模糊糊，她有点兴奋。

进了家门，确认了刘仲瑞不在家里，她把院门反锁了，站到靠墙的沙发上，探手摸入画后，摸到挂画的钉子，使劲往下一拉，木地板下嘎啦有声。她跑进自己房间，朝客厅的墙已经豁开了一条两公分宽的缝隙，她伸手进去，缓缓往一边推，推到北墙角，推进的部分在她后房里；再缓缓将另一边推至南墙角，她卧室的门后就又多了一道门。那天，她和爹摘下那幅油画，用干布擦了画框，再往上挂时，终究不得法，墙上的钉子怎么也扣不到画框后背的眼子里去，李不言想着会不会是钉子歪了，要拿榔头去敲，那钉子外面包了一层软木，李丽云怕一榔头下去反倒敲坏了，就自己立到沙发上，看看能否调节角度，她使劲往下拉时，她听到了地板下机关的声音，她查看了客厅，上下并无异样，一闪念，她跑进自己房间，就看到了一条两三公分宽的缝隙。

她默数了一遍，那些箱笼都在。箱子和箱子之间，她用一条红丝线连缀在一起，又绷得紧紧地打了死结。她和爹一起打的，眼前，这丝线也还是绷得紧紧的，没有动过的痕迹。她又把两边墙推拢，再把那枚钉子往上提到原位，墙就合拢了，还原成一堵水曲柳木板的墙，那条隐约的线，不过是两块木板的接缝。

那天，看这夹壁里的木头表层都已微微出油，不似去年新造，那么，前主人应该不曾发现这个秘密，这房间里必定还有别的秘藏之处，李丽云继续寻觅，找来找去，不过就是在她自己的枕头底下发现了一个暗盒，她就往暗盒里放了她的那只菊花玉镯。最近她开始操持家务，怕磕碰了这镯子。后房的储藏室，看着像新装修的，李丽云在那里找了好几天，终于让她发现，在堆棉被的后墙那里，有块木板可以卸下来，在木板和墙壁之间，可以放下两个公文包。李丽云就在那里放了地契和银圆。她把银圆分成三份，一份藏在那里，一份包裹好藏在一只靴筒里当了楦子，另一份，她也就放在床头暗盒里方便日常取放。她的手上，从未藏过钱，可现在有这些银圆了，却也觉得寻常——而且，严格来说，不能算是她的。

她把院门的反锁去了，准备洗菜，看看袋子里老潘给另放了一个食盒，却是六只生煎包子，老潘在竹食盒外面包裹了一层夹棉布，这包子还是温的，她到餐厅坐下，蘸醋吃了，不由想起和郑景润在潘家吃生煎包的情形，心头一酸。要么，还是让宋夫人带封信去吧？她寻出地址，先把信封写好了，接着写信，就顺理成章。待成文后，她发现自己写的不是思念，而是恐慌，撕了重写。这一封，口气却又同平常朋友一般，偏冷淡，撕了，重写。又不知道怎么写，索性在纸上画画，学丰子恺的线条，一处院落，一棵海棠，花落满地，地上一个女子，天上一轮明月，寥落画成，右下角签了个名，署了日期，封了口，怕自己后悔似的，索性又出门直奔潘宅。

秦怡莲还在打包，宋以文和山山都不在，李丽云把信递给她，看她收进了随身坤包。李丽云帮她一起捆扎，把软塌塌的被服扎成四方。“毕竟是当作军用物资过去的。”秦怡莲笑道，“我这个人也是军用物资。”

“哪里啊，宋太太您是个独立的女性呢。”李丽云说，“是我见过的最独立的女性。”

“哪有你们宋老师独立啊。”

“那，不一样。她的独立，是女孩子的任性，宋太太您的，是女人的坚韧。”

“叫我怡莲吧。”秦怡莲说，“我比你大上七八岁，按说也还年轻吧，可最近心里真是一片秋色啊。”

李丽云应着，想到老潘的话，张嘴想问，到底问不出口，也就作罢，闷头捆扎。倒是秦怡莲自己说道：“有件事，我想和你说一声。以后你去你宋老师在南门外的家里找山山爸爸吧，他以后会住那里。”

李丽云吃了一惊，又猛然想到一事，就说：“哦，我听绮珍说起过，宋舰长和宋老师同宗。”

秦怡莲笑道：“说得也是，就是同宗。我不在，有宋老师关照，我也放心些。我不是你们这样的新女性，说起来，不该十分介意自己丈夫另有个小的。”

原来如此。李丽云心头竟一阵慌乱。原来老潘说的是真的，可怎么也想不到，宋老师会愿意做人家小的。郑景润会不会在哪里有个大的，他哥哥才在信里对她不置一词？她都不知道说什么才好。好在秦怡莲继续说山山在台北找的小学如何之好，李丽云才松了口气接上这个话题。

今天所遇，仿佛都是恍惚之事，李丽云从潘家出来，走在街上，看人观景，都觉得幻影一般，到了家里，进门之后，站在门口端详这几间平房，竟似听到这屋子在那里微微喘气，心头再一惊，才明白过来，这不过是自己在呼吸罢了。

她蜷在沙发上，呆呆等他们回家。先来的是刘仲瑞，一路疾跑，一边开门一边叫她的名字。李丽云懒洋洋应了，刘仲瑞进来在她身边坐了，还在喘气。李丽云道："做啥跑那么快？"刘仲瑞答得飞快："想快点来见你。"一问一答之后，两人都沉默了。

李丽云心头一紧，一股甜滋滋的味道从喉咙口那里发散开来，她本想问些战况，可又不舍得开口打破这沉默。李丽云起身去厨房，刘仲瑞也跟了来，手里拿把扇子给李丽云扇风。李丽云点起煤油炉子开锅炒菜，她才说："你快去歇会儿吧，一会儿等爹回来就开饭。"

这一晚，三人院中乘凉，李不言说了会儿他今日在乡下见闻，到处都在修工事修公路，沙尘飞扬的，看来真的是会有一场硬战。李不言说："我想啊，这边有飞机，有军舰，有枪有炮，又有大海，那边又不能挖地道过来，怎么会守不住呢？"

刘仲瑞说道："大榭岛，昨天失了。我今天飞去侦察过。几个外岛靠近大陆的那一侧，现在都已是炮火纷飞了。上峰说不日就可夺回来，可谁去夺呢？一有事情，地面部队就指挥不灵，我们在空中也只有干着急。我执行的侦察任务居多，有时候列席作战会议，若碰上和地面有配合，就听他们各部之间扯淡，听多了都要生气。”

“出去侦察安全呢，还是派去轰炸安全？”李丽云问道。

“相对来说，侦察，更不安全一点。飞得低，盘旋的时间也长，很容易被地面武器攻击。”刘仲瑞看着李丽云，说道，“不过不用担心，我够机灵的。”

“如果舟山真的守不住了，那新学期，不知道能不能正常上课？”李丽云最在意的是这个。

“学校方面，应该不会受影响吧？无论政权怎样更替，书总有的读。教书的职位，总也在那里的。”刘仲瑞的安慰，正合李丽云的心意。因为太合心意，李丽云明白，那终究是个安慰。

郑景润离开了，山山离开了，李丽云的暑假顿然空了，长日漫漫，唯默默盘着扣，看日影移动。垂丝海棠花期已过，枝头已挂上一簇簇小小的果，密密匝匝，刘仲瑞说他见过这海棠一树繁花，那么，等明年春天，繁花再来，这几乎是一定的。青梅树上，一树都是果子，满眼淡淡的黄，已然成熟，可以采下来泡酒了。家里也用不了那么多，采下送潘家去是正理，饭店里要用的各色果子不会嫌多，要是再来一场台风，这些青梅就保不住了。过晌午，日头温了些，李丽云徒手摘了些低处的青梅，装了浅浅一篮，送去百乐门。

路过郑景润原先供职的银行门口，她停了停脚步，不禁恍惚。不过是前两个月的事情，现在想来，却久远得很，她边走边回头，看那石门旁的两只石狮子，心里的感慨翻江倒海。

“是李小姐吗？快请到我们办公室坐坐。”在她第三次回头时，她被叫住了。却是曹会计。她愣了愣，也就随了他到了二楼，办公室仍是熟悉的模样，只是郑景润的桌子空着，好像到现在还没人来补他的缺。

曹会计问得直接：“郑先生是李小姐的表哥还是未婚夫啊？”李丽云道：“是我家表哥。”曹会计说：“那这事，郑先生倒是没对我撒谎。”

“郑先生很会撒谎吗？”

“那倒不是，郑先生比较谨慎，他说的话，都滴水不漏的。”曹先生压低声音说，“可是，这回他栽了。他在台湾的位置，被人顶去了。那确实是个好位子，想要的人就多，人家后台硬，生生就把他给撇了。”

“郑先生现在怎样？”

“工作难找。听说现在他在他哥哥的公司里帮忙，一边还在银行上找工作，他到处托人呢，所以，我才知道了。还不如不去。这里有海陆空三军守着，怕什么？”曹会计脱下他的玳瑁框眼镜来擦，一双眼珠子暴突得像随时要弹落下来。

李丽云怔怔看着他，想着，这大概就是郑景润不写信给她的原因。她这会儿就坐在他原来的座椅上，听着这样的消息，这现实，比做梦还虚幻。

“郑先生很能干，他很快会找到工作的。”

“你表哥的工作能力，也就一般吧，他就靠社会关系硬。”

李丽云盯着他，是有这样的人的，自己不怎么样，可就爱贬低别人，她有点为郑景润抱不平，无论如何，他是个与人为善的人，他不会强迫别人按他说的做，也很少在背后心怀恶意地评论人家。

“依曹先生的高才，到哪里都能找到工作吧？说不定过不久，您也得到处找工作了呢。大榭岛失了，您知道吗？”李丽云说，不知不觉用了郑景润的口气，把尾音飘得高高的，“您没去过大榭岛吧？您也不知道金塘岛跟它多近吧？”

“您的意思是……”

“我没别的意思，我就是告诉您，战争逼近了。”她说完，就站起身来告辞。曹会计坐在那里，满脸狐疑。

挽着的篮子，越走越重。身后一辆三轮车吱的一声停在她身边，却是上回来潘家送信的那车夫，李丽云停住脚，喊了他一声刘叔。

“来，你提着东西，叔叔载你去，你说吧，去哪里。”

李丽云推却不过，只好上车，索性去了潘绮珍南珍桥下的布店。见了面，潘绮珍就把她带进库房，说有事情和她说。

“那个婷姐来了封信，说到郑家哥哥。”潘绮珍倒了一杯凉茶递过来，话说了半句，又停了。

李丽云接了茶在手里，说道：“我也是来和你说景润的事。我刚半道上碰到他的一个同事，说景润他哥哥给找的那个职位，让人抢走了，景润在各处银行托人找工作。估计，有点狼狈的。我一直没收到他的信呢。”

潘绮珍给自己也倒了茶，猛喝了半杯，才又接着说：“对的，现在他就是在我家叔叔的银行里工作。我家叔叔开了个小银行。婷姐信里问我，这个郑景润人怎么样，说是她近段日子和他走得近。我想，我得和她说实话，你和郑家哥哥订婚的事，是我父亲见证的。”

李丽云正喝下一口茶，呛住了，一阵咳，好不容易止住了，说道：“她是个独养女儿对吧？你婷姐有个银行，景润若娶了她，这银行，将来，也就是他的了。你就不要提我们这档子事了。我就安静等毕业，等派教职，和婚姻相比，我更看重未来自己能有独立的职业。”

潘绮珍愤愤道：“这样的负心汉子，我怎么放心把婷姐交给他？”

李丽云继续喝茶，说道：“景润到底怎样，你婷姐她也会自己判断。你还是什么都不要说了。我这边，也并不缺乏追求的人，住我家的那个空军，你也见过了，我若愿意再进一步的话，他就是我的男朋友了。各方面，他都比景润强些，你觉得呢？”

潘绮珍摇头道：“看来，你和郑家哥哥是一对，一转眼，就都变心了。我都要不相信爱情了！”

“是的，这样说起来，我们还真是一对。你和王天锡，门当户对，和我们不一样。你不要担心。”李丽云留下这一篮青梅，也不多坐说别的，告辞出来。出了店里，走出一段路，进了芙蓉洲，眼泪自己无声涌出，抬手擦了，又来。李丽云拐了个弯，去了那个凉亭，呆坐半天。

第十六章　拔剑四顾心茫然

宋以文是在台北，才知晓大榭这么快就失了的真正原因。

他们一家初到台北，在姜洪让太太帮找的房子里住下了，还去拜会了山山将要就读的小学的校长，甚至，还去看了姜太太和秦怡莲合作即将开张的一个小饭馆。他看着秦怡莲做着这些，不慌不忙，平平静静，好似并非初到异乡，不过是继续过平常生活一般。宋以文最佩服她这一点，她的身上有静气，或者说，是静水深流，她的底，是他无法触及的。比如这次和宋安华谈判，她干脆就略过了他，两个女人见面。宋安华是这样跟他讲的："她这样安静，吓我一跳。她嘱托我照顾你的生活起居，细致得很，好像我不过是她找来的一个娘姨。她和我谈判分割生意，精明得很，又没有全部算足，似乎还让我占了便宜。你这个夫人，不简单啊。"

姜洪让邀了饭局，自然还是有傅敦谦伉俪和汪之道伉俪，又新邀了他在台湾结识的两位新朋友，都是政府部门人员，一个是管出入境的，一个是管工商业的，姜洪让说了他们的官衔，宋以文听着觉得特别拗口，记不下来，暗想自己真的是在战争里待太久了，正常社会的秩序，已经陌生得很。秦怡莲一个个敬了酒。她居然酒量不错，酒席上的应对，也很大方得体，还带了点小俏皮——这个，也是宋以文的新发现。无论是梳妆打扮，还是言辞应对，举手投足，都很有分寸，知道显示自己的存在感，又不抢女主人风头，另外几位夫人，似乎都还不如她拿捏得好。宋以文冷眼旁观，心里倒暗暗称奇，从前跟他出来，她一贯是矜持有余，活泼不足。

舟山的战局，是必谈的。宋以文总以为自己在前线，消息是最灵通的，不想，在这饭局上，倒是傅敦谦爆了个内幕，说是大榭那仗，对方称是“渡海第一战”，首战告捷，其实，要不是他们有内应，这仗谁胜谁负，难说的。大榭守军中第四十八团中的一个营，给对方充当向导，引导着直攻团部。那个营，从上到下，都投诚了。如今上峰对“防奸防谍”无比重视，“我们这些人，平时可得谨言慎行，一不小心，沾染亲共，让人举报，轻则失去前途，重则失去性命，不是玩的”。宋以文叹道：“这些事情，战情通报里，是不会说的。我这边，只晓得最后是‘继光号’和‘天祥号’两艘炮艇带着水陆两用运输车，协同第十六师六百多名官兵从大榭岛撤退。这些内幕，我全不知。陆军有整个营投诚，海军有整条船投诚，空军也有开着飞机去的，这样下去，军心可怎么收拾？弄不好，互相都不信任了。”

傅敦谦轻声对宋以文说：“您的副舰长，大家都说他灵通大，不知道大在什么方面，您自己，总得多留心才是。要是他出了事，您也得担干系啊。”

宋以文说：“李副舰长很忠诚的，这个放心。”

“您啊，总是这样庇护手下。”傅敦谦说，“想从前您也是这样庇护我的，我感激在心呢。可现在这时势，舰长您还是自己要小心。”

宋以文点点头，说：“我现在把家眷都放在台北了，效忠之心，不言自明。”他没说给傅敦谦听，来之前，李明诚确实劝阻他过，说：“舰长，这时候去台湾，还不如去香港的好，进退也自如些。”宋以文想着这确实是大实话，但既然秦怡莲想去台湾，那就去台湾吧——或者，自己私心里，是想秦怡莲走得远远的？对这一点，他越是审视自己，就越没有确定的答案。

傅敦谦对着大家又说：“昨天，象山港外面的那个梅山岛，也丢了。大榭和梅山，都是靠近大陆的两个岛，是最前线，据说布防工作也都做得不错，浙江省的那个周主席就说过‘对方是不可能从水上跑过来的’，现在好了，人家真跑过来了，你海陆空联合，屁用也没有。”最后，他压低声音说：“老头子气极了。”

宋以文惊道：“梅山也丢了？我还想着我们能把大榭再夺回来呢。那么，我们的前线，口子被撕开了。”

“是啊。听说老头子还巴望着美国来援手，还不死心呢。美国怕是对我们失望得很，调停失败之后，就不想掺和了。”傅敦谦说。

“我们这样子，叫谁都看着糟心。上头的将领们第一想到的不是击败对方，而是怎么保存自己的实力。太不团结了，一打就跑，一打就跑。现在，又跑进四川，说像抗战时那样，从四川再重新出发，你们说，这可能吗?”汪之道向来口无遮拦。

一桌人默默无语。这一年，听败讯也听习惯了，要是哪天胜利一回，倒要吃惊起来。

战事紧，宋以文到底没把假休完，赶着搭乘一艘运输舰回去了。这回他顺便带了一批台湾米和白糖去，是李副舰长自己找的供货商，秦怡莲看货进货，又压了一点点价钱，如果这次走得顺，这桩生意就也好算是秦怡莲的一个财源。临行前，秦怡莲还特意另加了一堆货，让宋以文直接送给宋安华，她说:“我们家的，就不要让他们赚差价了。你让安华直接给你货款就是。我们也不赚他们的。”这话里“我们他们”混说，宋以文却听得明白，他垂着头，没有搭话。

到了之后，他也没把货给宋安华，他找了潘培基。他的行李，让柳安直接送到了南门外的宋府别墅。柳安问:“太太让我像对待她一样对待宋老师，那难道我也要叫她太太？不用吧？我还是叫宋老师好了。”宋以文愣了一下，说:“对，你喜欢叫什么就叫什么好了。”

他上了舰，见了李副舰长，问了战况。傅敦谦的消息是确实的，梅山也失了。丢了一个岛，就是丢了一片海，以后巡逻金塘那边的海域，靠西边海域，就要严阵以待，再不能像往日那般轻松，以后，每一天出海，都是一场实战。

到黄昏，他才赶往城南别墅，一路心里七上八下，一半是为战况，另一半呢，是为了这即将有的新居所。黄包车夫跟他搭话，说：“宋家的别墅，在城南这一块是最阔气的了，听说光池塘就有一亩大，当中还有一个大凉亭，他们夏天宴客就在那里，能摆下五六桌呢。您这是去赴宴吧？最近这别墅里可热闹了，天天人进人出的。”宋以文听得心里更没底了。好在近，从码头过来，不到五分钟的车程，宋以文也就随便应着。

宋安华穿着件宽松的旗袍，坐在桌边，笑吟吟托着腮望着他，这娇憨劲儿，让宋以文恍惚回到自己的学生时代，从前的宋安华，就是这个样子的。他走过去，从背后抱了她，吻了吻她的后脖颈，一路顺势呵痒痒。宋安华笑着躲开去，说：“以后可不许这么玩了。”宋以文不肯，还要往她身上黏，宋安华求饶道：“真别闹了，跟你说，我们有孩子了。”宋以文一惊，才想到，这是很有可能的，而自己居然从没想过。生过山山后，秦怡莲又怀过一个孩子，三个月上时，跑防空洞时流产了，生了场大病，恶露一直不尽，过了一年多才勉强好了，那以后，就好像不会怀孕了，他们夫妻俩也不以为意——有个山山就足够了，对于避孕，宋以文向来没有概念，那以后，就更淡漠了。

宋以文挨着宋安华坐下，说道：“什么时候的事？”等听了宋安华说是昨天才确定的事，他松了口气——至少，秦怡莲还不知道这个。下一秒，他又沉重上了，如果这是真的，他怎么和秦怡莲说？继而，他又想，既然秦怡莲默许他和宋安华在一起，那么，和宋安华生个孩子，该也在默许之列？而且，就跟这一回是两个女人略过他自己谈判的，下一次，估计，也会再略过他？

他满心羞愧，说出口的话却是：“没有给你仪式，真对不起你。”

宋安华把她的手指伸到宋以文面前，那颗黄钻戒指闪闪发亮，说：“我们交换过戒指了啊。”宋以文也将自己的手递给她。在回来的船上，他就换上了这枚蓝水翡翠戒指。宋安华握了他的手看，说：“这老蓝水翡翠，藏在匣子里看不出它有多好，得在人身上一直戴着，才会显得透亮。看这光头，这一向，你还真戴着它。”宋以文看去，果然这戒指比往日润泽。

天气热，宋以文没什么胃口，宋安华又在害喜，两人草草吃了点，就让张妈撤下了，起身向池塘中的凉亭走去。荷花开得正好，风一来，荷叶翻转，露出水下游动的金鱼。宋安华笑说：“有些事情，正如天算一般，今年春天，我爹发了兴，请人疏浚了一下池塘，让它和护城河又连通了，连荷花，也是开春新种的，说是从西湖里移植过来的宿根，连根带泥运过来一车呢。”

宋以文道：“今年春上，我还真是住在西湖边上，宝石山脚下。有一天，看到有人在那里挖湖泥，说不定，运来的正是那一车泥。”

宋安华笑道：“泥不知道是不是这一车，你呢，肯定是这个你。”

两个人在凉亭里坐了，宋以文揽了宋安华，懒洋洋看飞鸟归林。蜻蜓也多，在他们头顶飞来飞去。柳安远远地在大门边敬礼，大声说他想回船上去住，反正现在也近，船上一有什么事，他就可以跑来。宋以文准了。

看他一溜烟跑了，宋安华笑道：“这个柳安！不过，他这样子，我倒欣赏。”宋以文说：“他和怡莲，相处多年了。他有想法，能理解，可没想到这小子他还能做出来。”

“所以说我欣赏他嘛。”宋安华说，“而且，他说得对，他在船上，有啥事可以立刻跑来通知你。比在这里随侍你更有用啊。”

宋安华叹了口气，又说道：“那天，您夫人说出的话，比之打骂，更让我羞愧。”

宋以文上回已听她说过一遍，看她又提，只好讪笑，继续听着。

“她说，我受的是旧教育，给丈夫找个小的，是我本分，在老道德里，贤惠妻子会这样做；你呢，你受的是新教育，你要的是一夫一妻，这是你的新道德，不过，你执意如此的话，可能会失去宋以文。这道德，你选新的，还是旧的？我说，我得想想。我得谢谢她，给我审视自己生活的机会。‘不经审视的生活，不值得过’，苏格拉底说的，对吧？”

宋以文依旧不知道说什么才妥当，也就继续沉默着。确实，就连他自己，也分不清新旧道德的界限，他只感觉自己负了怡莲，并不认为自己负了婚姻。对于宋安华的精神世界，他远没有对秦怡莲的有把握。

“我现在才回过味来，原来，我受过新教育，于道德观上，却也还是旧的，但是，我对这种旧道德又怀着羞耻心。如果没有孩子，就我们俩在一起，可能，我是不屑于去讲究这种名分——我也说过，如今社会，对妻妾之分，已没有很大区别，可是，从亲戚那里看，即便在上海那样开明的城市，在孩子身上，正出庶出，却还是讲究的。可现在，我有孩子了，为孩子着想，我也不能做你的小，对吧？如果是先后两段婚姻，两个孩子名分上就平等。让你离婚，会很难吧？”

宋以文陡然心惊，也就老实作答：“我从没想过离婚这事情。”

“往后，你可能得好好想想了。”

张妈过来请他们回房休息，她搀扶着宋安华走在前头，宋以文缓缓跟着，心里七上八下。

连失大榭和梅山岛，战情陡紧，宋以文归舰后，连着好几夜没空上岸。他嘱咐老韩，说上岸补给的时候，一定记得带上柳安，让他到城南宋家去一趟，随便送点什么清口的过去。老韩点头笑道：“难道舰长不请我们吃一桌？宋老师可是我们的女神。”

宋以文也就实话说道：“兄弟家事，实在有点尴尬，这事怎么办，我得听宋府安排，况且，如今战事吃紧，我也不想铺张，能混过去就混过去吧。到时候，还是请你吃满月酒吧。”

老韩连连道喜，说：“那可是双喜临门。舰长放心，怡莲嫂子和宋老师两边，我都会记心上，这两天我只要下船，都会带上柳安，让他去报平安的。”

宋以文到底还是尴尬，可又有几分自得。临到头，他也才看清自己，原来也是旧道德中的人。

连失两小岛之后，海陆空都加强警戒，舟山的前线平静起来，福建那边却日渐吃紧，各军舰除分配到例行的舟山海域巡逻之外，去厦门一带警戒，也是常事。战线拉长，弹药和补给都吃紧，宋以文全舰上下忙成一团，宋以文更不敢轻易离开舰只——傅敦谦的警告，他还是记得。这次回来，他再看李明诚，就觉得是有一些不同寻常处，比如他会快速消失和出现，不留意，你还以为他一直在舰上呢。有一回，宋以文亲眼看见他放下个小艇下去，那时是上午11点不到，正是巡逻回来稍微休整一下的时候；十一点半多点，开饭时分，他却又打着哈欠从船舱出来。宋以文待要找他谈谈，却又不知从何说起，还是找个机会问问老韩或者陈副官吧。或许，拖着拖着，这事情就不必再做了。近来，宋以文越发看到自己个性中拖延逃避的一面，他宽解自己，人家，也许也是那样的。

没等他去问老韩他们，李副舰长自己先来找了他，一开口便是叹苦经，说近来生意难做，那些跑单帮的，已经很难进舟山来，就是来了，也是被稽查大队先抓起来关着，目前情势，真是草木皆兵，生意人也都变间谍了。

宋以文想起秦怡莲说起的那个带来家信的生意人，那人会不会是间谍呢？如果是，那么，自己在瑞安的家人，就已经暴露无遗了。女人家，总是看得太浅，也不和他商量，就自作主张和家里联系。抱了些侥幸，他问道："跑单帮的，绝大多数就是生意人吧？"李明诚道："那是。现在就有一个，被抓起来关在干大圣庙，说起来舰长您可能知道，就是帮嫂夫人带过信回家的那位。"

宋以文心里咯噔一下。

李明诚又道："可否请宋家具个保，把他接出来呢？目前，只要这里有名头的人家去做保人，稽查大队还是会放人的。关久了，用起刑来，不晓得他会说出什么来。"

宋以文沉吟半晌，就让他写个姓名来，他晚上回去一趟，和宋安华商量，如果她同意，就连夜去稽查大队提人，接到宋府。宋以文又问："他不会真是间谍吧？"

李明诚道："怎么会，他就是个正经商人，为个利字，就出生入死。"

近黄昏，看看并无新的通知来，他嘱托了李明诚务必在船上待着，晚些时候，他会让柳安回舰上来给他消息，临走，又四处巡看一遍，才往城南宋府去——目前，那是自己的家，这一点，并无太多实感。

今天，他还带上了陈副官，让他也穿了便服，如果宋安华同意，他就让陈副官也一起去，实地看过形势，再决定提不提人。陈副官想必也早就听说了，一路去，也不多问，好像一切是理所当然的样子，倒还是宋以文自嘲，说道："莫名其妙竟有齐人之福，想想实在惭愧得很，何德何能？又与总裁新生活道德相悖。"陈副官笑道："怡莲嫂子行前请我们吃了一顿饭，对你保密哈。她把宋老师托付给我们，说让我们像待她一般相待宋老师。舰长，这样有旧道德的大度女人，现在，估计是打着灯笼也难找了。不过，怡莲嫂子还是开了句玩笑，说，如果她在台湾遇到中意的男人，就和舰长您分开过。”

宋以文眼眶一热，别过头去看茅草飘扬的土城墩。

进了宋府，陈副官看着这半亩荷塘，低低叹道：“舰长您真好福气啊。”

宋安华见了陈副官，也有几分羞涩，但到底还是撑住了，像早先一般相待，朗声笑道：“贵客啊。宋舰长也不提前说一声，都没准备好酒好菜。”

“嫂夫人客气了。”陈副官却答得恭敬，“我在舰上已经吃了，不用麻烦。”宋安华倒愣在那里。

宋以文笑道：“你们俩都别客气了。快快进屋，我们还有事商量呢。”

宋安华听宋以文约略一说，犹豫了一下，说道：“这事有几分冒险，要么我跟着陈副官去趟稽查大队，到那里相机行事吧。”一边转头让张妈上茶，说自己去换身出门衣裳，说这话时，看了一眼宋以文。

宋以文忙起身跟她进了内室，看她在那里换出门衣裳，衣柜里一排都是旗袍，腰身宽松，看来是新做的。

“这事儿，万一那跑单帮的真有啥，那不就牵连到你了？”宋安华一粒一粒扣纽襻，慢悠悠说道，“李明诚甩锅啊，你也俯身背了？”

“我是怕，万一那跑单帮的在稽查大队说出点啥，说我们运私货还做买卖。虽说大家都在这么干，可没人举报就不是事儿，有人说出来了，那就是个事儿。”

宋安华一身稳重妇人打扮，和陈副官去了，留宋以文一人在内室坐着。宋以文第一次一个人待在宋安华的居所，他有些好奇，走动起来，重又打开衣橱看看，果然一溜儿都是旗袍，从前那些男装打扮，估计都留在城北府上了。夜里觉得宽大的床，这会儿看看，并不觉得大，床栏上雕的凤凰，高昂凤头，一双凤眼点了金粉，在那里灼灼盯着他。

宋以文走到内室旁的书房坐下——照道理这该是他的书房吧。他在书桌旁坐下，才看到右上手放着婚书，龙凤呈祥的底子，另有几份婚书式样，估计是拿来参考的，展开了放在正中。宋以文索性动手研墨，取了桌上狼毫，在一张空白宣纸上打了婚书草稿，等宋安华回来定稿。

没多久，宋安华就带着一个长衫打扮的人回来，陈副官已先回船上了。那人修身白面，戴着副金边眼镜，如此盛夏，还是一袭黑绸长衫，面貌并不困顿。宋安华与他一路说笑进来，看着两人早已相识。果然，宋安华一见他就说："哎呀，我道是去接谁，一见是磨叽先生，我二话没说就接了来。"

"磨叽先生？"

"莫先生专能磨叽讲价，行内就给了他这个雅号。一直承蒙莫先生关照呢，给我们鲜货尖货。"

"拿我货色的商户，百乐门不算最大买主，这会儿大家都不敢和我搭界，只有宋老师侠义，会去稽查队把我捞出来啊。"

"这个，您还是谢谢我们家那位特实诚的宋舰长吧，他不让我去，我也就不晓得您这会儿正落难呢。不过，我看稽查大队那伙人对您也很客气啊。莫先生总有办法。"

那莫先生对着宋以文长揖到底，宋以文赶着回礼。张妈过来说已在凉亭摆了席。夜色初上，荷塘暗沉，凉亭中电灯光金亮，神仙洞窟一般，且幽香弥漫，有荷香，也有艾香。莫先生叹道："如今时世，这样的消夏良宵，难得。"宋安华叹气道："过一天，是一天吧。"

宋以文给莫先生倒上酒，莫先生问："宋舰长仙乡何处？"宋以文说了家乡地址，莫先生略微愣怔了一下，笑道："这可就巧了。"

原来，瑞安城里有一家李大同糕饼店，分店甚多，稍微起眼一点的人家，都和店里有往来，那李家老板，莫先生熟识，于是，就托糕饼店找到了宋家，莫先生又扮成糕饼店的伙计，送了双炊糕去，来去信件，都折成双炊糕的大小，夹在糕里。宋以文听到莫先生说父亲读秦怡莲的家信泪流满面，也不禁无语泪流。秦怡莲行前另写了一封信，辗转他人托莫先生带去，莫先生这回来舟山，内中就带了宋家的回信来，船刚靠拢码头，就被稽查大队的盯上了，莫先生只好将信用油纸包了留在舱底木板缝隙里。但他这样的送信人，信的内容，都是说好此前熟读了的，万一送不到原件，就做个传话人。秦怡莲果然在信中说了去台湾的打算和宋以文新娶姨太太，家人的回应自然是恭喜宋以文，并嘱如有子息，一定及早告知家里，编进族谱。

宋以文再三确认了家中平安，方才接过宋安华递过来的热手巾，擦了脸，重新斟了酒上来。宋安华在旁一直默默听着。宋以文说："安华，趁莫先生在，我们取两个备用名字让他带去，一男名，一女名，两个里总有一个是用得上的。"

宋安华说："急什么啊。进哪边族谱，也没定呢。一样姓宋，进我家的族谱，也没什么大碍吧？"

宋以文默然。

莫先生说："这回带的货物，一件不剩，都给拿去检查了，手头空无一物。待我下回再来，定当补上给宋舰长和夫人的新婚贺礼。"

宋安华边帮张妈布上一道海参粥来，边笑道："那么，据莫先生观察，目前的时局，还是可以磨叽一阵的？"

莫先生道："据我看，只怕是这样，海洋毕竟是天险，失了的大榭和梅山，是靠近陆地的小岛。对付大岛，难的，况且，目前岛上的驻军，也够强大，对吧？"

宋以文在旁连连赞海参粥美味，居然没一丁点海腥气，让莫先生趁热快吃。宋安华吃了几口，说道："家母前天新给了一个厨子，会做各样补品，这海参粥，是他最拿手的。家母最推崇温补。"

宋以文说："目前温补是最稳妥的。母亲想得周到。"

莫先生说道："看来我下回来，得带双份的礼物。"

宋以文微觉尴尬，问道："莫先生今晚在这里住下吧？客房是现成的。"

莫先生道："不敢多打扰。我过会儿就从后门离开，明晨，我会让人来取信件。”宋以文顺着他的视线环视这个院子，院墙低矮，一览无余。

散了席，三个人沿荷塘散步，经过后门处，莫先生轻声说：“那么，就此别过？”下人们多从后门出入，轴滑槽润，宋安华打开门，竟无半点声响。南门外就是小平原，无遮无拦，后门小路对面，倒有一棵高大乌桕树。宋以文目送莫先生消失在夜色里，和宋安华一起关上门，携手进屋，递了婚书草稿让宋安华定稿。

宋安华笑道：“你的意思，这婚书也要寄往家里？”

宋以文说：“这个自然。老家就是根底。”

宋安华摸着小腹，说道：“不如，在这里的报纸上，我们登个结婚声明？”

宋以文点头。宋安华又说：“或者，先登个离婚声明？你若不肯说，我跟怡莲说去，大家都是为了孩子，她会体谅我。”

宋以文摇头道：“不妥。怡莲是家里娶给我的，若真要离，得和家里商量。再者，怡莲没过错，错在我，如要离，她先提出，方为妥当。说到底，她和我共患难这么多年，吃了很多苦，你和我不能置她于不顾。”

宋安华笑道：“我猜你就会长篇大论说上一通。好吧，那么，这婚书，你也不要往家里寄，我总能想出办法来，让我的孩子不用顶着庶出的名头成长。”

宋以文从背后抱住她说：“这事，我们从长计议可好？”

第十七章 乐莫乐兮新相知

新学期开始了。新学期和新年一样，似乎有一段新人生等在前面。

潘绮珍还是和李丽云同桌。潘绮珍已经坐惯了她的大办公桌，对这小小窄窄的课桌，连连嘀咕，说："这叫人怎么坐呢?"店里事多，有时候小伙计会来教室外等候她下课，她稍稍皱着眉，听伙计说一大通，她就四两拨千斤地给个指示，还让小伙计复述一遍，才让他回。坐在教室里，也比从前安静许多，一副若有所思的面孔。下课后，也就急急回店，一应社团活动，都不参与。李丽云就有些落了单。本来，同学们对李丽云私下里都有些说法，先是觉得她来路不明，再是说她亲戚中有汉奸，然后是说她靠男朋友过活，总之，她身后没有一个明明朗朗的家庭，父母兄弟，同学们一个也没见着。她生得这么美，书又读得好，班上数一数二的，班上觉得自己丑的，不会靠近她，觉得自己笨的，也不会靠近她，觉得自己又美又聪明的，更不肯理会她，也就潘绮珍心无挂碍，跟她做了闺密。

好在，李丽云很习惯这种孤独状态，她待人和气，可这和气当中，却透着有距离的客气，人轻易走不近她。偏偏这学期，社团活动非常活跃，要么是为“沦陷区”人民捐款，要么就学唱反共歌曲，政治气氛空前浓郁，李丽云无所适从。要是宋老师在就好了，她是很有立场的人，李丽云可以跟着她进退。宋老师真的辞了教职了，同学们当中并没有传她做人姨太太之类的话，大概，即使真有人讲，听的人也不信，李丽云和潘绮珍，也不肯说出真相，也就随众听听。师范的学生，比之普通的高中，更为务实，学习就是为了谋一份教职，顺利毕业，派到一份好工作，这是大家第一期望的，其余的，都是闲事。这社团活动，也是闲事一种，但这学期的社团活动，却带着强制性，你不去参加，便有亲共嫌疑似的。李丽云对政治向来没有兴趣，这一次，却还是隐隐感觉到了压力，下课后，她也留下参加了几次，听部队里来人训话，说大陆上“沦陷”地区的老百姓如何受苦，你们能在这里安静读书，是多么幸福；你们这些学生，一定要珍惜这难得的安静。这些话，倒也听得入耳，如今时世，有处安静读书的地方，真是难得，但是，还能安静多久呢？

李丽云还参加了一个封闭的集训班，过了一个异样的七天，在班里，白天的时间被规整得一样，上午早操、升旗、听训话或是报告，下午讨论。晚上的活动也排得满满的，演讲、辩论，乃至交谊会，看定海政工队演出话剧，教唱反共歌曲，把学生的情绪都调动起来了。

在结束那天，和部队官兵举行篮球对抗赛，又会餐，为的是增进军人和学生感情，最后，是一起宣誓要“确保舟山，反共抗俄”。在口号声中，结束集训。

自始至终，李丽云融不进去，可也无法完全疏离，她也学习也讨论也表演也说笑，她料想一同受训的同学们大多也如此。

学校里要求师生们五人联保，签了互保承诺，如果发现其中一人有倾向于共党的情况而其他人不向学校汇报，如事发，五人同罪。这不是连坐是什么？李丽云不寒而栗。

“我和他们都不熟，我也不在学校住，除了上课，他们看不到我，我也看不到他们，我要和合适的五个人签保，我再等等。”李丽云悄声和老师抗辩。当天晚上，她就去了寝室。她的床铺在阴暗角落，她也没开灯，这几个月没来睡，摸上去布面都是潮的。她用床单做了包裹皮，把细碎物品都包了，那张草席，原想不要了，想想却还是卷了提在手上，一个人出了校门，雇了辆黄包车，拿回家了。坐在车上，她的手碰触着这些东西，没来由，她对自己生出一分怜惜来。

进了院门，刘仲瑞快步来迎，接过这些东西时，问道：“这是什么？”

“我的壳。”李丽云笑道，便把缘由说了一番。说到五人联保，刘仲瑞惨淡笑道：“我们也签了，一个机组里大家互相保。平常大家还私底下发发牢骚的，这下好，一个个背语录了，生怕落人口实。”

晚饭是三个人一起吃的，闷着头，似乎说什么都不合适。还是李不言说了话，收账的事情还算顺利，四个人都是认账，两个说让下周去取，另两个立时就给了钱，那么，等下周收齐了，一起让宋舰长托人带去吧。李丽云问：“借出去的是银圆，收回的，也是银圆吧？”李不言说是的，郑先生的朋友都还靠得住。李丽云说：“明早我去找一下宋老师，问问宋舰长几时回台湾，如果这几天回，那就收到多少让他带过去多少。”

刘仲瑞说：“我正巧知道我们有架飞机明天回台北，那里有我一个好朋友，我可以托他带回。你还有什么要带给郑先生的？你整理一下，装到一个随身皮箱里，我明早带走。里面还可以附封信。”

一个黄昏，李丽云都坐在书桌前写信，刘仲瑞半躺在她门前廊下的躺椅上看天。写什么呢？说什么都不合适。到现在为止，李丽云没有收到郑景润一封信，想来他那边也是不知道怎么和她了断，也就拖着。踌躇良久，到最后，她以朋友口气，说前次相托的收账事已办妥，所有钱款，都带来给你。如你想到还有什么要拿走的，也请列个单子，我整理好托人带来。她本想再加一两句别的，可想想却又作罢。是有这样的人的，特别会适应环境，换个地方，一切都能重新开始，就像从前没活过一样。保不准，自己也是那样的人吧？

她把信装进信封，给了刘仲瑞，说：“家里没有糨糊了，你帮我带回办公室封口吧。”刘仲瑞接了过去，依旧半躺在椅子上发呆。李丽云整理出三套初秋的薄西装，还有一黑一白两双皮鞋，再放进两副袖扣，两条领带，一个随身皮箱就已装满了，在箱子的边角和空隙处，又塞上几双袜子。她盯着暗盒里的菊花玉镯，用一团棉絮包了也塞箱子里，想想又不妥，就取出装进她前阵子做的一个首饰包里，放进床头柜里。

第二天黄昏，刘仲瑞回来，说东西和钱款已带走，他让那人交给郑景润时，索要一张收条回来。李丽云苦笑了一声，说："你想得周到。"

刘仲瑞说："姐姐，冒昧问，你和郑先生，算是分了吗？"

李丽云别过头去，说："我只当分了。这么长时间，他都没有一封信来，倒是潘绮珍的堂姐给潘家来了封信，来问郑景润为人，说她最近和他走得近。郑景润他哥哥帮他找的工作被人顶走了，他现在就在潘绮珍堂姐家的银行上班。"

刘仲瑞沉默了一会儿，说道："我也听一个朋友说了，他去台北时联系上了郑先生，一起出去玩过。说郑先生身边带着一个女的，两人很亲密。我想和你说的，可想想我来说这个，不合适。"

李丽云笑道："为啥不合适？"

刘仲瑞看着她说："你明知故问。"

两个人呆呆对看了半天，懒得说话，风吹过梅子树，沙沙作响。

刘仲瑞又喃喃说道："我今天本来是想和你来商量一件事情。我们最近在做家属登记，陈队长和我讲，他可以破格把我的女朋友登记为眷属。他说的是你。登记之后，去台湾，空军家属优先。万一我有什么不测，家属可以有补贴——不多，但也能补贴生活。所以，我想，我可不可以将你登记为眷属。”

李丽云道：“那你以后真正的眷属怎么办？到时可以更正的吧？”

刘仲瑞正色道：“我很想能和你成为真正的眷属。可是现在说这个，时机好像有点不对。就说现在这登记的事情，就是我们内部的一个登记，有些便利可得，别的，也没有任何约束，你还是自由的你。这样一登记，万一我有什么不测，处理后事，总还有人帮我出面，否则……”

李丽云忙掩了他的嘴，说：“胡说什么。”动作大了些，手心贴住了他的唇。刘仲瑞动作更大，上前一步，把李丽云整个搂在怀里，两个人都哆嗦着，不知该如何安放手脚。李丽云平静下来，闭着眼，伸出双臂，环抱了刘仲瑞，耳朵贴着他的胸，听他的心跳，感受着刘仲瑞笨拙地调整着姿势，一面隐藏着他的勃起，一面用他的唇在她的唇上逡巡。李丽云慢慢地回吻了他，慢慢地对应着贴近那处坚硬，一阵战栗从脚底而起，直达天灵盖，瞬间又发射到十个指尖。刘仲瑞的手慢慢地从她的后背游走到腰和臀，一遍又一遍摩挲，终于，刘仲瑞贴身抱起她，进了自己房间，却只是靠住墙壁，求得个依凭，两个人闭着眼睛，在昏黄的暮色里，热烈地吻着，探索着彼此的身体。

他们渐渐平静下来，蜜一般的沉默黏住了他们，说什么话都是多余的。

过了许久，刘仲瑞才放开她，让她在书桌旁坐了，自己去厨房倒了两杯水来。天色已经暗了，弄堂里走动的脚步声多起来，刘仲瑞说："你听，这是回家的脚步，急急的。"李丽云说："嗯，你是跑的，更急。"

"往后，我得飞才好。"

李丽云笑了，旋动着手上的水杯，说道："你刚才说的登记这事，让我再想想。和郑先生，我就是没多想，这个世界上我能依靠的太少，觉得郑先生是个可以依靠的，你看，终究是靠不住的。不过，我能懂他的选择，在台北，他也是想找个依靠。一个人孤孤单单在这世界上，太难了。"

"往深想想，我也是不可靠的。别的，我不怕，就怕你刚才拦着我不让我说完的那情况。其实，我也想过了，如果这样的事情发生了，我后面好歹还有个家庭在，我可以把你托付给我妈妈。我妈妈会努力照顾好每一位家人，不管这家人有多远。说实话，那些水果，就是我妈妈定期托人带给我的，不用我操心，她大致能懂我需要什么。最坏的情形，你可以去投奔我家，我从现在起，就会为此努力。"

李丽云含泪道："让我想想，好吗？我现在只想安稳毕业，跟学长们一样，能派到一份教职。离开这里的话，我这个小地方简易师范的文凭，能在台北香港这样的地方找到教职吗？我没有信心啊。处处靠人的生活，我真是过怕了，我想过自己能做主的生活。"

刘仲瑞道："我特别尊重你这一点。如今时世，一般的女孩子，逮到个人，都会抓着不放手的。"

"我不也是这样吗？我能依凭的东西，实在太少了，所以，看到下一步会有的切切实实的东西，就挪不开脚步了。明年能派到的一份教职，就是这样切实的东西。你不会笑话我见识少吧?”

“哪里会？心疼还来不及呢。虽然军人以服从为天职，但总还有些取舍余地，我会尽我所能，留在这里陪你。我近期的任务，是一趟趟去侦察上海，每一次去，我都觉得那地方在非常快地建立一种新秩序，也许，不久，他们就会拥有空军。等过了这一阵，我想申请退役，等你毕业后，我们再定去留。”

那一夜，李丽云翻来覆去，睡不稳。夜把一切声响放大，风声呜咽，像压抑的哭泣声，再仔细听，可不就是哭泣声？甚至，有皮鞭抽动的声音，有钝物锤击的声音，一声声，混在风声中。干大圣庙离这里不远，那里关押着疑似共党的人员，大白天走过，也觉得阴森凌厉。人要狠成什么样，才能对同类施予折磨？有一次，她和刘仲瑞说过这个疑惑，刘仲瑞说：“只要有一个看似正当的理由，训练几次，就能下手了。”他苦着脸说的。他说：“我不就是这么一个杀手吗?”

李丽云反复问自己，时局未定，自己真的要这样接受一个军人的爱情吗?

第十八章　悲莫悲兮生别离

自8月中旬失了大榭岛和梅山岛后，舟山海陆空三军的备战之弦都绷得紧紧的，宋以文在船上的时间多，竟难得回家一趟。说是“家”，他到底没有多少实感。这一回，护送从金门调来舟山的军队到港后，他一定得回家一趟了。他也想念女儿和秦怡莲了。这种思念淡淡的，淡得跟空气一般，一念及此，女儿的音容就在眼前，眼望着他，也都是想念。女儿肯定想他了。

这样的走神，时时发生在他指挥航行的间隙里，他有点怕。心安才能神凝，一个人不安心，竟连专注也做不到。进福州海域的时候，他强迫自己打起精神。福州和大榭岛、梅山差不多时候失守的，福州一失，周围小城小镇也保不住了，那一带，现在就厦门还撑在那里。

这一个多月来，舟山这边弦绷得紧紧的，又是运兵增援，又是加筑工事，抢修机场，真有固守之态，岸那边却似乎没了动静，是暴风雨来临前的平静吧？

李明诚最近陪同他在驾驶舱的时间比从前多，他一支接一支地抽烟，引得宋以文差点都想开戒了，在最后关头，他还是熬住了。李明诚笑道：“舰长您真有意志力啊。”宋以文连称惭愧。

“舟山全境，三军总兵力加上特种部队，怕是有十二万了吧？”一团烟雾中，李明诚问道。前几天，宋以文去司令部开过会，会上确实以三军实力对他们鼓过劲，具体有多少兵力，司令部并未明说，只是与会的人根据各自部队在加总，是有这个数字。宋以文沉吟着说道：“司令部并未通报具体数字，只是大家猜测罢了，十来万，恐怕是有的。”

李明诚叹道：“可是这几年连连吃败仗，对三军数字，都有些麻木了。到时候，顶不顶用，谁知道。”

宋以文看看操舵兵，又看看舱外明月，没有接他的话，长叹一声说道：“快要到南麂列岛了。瑞安，就在对岸了。那里，现在属于‘新中国’了。”

船舱里静静的，谁都没有说话。静寂中，波浪涌动，从海底到甲板，自脚心到脑门，宋以文有点眩晕。他索性走到甲板上，海风裹住了他，夜海茫茫，西望或东望，都是黑漆漆的天际，他们这队船，正在从南到北，这条海路，他还有多少机会可以走？他有点想念那几个北方的港口了，如今10月的青岛，凉爽宜人，烟台、葫芦港、天津、大连，它们都还好吗？

李明诚也出来陪他，他们一起西眺。李明诚说：“如果我们在船队末尾，这会儿，转向去瑞安，就可以见到伯父伯母了。”宋以文笑道：“那该是被绑着去见吧？一靠岸就会被抓住的。”

“或许，他们会把你当弃暗投明的功臣。”

宋以文一惊，问道：“莫非你是共党？”

李明诚笑了，说道：“如果我是，那趁你不在，我早带着整条船投过去了，还要等到今日？不过，舰长要是说我亲共，那我没意见。别人说我亲共，我肯定就要跟他急了。”

宋以文说：“那我真要谢谢你周全啊。”

“我深知宋舰长为人厚道，所以，这些年就一直赖在您手下不肯挪窝。”

宋以文笑道：“如今战事，我们只有海岛可守，战线虚长，海军吃紧，东奔西走的，你有好地方挪，可不要错过机会。”

宋以文看李明诚笑而不语，也就默默看月亮。月晕一圈，犹如枷锁。时近中秋，又是西南风，又值大潮汛，是渡海抢滩的好时节，防卫司令部那边想必也高度紧张。如果痛快来场秋台风，两边船只都动弹不得，那他反倒可以在风雨中休整一下。进舟山海域，海面浓雾，能见度低，勉强还可行驶。港口那边发来指令说，进港船只较多，要注意安全。

靠岸后，宋以文囫囵睡了一下，又全舰上下查看了一遍，下午三四点，风停雨歇，但云层仍旧厚重，下一场大雨恐怕难免，得了口喘气的机会，他赶紧动身去城南别墅。

柳安一早就去通报了，这时候，站在门口迎他，宋以文本想说，以后不要站得这么显眼，再想想，也就不说了。

进了内室，宋安华已经显怀，她穿着件希腊风的褶皱裙子，缓缓站起来迎接他，竟有点颤颤巍巍。宋以文上前揽在怀里，问道："闻到吃的还恶心吗？"宋安华伏在他肩上说："这个倒是好了，又添了样新毛病，尿频得厉害。"宋以文道："怀个孩子，各种辛苦。我又不在你身边，什么忙也帮不上。"

"别说客气话了，你也辛苦的。这几天我对母亲特别好，想着从前我真是太任性了，什么都由着自己性子来，让她受委屈。"宋安华道，"我一直以为自己很成熟，有了这孩子之后，我才知道自己有多幼稚。"

宋以文不知道如何接这段话，只扶她在软椅上坐了。宋安华坐着抱住他的腰，说道："这一阵你忙，也没法和你商量。我想去旧金山待产，家里人也觉得很妥当，我们就自己做决定了。都已经收拾好了，随时可以走。父亲有房产在那里，一应日常用人和器物，都是全的。父亲已经先过去安排，我们在等你回来辞行。母亲说，后天就是八月十五了，还是和你一起过个中秋，再启程吧。一半，她也是不舍得走，能拖一日是一日。当年，父亲要学人家一般买办的样子，把家搬到上海，经营住家都方便，偏偏我母亲就是不肯挪窝，就是要住在定海，我父亲拿她一点办法也没有。这回，要不是看在我们这肚子里的孩子面上，她一样也是不肯走的。"

宋以文愣住了，说不出话来，好一阵沉默后，他说："好的，那我明天一早就去安排，近期哪天有舰只去广州，就哪天走，尽量争取安排我的舰去。司令部那边，多少还说得上话。"

顿了顿，他又说道："也好，如此，家人都去安全的地方了，我也不用多牵挂。"

宋安华叹气道："而且，你也不用多纠结我们的事了。一切都等战后，再商量吧。"

宋以文说："是啊，你这办法不错。我们的孩子，会在一个新世界里成长，那里没有正出庶出让人烦心。可是，我见不到他啊……"

"你可以过来和我们一起住啊。"

权且这样混着吧。宋以文默默对自己说了好几遍。

外面看看，这庭院还一切如常，进到内室，满眼箱笼，宋以文才觉得揪心，说道："这一路去，家里随行的是谁？总要找个年轻活络又可靠的伙计去才好。"

"我这边还是张妈和李伯陪去，放心，他们也不过是五六十出头年纪，不是七老八十，能照顾我们起居。父亲已经派了个他在美国用的伙计在广州等我们，那人年轻，又会说粤语和英文，听说连日语也会一些。你放心好了，至于搬东西的苦力，这你知道，哪里都不缺的。"

宋以文连连点头，却不禁想到秦怡莲彼时状况，一个人带着山山和家当，他也顾不上她，几次搬家，他都是坐享其成罢了。

对于自己的生活，他一直是个局外人。此刻也是吧。

宋以文刚一坐定，宋安华就给了他一个手提箱，说是百乐门的账簿和一些器物清册。她吩咐得细，宋以文听过之后，又在备忘录里记下了。关于百乐门的生意，不抽股，年终分红结算，就是他的事了。此地的三处宅子，不要出租，也尽量不让军队占用，保持原状即可，会留给宋以文一笔钱，专门用于发用人工资和修缮，够两年之用，这钱，也得管理，管家会每月向他来支用。他怎么安放这笔钱？宋安华没说，宋以文全无经验。至于房契地契之类的，她母亲执意随身带走，古玩珠宝之类，能装箱带的，也都带去了，带不走的，已造了册，另收起来放在仓库里，到时候管家会带他去看。如有大事，管家要请示过他，方可行动。

那么，这是举家搬迁，才不是去待产啊。宋以文一一记下，心头酸涩，道："如果部队换防，我不能常驻舟山了，那这边怎么办？"

宋安华略一沉吟，道："到时，没办法了，你全权托付管家。他在我家二十多年了，大事小事经了不少，很可靠一个人。他全家都住在我家主宅旁的一幢小楼里。"

"他老婆，也在你家做吗？"

"不，他老婆就待在家里。我们给管家的报酬不少，你看，地租上的收入，现在虽不稳定，却也还是有的。这几年，地租收来的，五分之一是给他了。说起来，如在乡下，他的收益，也能顶个小地主了。所以，他家的孩子，也都上学，他的老婆，不用出来帮人。我们走后，地租，就都让他收着了。他的工资，就不跟你支用了。明天晚上，母亲会带他来见你，我们一起吃个团圆饭。”

宋以文默默点头。这个岛，到底没经多少战火，太平日脚长，家财不易散，再则，宋父多年经营买办，在旧金山也有置业，估计侥幸躲过了上海滩“打虎”，要么存硬通货，要么存美金，侥幸也逃过了这几年金圆券荒诞的贬值。他本想和宋安华说说通胀，想了一下，又作罢。宋安华此去，有照应有依凭，宋以文实在应该放心。

中秋天气，风雨歇后，还有几分暑热，晚饭开得早，仍旧摆在池中凉亭里。两个人对望，动不动就红了眼眶，风一吹，菜饭凉得快。天边积云层层叠叠，半空中，云朵似在疾行。宋以文回头吩咐张妈，外头有风，移席到室内吧。宋安华说：“我也没胃口。都撤了吧。”

那天夜里，两人收拾到近午夜才睡，风声开始紧起来了，一阵急似一阵，像是台风来了，宋以文反倒心安，这样的天气，大风大潮汛，不能渡江，也就太平无事。宋安华睡不稳，尿频，睡两三个小时就起来如厕。宋以文本就警醒，她一动，他就醒来照应。宋安华道：“你这样睡不好，明晚跟你分床睡。”宋以文苦笑道：“你说的我们还有很多个夜晚似的。来吧，我抱着你，你就安心睡，尿床了也没关系。”

风从海上无遮无拦地呼啸而来，雨借风势，成片地砸在屋顶上，有一块碎石头被风带着在砖瓦缝里滚来滚去。宋以文道：“我出国去接船的时候到过旧金山，那里四季如春，是个好地方。”

“既然是好地方，那，等战争过去，等你安定下来，你也来和我们一起住吧。”

“你们母子在那里，我肯定会过去的。”宋以文说出口后，又觉得这话轻飘飘的，无奈，他拍着她的背，就像哄山山睡觉一般，一下一下，节奏稳定。

凌晨时分，院门被拍响，宋以文一跃而起快速穿衣，柳安已身披雨衣跑到玄关前，他说：“请舰长快回舰上。金塘岛恐怕已被占了，全体军舰待命。”

宋以文已穿戴整齐，又返回内室，对宋安华道：“金塘告急，我现和柳安回舰，稍晚些，我会让柳安再回来。你放心做行前准备。”顿了顿，他又说：“我会尽力争取送你们去广州。”

一天一地的雨，风也不见小。这样的天气，军舰也难以行动，对方的小战船居然能渡海抢滩，这实在太神奇了。或者，风大雨大，飞机不能起飞，军舰难以航行，那么，在这样的条件下，他们的小木船就和这边的海陆空防线平等了，如此思路，是不是恶劣天气，更得全军警备？

一个小时过去了，两个小时过去了，命令却没有下来。宋以文坐不住了，带上陈副官直奔司令部去，风狂雨大，黄包车举步维艰，两人索性裹紧了雨衣，弃车步行。司令部里乱作一团，宋以文两人好不容易在人群中找到了相熟的陈参谋，他抬头见是他们，苦笑道：“这时候人家避之唯恐不及，你俩倒好，自己上门来。”原来，司令部的周司令不敢擅作主张，正在等待老头子的命令，已经往广州方面发了电报，没有回应，跟台北和重庆都在联系，还是得不到回应——或者可能这大风雨，无线电通信也受干扰了，也就只好先派了两艘炮艇两艘运输舰过去。金塘方面，应该是沦陷了，本岛海岸已全线警备，说到这里，陈参谋又摇摇头，说："天晓得。各部之间的响应，真是天晓得。"

宋以文问了近日可有派往广州的任务，果然有。最近都增兵到舟山群岛，上峰又怕广州那边军力不够，正要派几艘军舰过去，一有明确任务就会知会海军方面立即通知到舰。

"对岸不是建国了吗？有情报说，军队各部都想攻城拔寨向新中国献礼，估计战线会铺得很开。"陈参谋催促他们赶紧归舰，静候听命就是，待在司令部也于事无补。

命令是下午才到的，并不是让他们增援金塘，却是让他们连夜赶赴广州。

"听说，驻金塘的朱师长带着残部已经逃回定海了，"李副舰长的消息总是最灵通的，"金塘，是彻底没了。离大陆近的几个岛，也够悬的。这时候我们能去广州，说明我们真的是老头子眼中的嫡系啊。"

宋以文说："惭愧，哪里嫡系啊。我正好就带上宋老师一家去广州，这一路，还要请你多照顾了。我这就赶回去带他们过来，行前准备工作，就拜托你了。"

说是这么说，毕竟放心不下，还是让柳安快去家里通报准备，自己这边先快速查看了一遍，又催促老韩抓紧补给，随舰的枪炮弹药，也都查看一遍，自己的舱室，也整理了一番，给宋安华带着张妈住。李副舰长也让出舱房，请陈副官收拾了，预备给宋夫人和她的贴身女仆住。宋以文又让陈副官再收拾一个房间给放置箱笼安置李伯。等他到家，已是下午三四点，宋安华已准备停当，连她的母亲，也已经接过来了。宋夫人也不老，不过六十不到的年纪，一头乌发，脑后绾了一个大髻，出行的简单穿戴，宽袄大裤，可脖颈间还是戴了一串粉白珠链，碧绿的一套翡翠耳环和戒指，依旧富贵逼人。宋以文还是头一次见她，略有些尴尬，不知道该怎样见礼，犹豫着要不要先磕个头，倒是宋夫人说："事情紧急，我们不要在这里闲话，先上船要紧。"

宋以文看了看箱笼，也有近二十个之多，一行车队逶迤向码头而去，柳安带着李伯坐在第一辆，宋以文带着宋安华坐了最后一辆，行李车上厚厚裹了油布。宋安华身上也穿了层薄雨衣。好在路程不长，舰上也接泊得快，顺利上了船，宋以文扶着宋安华走在最后，过舷桥时，自己的腿，也觉得酸。躺到床上了，宋安华才道："稍晚些，百乐门会挑担食盒过来，我也不知舰上规矩，也就让他们意思意思，不要送多，就送一桌。"

"今晚，你们还是尽量少吃，免得晕船吐得厉害。"

"去上海时，我没觉得特别难受啊？"

"往日我们去上海，路短，又靠着海岸走。这回，海路长不说，又远着海岸走，风浪要大一倍还不止。"

"那我得去跟我妈讲，她老人家去上海，能一路悠闲吃各种小食过去，这回恐怕也随身带了不少。”

宋安华又起来，同宋以文到了李副舰长的舱室。宋夫人端坐在小圆桌旁，面前果然已经摆出一溜食盒。宋安华拉宋以文坐了，说了外海易晕船不能多吃的话，宋夫人想了一想，说：“是听人说过有这么回事。”转头就叫撤了去，却又说道：“不到睡觉时间就去床上歪着，总不像话，要不，你去叫张妈过来，我们四个女人一起打麻将吧？”宋安华忙说好。宋以文也就站起来要退出，宋夫人又止住他说：“姑爷，那你什么时候到旧金山陪我们打麻将？自家人打什么仗啊，快点求告退役就是。我看你们这仗啊，准输。大家也都不想打仗了，想赚钱过安稳平常小日子，他不干，非要剿匪，还改革来改革去，把个钱折腾得一文不值，都不让小老百姓过活了，谁还跟着他啊。”

宋以文就只在旁笑着，宋夫人还在那里说：“这会儿要是跟日本人打，怎么样报国都不过分。可如今这仗，打得不明不白，让人怎么下得了手？将来要后悔的。”

宋安华道：“妈妈，出了这个舱门，你可不要发表这样言论，会给我们的舰长惹麻烦的。”

宋夫人笑着摇头。少顷，百乐门送一桌菜和一大桶月饼上来，菜是送给宋家的，月饼，是送给舰上所有人的。张妈布上菜来，大家也就点了个饥，不敢多吃，幸喜月饼是小小的一只，广式做法，极薄的面皮，咸蛋黄馅，两口下肚了，却挺耐饥的。

宋以文陪着吃完才告退出来，舱内四个女人组了一个牌局，这景象让他有点恍惚。进了驾驶舱，过了好一阵，他才集中精神。船过南麂列岛的时候，宋以文简直想喊出转舵向西的指令，父母亲此刻可安好？是否也围坐在一起打个小麻将？再见要到什么时候？今日中秋，舰上的官兵，他们想念父母和妻女，应该比他更甚，毕竟，能离开的只是少数有离开的资本的，他们的家人，大多都还在原乡。比如李明诚的父母，就都还在南昌。

进了台湾海峡，才走出阴晦天色，中天一轮明月，却更让人叹息。如此夜色，虽已近安全区域，宋以文也不敢松懈，和李副舰长巡查各岗位，见众官兵也都勤谨，稍觉安心。中间又去过自己舱室，宋安华睡得安稳，张妈在行军床上也睡熟了，鼾声不小，宋以文怕会吵到宋安华，他站了一会儿，听宋安华呼吸均匀，才悄悄掩门而出。

总算一路顺利到了广州，宋以文托李明诚在港口盘桓片刻，自己先送宋安华他们去约定的爱群大酒店，那个从旧金山来的伙计就住在那里。宋以文听过爱群的名头，这幢大楼不仅是广州的最高楼，整个岭南，它独占鳌头，住在那里就是身份的象征。既然那伙计能在爱群给宋安华他们开好房间，往下的旅程，应该也都会顺畅。到了前台，一报名字，服务生就立马打了个电话，说秦先生马上下楼来。宋以文没想到秦先生居然这么年轻、帅气，一身白色麻西装，白皮鞋，如果不是他一见宋夫人就一脸谦卑的笑，宋以文绝对不会把他当伙计看。

“宋爷，叫我得财就是。”秦先生笑道，“小姐和您的结婚照，老爷都已经放大装裱好，挂在房间里了。到了香港，往下就是和平世界里的平常旅行，今天，我们就住在酒店里面，一步也不出去，您尽可放心。”顿了顿，他又说：“街上很多抢劫，明抢的，昨天中秋夜，本该热闹的，可街道上也冷清得很。这里的治安已经不行了，可明天去香港的船，宋爷放心，这个我是可以保证安全的。”

他这样说，宋以文哪里放心得了？却又不敢久留。和宋夫人道别，郑重磕了个头，宋夫人扶起他，摸了一下他手指上的那枚戒指，说道：“我还是那句话，早点来陪我们打麻将。”

宋安华一直送他到大门。宋以文出了那高门，在强烈的阳光下回头看，里面黑沉沉，宋安华的身影，他看不清了，可他知道，她还在目送。

送他来的车，还在等他，他一头钻了进去，急催快点。送他来的接驳船也还在等他，他轻身上船的时候，简直不能相信他刚和宋安华告了别。上了船，才知道广州的军部告知他们，舟山告急，急速返回。

却原来，广州方面认为，对方的部队是从北边的陆地来，广州保卫与海战无涉，目前虽已失清远、花县、从化、增城，但广州目前还无碍。反倒是舟山西南部诸岛纷纷告急，六横岛也已失守——据说还是驻军自己撤逃的，军部急需海军上阵。

宋以文叹道：“如此头痛医头，脚痛医脚，怎么是好？”

老韩宽慰宋以文道：“只要补充点淡水，我们就能回航，别的，都备足的。”李明诚说：“此地休整一下岂不更好？我们匆匆赶去，立即参战，疲于奔命，状态反倒不好。”老韩愣了一下，忙附和道：“确实，能从容些，补给方面会更充足。轮机方面，也得看一下油料是否充足，跟港口那边，也要联系一下。”宋以文估计李明诚又要带些货色上去，现在定海的市面上各种物资都缺，也就说道：“那我们明天中午出发如何？”众人都说好。

李副舰长和老韩他们走后，宋以文不敢离舰。他待手下都还宽厚，最起码，没有像有的长官一般克扣军饷，甚至，船上带货的收入，也漏了一部分给大家雨露均沾，算是辛苦费。这些年，船上没有一个走失的士兵，人心还算稳当。士兵在香烟盒或火柴盒里发现对方的传单，或者罢战证之类的东西，也都不遮遮掩掩，看过就算数，并不会因此而生枝节，他们的理由也很朴素：“我们的长官待我们不错，我们不能给他添乱。”可是，今天，一个负责装弹的老兵拉住他说：“宋舰长，这仗，叫人怎么打？陆军那里，听说有我们的俘虏也参战了，船送了来，打一条战壕里的兄弟？我有个弟弟被俘虏的，听说他活着我很开心，要是这次他来参战，我一个炮弹过去，正好打在他头上，我怎么办？我不想干了。”

“这消息，你从哪里来的？”

老兵倒也坦诚，答道：“出发前在码头边捡到的漂流瓶，那里面的传单写的，写得很详细，俘虏来自哪些部队，都写上了。”

“拿来我看看。”

“怕给长官惹麻烦，看过就丢海里了。”老兵回答得很溜。在那一刻，宋以文多少明白了那些不战而撤的部队的心情。

“中原逐鹿，各为其主。你想想看，历朝历代，这样的事情还少吗?”

“没听说过两兄弟对阵的。就是那杨四郎，也是要回归杨家军的。”

宋以文戏文看得不多，只模糊记得有《四郎探母》这出戏，可他对其中的唱词一点也没概念，老兵嘶哑着唱了一段，眼里含泪。宋以文不晓得怎么安慰，他只好拍拍他的肩说:“如果真打了，你就休息吧。”老兵垂泪应了。据说，瑞安的守军，也是自己收拾好军械向共军投降的，初时，宋以文听着心头滋味复杂，这会儿，也释然了，或者，自己真的该感谢那些不战而降的官兵。

入夜时分，珠江两岸灯光璀璨，爱群大酒店鹤立鸡群，光彩夺目，宋以文犹豫着，是不是等他们回来之后就赶去那里和宋安华过夜？再想到街上多抢劫，宋家伙计又能干，反倒是舰艇这边，各种隐忧。等到老韩回来，他才长松一口气。搬运上来的，除了补给，一半是各种衣料，冬天的厚重布料居多，看上去鼓鼓囊囊的。

李明诚低声和他说:“市面之淡，超乎想象，布料价格低得很，很可以赚一笔。可是，中华南路金铺一条街居然还正常营业，看上去生意不错。这城市，让人有点看不懂。”宋以文说了他听来的治安很乱街上明抢之事，李明诚道:“我也听说了。老头子近期据说也在广州，10月1日，北方建国，那日，他老人家带一帮政要去见个很有名的算命先生。再怎么准的算命先生，在老头子面前，恐怕也得颂圣，所以，算出来，广州能保住。你说，长江天堑都没能保住南京，如今拿什么保广州？明早还是快点儿离开这里的好。”

可是第二天一早，李明诚又带着老韩上岸一趟，近中午时分才回，又淘了很多宝来。宋以文本想去送一下宋安华，可又怕船上没人，更没有勇气再去送别一回，也就在驾驶室里登高远眺爱群的大楼，算是目送，心头悲凉。话说起来自己算是有齐人之福，可惜，两个女人都很强大，没有他，她们都能活得很好。倒是自己，如今时世，该如何自处，再往后，两个女人，他该如何跟随，他全无头绪。父母那边呢？他这个人的存在，对父母的生活，有什么大的影响吗？

拖到午饭后，船才出港，珠江两岸风景缓缓退后。李明诚说道：“我好像已经听到广州北边炮声隆隆了。”宋以文侧耳倾听，除了江风，就是江畔隐约市声，也就一笑而过。过南澳、东山、金门诸岛海域之后，又是一组岛屿：南日、海坛、马祖，此后，就是他每回经过都要心酸的南麂列岛，过了之后，逶迤一列渔山列岛和六横、桃花诸岛，舟山到了。本来，这些小岛组成的弧形岛链是一道防线，但现在，这防线已近于无。宋以文重新规划了航线，在大陆和小岛之间折中而行，确保舰只不会在两边的炮火射程里。

正过南麂列岛，舰头剖开海面，近舷处，白浪翻溅，一枚枚白牙一般，宋以文的眼光从那里离开，不能久盯一处，盯久了，熟悉的东西也会看出怪异来。蓦地，他想起那日从基隆到台北的火车上，与他对视良久的那只老鹰，它盯住他，把它的眼神钉进他的眼睛里。宋以文抬头看天，积云重叠，远方似乎隐隐有雷声了，等他觉察背后左右站着两个人的时候，已经迟了。

第十九章　在地愿为连理枝

游行，满街都是人。李丽云也在游行队伍中。她并不想参加这个游行。她想不想和她能不能拒绝，是两回事情。她可以说生病了，比如发烧，拉肚子，但这样的理由，或许会让她陷入不安全的境地。她需要安全。环顾左右，多的是和她一样茫然无措的表情。

他们在庆祝登步岛大捷。已是11月，寒意初起，李丽云跟随着游行队伍，越走越冷。潘绮珍在身后悄悄说道："打一次胜仗，就要这样大张旗鼓，多不好！"李丽云纠正她说："是两次了。"

"那么，大海，真的可能是一道屏障吗？"潘绮珍问。李丽云并不答。

上个月，金塘、六横、虾峙、桃花另加几个李丽云叫不上名字的小岛，都已经易手了。战败的消息，在李丽云，都是刘仲瑞带来的——他为此忧心忡忡。可是，听潘绮珍说起王天锡的反应却是另外一回事情，王天锡并不为此难过，没时间难过啊，他现在最想的是怎么安排他们自己的将来——他们在中秋后就结了婚，“国”，无论怎样，是保不住了，那么，先想着怎么保家吧。

道旁不时闪出一两棵桂花树来，此时，满城桂花尚盛，游行队伍中，在口号的间隙里，“啊，桂花真香啊”，“我想吃桂花年糕”，“桂花汤圆才好吃”。女孩儿们说的也是桂花。战火就在岛的边缘翻飞，但女孩儿们看不到。

潘绮珍凑上来说：“等一下散了，跟我回家吃桂花年糕吧？张伯要给新桂花挪地儿，最近老是给我们吃桂花年糕，是去年的糖桂花，可香了。”李丽云摇头道：“我得回家做饭。我爹最近忙得脚不着地。这个时候，居然还有买家，可见很多人对未来是看‘多’的呢。”

潘绮珍在身后就不响了。李丽云揣测她的沉默，在潘绮珍的世界里，做饭，是下人们的事情。

游行比预计的时间更长，从午饭后一直到近黄昏，在近家门的地方，有人偷偷溜出队伍回家，慢慢地，就一个一个散了。这说起来没什么错，是到放学的时候了。李丽云跟着人群，在接近芙蓉洲那里，队伍一下子散出去七八个人，李丽云也趁机溜了。

到了门前，她从随身坤包里取出钥匙，正要把钥匙插进锁孔，门却自己开了，刘仲瑞在门后带笑看着她，说道：“我已经倚门读书好一阵了，有那么两回，我都快开错了门。”李丽云拿过他手里的书，翻了一下，是英文书，她不懂，如果她上的是昌国中学，那就不一样了，他们的英文学得好，听说他们的数学课本都是全英文的。刘仲瑞关了门，从背后抱了李丽云，嗅着她的后脖颈，说道："一股桂花香呢。"李丽云怕痒，抽身出来，笑道："游行走出一身汗，还香什么香啊，你闻到的是隔壁院子里的桂花香。"

李丽云洗了手脸，待要去换身衣服下厨，问道："今晚不走了吧？我赶紧把晚饭做出来。"

刘仲瑞道："刚路过饭店，我索性叫了几个菜，你进门前就送到了，这会儿还在食篮里捂着。我过三个小时就得回去归队。"

饭菜摆出来，五香牛肉、白切猪肝，再加拍黄瓜拌花生米、盐烤大对虾，热菜也就一碗芋头蒸咸肉，也已半温，好在一盆扬州炒饭捂得严实，还是热的。两人对坐吃饭，李丽云默默想，刘仲瑞果真是北方的胃。

刘仲瑞扒了几口饭，说道："陈队长也不听我最后回话，就把你的眷属证给做了，我刚进来放在你桌上了，记得收好。我如果有什么事，眷属会有笔补贴，他们会来找你。凭此证，你可以去台湾。万一你没着落，也可以凭此眷属证去香港找我妈，她的地址，我已经附在证件后面。你没法从广州走了，广州已经失了，上个月，首都就迁到重庆了。要走，你也只有从台湾走了。"

李丽云停箸道："我只祈求，目前这面上的平安能维持到明春，要是跟往年一样，明年五六月就能派到教职，那么，到七八月，我就算有职业的人了。在这之前，我真的哪里都不会去。我又有哪里可去呢？凭张眷属证去你母亲那里，她或许会把我当成骗子——我自己也会把自己当骗子的。把眷属证当通行证去郑景润那里吗？他存在我这里的银圆，我已经托你的朋友给他带回去大半了，剩下的厚重冬衣，飞机上带不方便的，我会托山山爸爸带去。都交给他了，我们也就完了。到现在，他也还是没有给我写信。我和他，并没有夫妻之实，就连订婚，也就只请潘绮珍的父母做证了一下，并无别的仪式，从传统仪轨上来说，什么都不是，他想拉倒，那就明说，犯不着这样拖着。万万想不到，居然他是只大鸵鸟。”

刘仲瑞认真听着，沉默了好久，才说道：“无论怎样，我的东西，你都自己留着，不用给我母亲，也不必留给军方。现在，你看，在军方角度，你已经是我的女人了——当然，实际上，你是自由的。我活着，我不会丢下你一个人的，我巴望能和你一直在一起。万一我没了，凭这眷属证，不指望军方，我会托付朋友们关照你，会托付妈妈照顾你——我妈妈她总是有办法的。”

李丽云恨道：“童言无忌。叫你不要说，你偏要说个不停，还说这么西化的句式，颠来倒去的。我得再想想。而且，你知道，我想要的就是自己养活自己，我一定会自己挣扎着过的。”

两人依旧归于无语，没有汤，菜都干干的，着实难咽，李丽云想起身烧个紫菜虾皮汤，却又懒得动弹。过了一会儿，李不言开门进来，手里提着一篓螃蟹，忙忙进厨房里蒸上了，又开锅烧了一大盆蒲瓜蟹子羹盛了出来。三个人埋头吃。刘仲瑞笑道：“饱食这一顿，才觉得此刻是在人间。”李不言也叹道：“这些天奔来跑去，说是帮人卖房子，折腾了几日，才出手了一套。再好的房子，厨房不开火了，就冰冰冷冷，不成模样。这人间，说的就是人和人热乎乎在一起吃顿热乎的。”李丽云笑道：“这时候没人买房子，才是正常的。您也不要去瞎折腾了，外头也乱，不如多待家里。”

“待家里哪里有活路？外面跑着，才有机会，要不，真要喝西北风的。”

“再坚持坚持，到明年六七月，我就能养家了。”

李不言叹道：“总是我没用，才逼你把自己当男儿看啊。”

李丽云轻笑一声，说道：“靠谁，都不如靠自己。我也就这点小志向，靠自己混口饭吃。”

刘仲瑞苦笑道：“一家人，还是不要分你我的好。”

饭后，刘仲瑞拉了李丽云在他房间说了会儿话，说另外一架去上海的侦察机差点被击落，因为飞行员太嚣张，飞得太低了。李丽云拿手指梳着刘仲瑞的头发，说道：“你务必飞得高一点。”刘仲瑞把头埋在李丽云的胸前，闷声说道：“我已经在起草申请，瞅个机会递上去，我要离开军队，再谋生路。一半是为我自己，一半，算为你。眷属证这样的东西，究竟也不可靠。我想成为你的依靠。”

李丽云的胸口被他的气吹得一阵阵热，她不说话，只是一下一下继续梳理他的头发。

刘仲瑞拖到最后一刻，才从她的身边离开，跑去归队。李丽云关了院门，还是回到刘仲瑞房间，取了一本英文书，捧了英文字典来，试着读一页，每一行至少得查四五个单词，索性就读字典，从A开始，一行行往下读，倒觉得十分得趣。

她必须得看书用功，否则，周遭的安静会吞没她，她的心是空的，她的身体也是空的，那些无形的静寂会涌进来让她窒息，这用功苦读，就是一道屏障，在她的身心周围筑起一道墙来。渐渐夜深，邻家的桂花香味越发浓了，厨房里的螃蟹气息也混在里面，是一种富足的味道，可李丽云知道，那只是错觉而已。不远处还是隐约有哭号和抽打声，如果李丽云足够大胆，她一定能循声找到源头，可她不敢出门。

每一天，在学校，李丽云的言行都被拘在一个她自认为安全的区域里，学校里的每一天都那么难熬。熬到星期天，放松的感觉就特别强烈，李丽云一早起来，准备将这一周盘好的纽扣送到潘家布店去。街上热热闹闹，简直有烈火烹油的气势，南货店、小吃店、照相店、打金店看着都顾客盈门，就是南门外的丧葬用品店，也人来人往，仿佛阴间也如这阳世一般热闹。

布店里也一样热闹，十多个顾客在那里挑货色。小梅嫂那个角落，挂着一排冬衣，看着是旧货，款式和质地，却是上乘的。潘绮珍正在埋头算账，见她来了，示意她自己进柜台来。李丽云站在柜台里看店铺，角度一换，看起来不大一样，店门全开着，外面的街道和店堂，就隔着矮矮一道门槛，两处似连在一起，街上的每一双脚，好像都可能进店来。她隔着潘绮珍的肩膀，看她分栏加加减减，心想，她这不是在做作业，她在做生意，潘绮珍有自己的世界。

小梅嫂停了裁剪，过来和李丽云说："这回还要请你盘些棉袍用的扣子，里面衬点棉花，近领口那枚，要有胸针似的效果。"李丽云笑道："好的，小梅嫂，你给我图片，我琢磨去。"一边就把手上一包纽扣给了她，小梅嫂一迭声谢了收下。李丽云又问："那排冬装，不像是新的啊。"小梅嫂回道："是个空军军官夫人送我的，说东西太多带不过台湾去，都是欧美的款式，出国时外面做的，丢了实在可惜，送我让我做个衣服样子。我已经取了样了，挂它们出来，有人看中的话，也卖了。"

李丽云道："我也有几件还像样的旧衣服，这几天我拿过来让你看看。"

潘绮珍合起账本，向李丽云笑道："这衣服的估价，还是托王天锡找人估的，你道这人是谁？就是你家的刘仲瑞。王天锡说人家手里吃的用的穿的都是好东西，还不能说人家奢侈，因为这就是他家的日常啊。"

李丽云道："是王天锡谦虚吧，他不是什么都知道吗？跟你一个样。"

潘绮珍捶了她一拳，锁了账本，拉着李丽云坐上了家里来接她的黄包车。看着街市，潘绮珍说道："你看看这热闹劲，我真的不相信，我们已经是个孤岛了。这里的人，也都知道吧？"

"知道了，又能怎么样？走得了的，有几家呢？"李丽云淡淡说道，

“走得了，相信自己在异地能立起门户来的，又有几人呢？还有，就是这么想：打仗，那又怎样？反正仗会打完的，该怎样过日子，就怎样过日子，我们老百姓，总是过自己的日子。”

“说实话，我真这么想的，所以，你看，我就各种拖延，总觉得还不到走的时候。王天锡天天催，他们空军看到的多，知道不乐观。可我总是呆想，你看，先头那些小岛上驻军少，所以败了，登步岛不是赢了吗？那是海陆空全上了。我们这个岛上海陆空防线更齐全，难道会守不住？王天锡跟我说了一通补给线如何如何，总之，没我想的那么简单，按他的想法，是趁能走脱，早日走。”

车到潘家，潘绮珍一定要拉李丽云一起吃饭，李丽云说没和父亲说怕他担心，潘绮珍说：“这有何难？”她转头跟车夫说：“麻烦你跑一趟张家弄一号吧，你上回去过的，跟那里的李老爷说，小姐在我家吃饭了。还有，如果有位刘先生在，就请了来，一起来吃个便饭。”李丽云待要阻挠，可车夫已经跑走了。李丽云只好说：“何必呢？大老远叫人去跑个来回。”不由分说，潘绮珍拉她进了门，李丽云走在甬道上，心头一阵酸楚，只隔了一季，却恍惚隔世为人。

进了饭厅，王天锡早在那里等着了，一个人在打棋谱。潘绮珍跟李妈说：“跟厨房说一声，添三四个菜来。”李丽云道：“不必啊，添一双筷子就成。”潘绮珍笑道：“你却不知，今天为庆祝胜利，王天锡他们都放假一天，那刘仲瑞这时候肯定在你家里，车子一去接，也保准来。”

李丽云哭笑不得，却也无可奈何，潘绮珍自去换衣，李丽云索性坐下来陪王天锡走棋。第一局打了平手，王天锡才坐挺了，第二局走到一半，刘仲瑞被人领着进来，立在她身后看棋。这一局，李丽云输了，王天锡笑说："承让承让，李小姐真的是在让我。"他抬头跟刘仲瑞说："你没看到，第一局李小姐杀气腾腾，女王一般。"刘仲瑞道："两军对阵，下马威，那是必须给的。"潘绮珍在旁说："果然，一家人不说两家话。"

李妈锐利地看了李丽云一眼，李丽云装作没看见，只看着王天锡说："要不要再来一局？"这一局，最后一子落下，刘仲瑞笑道："丽云赢了。"王天锡一看，果然自己的帅被将死了，笑道："这招声东击西，妙。"

潘绮珍催入座，说："天锡，快撤到饭桌上来，他们家聪明得不得了，我们不跟他们玩了。"

刘仲瑞也就笑笑，虽是初来做客，却全无局促之感，李丽云跟着多少也自如些。他帮李丽云拉开椅子，等她坐定了，他才在她的下首坐下。在家吃饭时，李丽云从没有观察过刘仲瑞的吃相，现在坐在明晃晃的吊灯下面，一举一动都似乎放大了，才看到刘仲瑞用餐的优雅。开头潘绮珍说话还有些夹枪带棒，刘仲瑞并不接招，只和王天锡感叹时局，说道："登步和金门这两战之后，对方明了目前制空权和制海权还在我们手里，那么总有段时间安稳，只是不知道能撑多久。"

潘绮珍回头跟李妈他们说："你们都先去厨房吃饭吧，这里有我。"

王天锡说："我并不乐观，总在催绮珍快去台北。近日在联系宋夫人，她原先说能帮着找学校，也能帮着找店面，绮珍在那里先落脚了，我也好放心些。可是奇怪，去找的人来说，宋夫人和女儿突然走了，说是去香港还是去美国了。我隐约觉得，这其中，不知道有什么变故。”

潘绮珍说：“宋老师上个月去的美国，这个月宋夫人也去了，怕是去会合了。”

李丽云摇头道：“宋夫人怎么可能愿意去会合？真怕其中有什么变故。”

潘家自酿的米酒，李丽云本就喜欢，潘家夫妇又不在，席上并无拘束，且心头万千滋味，李丽云多喝了两杯。饭后，依旧车夫送他们回去，车夫拉上了篷，待要放下帘子，刘仲瑞说：“不用放，我们看看街景，您跑起来也轻便些。”深秋夜风，已有凉意。刘仲瑞伸出一条手臂搭在李丽云腰后，上桥下桥颠簸时，用力扶住她。刘仲瑞轻声道：“等下个休息日，我想办法弄辆车，带你看红叶去。我看到一处乌桕林，就在城北，红叶很美，我飞过那里的时候想着什么时候带你去看。”李丽云有点喝多了，凉风一吹，有些反胃，也就点点头，并不说话。刘仲瑞也沉默下来，一路无语，到了之后，李丽云看他赏了车夫一个银圆，车夫自然千恩万谢地去了。

进了院门，李丽云一阵反胃，吐了，慌得刘仲瑞倒水抚背，好一阵忙乱。李不言进来看看自己插不上手，就说了句：“赶紧早睡吧。”自去歇息了。李丽云洗漱了，换了睡袍，出来靠在刘仲瑞床上，看他在那里整理上次从驻地带出来的箱子。刘仲瑞把衣物摆放落位，最后从箱底里取出一只发箍，递给李丽云，和上回李丽云戴过的那只类似，细细的一条碎钻带子，就是正中多了一圈红宝石，镶嵌成心形，比之更夺目些。刘仲瑞说："我妈妈钟爱首饰，也爱拿首饰送人，她把这个给我，说好让我送女朋友的，说'觉得关系固定时送吧'。这个，和眷属证一起出示，我妈绝对会认你。"

李丽云拿在手上，细细看了，说道："那，你以后拿什么送你的真女朋友呢？"

刘仲瑞在李丽云身后塞了个枕头，苦笑道："我说什么，你都不信。你就看着吧。"

李丽云把它往头上戴了，刘仲瑞从桌上拿了面小镜子给她，李丽云朝镜中一看，里面真有一个明艳的人儿，她朝自己笑了一下，刘仲瑞也凑过来，贴了她的脸，李丽云仔细看镜中那两个人，青春年少，眉眼含情，暗想，我还以为自己苍老得厉害呢。

刘仲瑞对着镜中那两个人说："下个月我们会有个迎新舞会的，我们一起去。"

李丽云沉吟了一会儿，说："我们先拍张合照寄去伯母那里，看看她怎么说。"

刘仲瑞立刻说："我们明早就去。"李丽云看他眉眼当中都是喜色，心头一暖。

次日早餐桌上，刘仲瑞问："爹爹这个月的钱够花吗？这物价飞涨的。”

李不言苦笑道：“我就是买个生煎包子，也要先去预付了钱，否则，等我买好菜回来，价钱又涨一截。”他看看李丽云，又摇着头说：“丽云这孩子心实，郑先生存在这里的银圆，她都托你那朋友带回去了。自己倒接了批手工活来做——大清早，布庄伙计就送过来盘扣子的布料了，我接了，放在客厅里。那，能挣出几个钱来吗？”

刘仲瑞扳了李丽云肩膀过来，说：“真的吗？”

“晚上做完作业后，我横竖无事，就盘一些衣服扣。又不辛苦的。我手艺好，布庄里的裁缝小梅嫂央我做的呢。”李丽云笑着说，“以前也一直在做的，又不是这一阵才做。这些年，除了做手工，还做家庭教师，连保姆，也是做过的。”

刘仲瑞叹口气，跟李不言说道：“爹爹，过会儿我就给你些钱，以后，每个月初我都会给。家用不够了，你跟我说。台湾米，我已经托了人去买，这几天会送过来。”他顿了顿，又说：“今天我和丽云会出去拍个合照，寄去我在香港的母亲那里。我们这样先做决定了，没和爹爹说，是大失礼。爹爹原谅。”

李丽云呆呆看着他。

刘仲瑞低头继续说：“我总怕我会有个万一，所以，话说得直了。我得给丽云留条后路，如果我不能照顾丽云了，我的家族可以照顾她。我相信我母亲，她是那种无论在什么地方都能想到办法来帮你的人。”

李不言长叹一口气，说：“儿女长大了，自己做主，没什么大不敬的。这事情，我知道了。也谢谢你告诉我，我好心里有数。”

李丽云恼了，转头向刘仲瑞说道：“你这人！这样不吉利的话，唠唠叨叨，说个没完。”

刘仲瑞抬头笑道：“这是最后一遍。往后不多说了。”

他们在南珍桥附近找了家最大的照相店，拍照的人多，等了好一会儿。李丽云对着镜子梳了好几遍头发，刘仲瑞帮她整理了肩颈处的衣服皱褶。她穿的是林小姐留下的一条连衣裙，走的是温婉路子，大致不会出错。坐到补光灯下，李丽云看着照相机，有一刹那的头晕，仿佛那镜头里有一双老妇人的眼睛，她稳了心神，抬起眼睛，坐正了微笑着迎向镜头，刘仲瑞的肩膀，就在她的腮边。说好了加急，明日来取，刘仲瑞才放心离开照相馆。

回到家里，李丽云写作业，刘仲瑞偏要挤在她身边写信，倏忽信成，先报平安，余下就都是向家里托付李丽云之意：“儿久慕李丽云小姐，本该有盛大订婚仪式待之，然时局如此，一切从简，唯合照以示诚意。儿不孝于父母，亦怠慢于丽云，深感不安，恳请父母体谅，悦纳丽云为家人，儿将感激不尽。”他又将香港家里的地址并电话号码抄了一份，让李丽云藏好。

刘仲瑞正色对李丽云说：“相信我，从她收到我信的那一天起，你在这世界上就多了一个妈妈了。”

李丽云眼眶一热，说道：“谢谢你，仲瑞。”

第二十章　总把新桃换旧符

连着三次，李丽云交上去的作业，数学老师都潦草批回，明明对的，都批她错，起初，李丽云以为黄老师是嫌她步骤不够周全，可是，这一次，她已经是把步骤都写到极致周全，老师还是批她错，这，难道是一向以教学严谨著称的黄老师的风格？李丽云满心疑惑，期末将近，如果据此判平时成绩，分数肯定高不了，索性又逃了一节社团课，去了黄老师办公室。黄老师见了她，说："你来了。"倒上一杯茶给她，又说："就等着你来找我呢。"

李丽云惊得说不出话来。

"社团课姜老师说，社团课的考勤表里，你已经逃了三四节了，他说是不是该给你判个思想不求上进的评语。我就跟姜老师说，你最近的数学有了点麻烦——我让他看我给你作业上画的叉叉。那些逃掉的社团课，都是我让你来补数学呢。"

李丽云愣神半天，她觉得自己已经足够配合，没想到，人家却还嫌她配合不够。也就道了谢，准备告辞出来，未料黄老师又说道："五人连保的事，学校要上报未具保学员名单，我看到你名字了，我说你已经保好了啊，和潘绮珍、林启宇他们一组。我晓得他懒得复查的，看着他把你的名字给去了。"

"潘绮珍已经具过保了？"

"是啊，他们那一组，就是我们学校数得出的几个有家有业的，听说是先有了林启宇他们四个，又拉了潘绮珍进去的。潘绮珍真还说过，那把李丽云也一起保上吧。林启宇答应她的，过后，林启宇没找你吧？"

李丽云摇头，说："我能理解林启宇的，毕竟有个万一的话，都是性命攸关的事情，谁愿意给自己惹麻烦呢。黄老师您这样一再帮我，我却不知情，实在惶恐呢。"

黄老师道："好学生，哪个老师都愿意帮的啊。这两件事，不过是我凑巧碰到了，也就顺手做了，不足挂齿的。"

李丽云轻声道："实在受不了社团课教的那些歌啊。"

黄老师跟着也笑了，说："真受不了啊。战场上一败再败，如今连西南都丢了，成都也失了，就剩下海南岛和我们这些沿海岛屿了，可还让我们的学生蒙在鼓里唱胜利歌曲。"

李丽云不敢接话。这些战况，刘仲瑞也告诉她了，失成都，就是这两天的事情，连刘仲瑞告诉她，也是叮嘱要保密的。刘仲瑞一再问她，战况如此，你真的执意要在这里等到毕业吗？李丽云这会儿也问黄老师："那，战局如此，我们这一届，还能顺利毕业吗？"

"能！为什么不能？我们这所学校，贫寒学生居多，即便新政权打过来，也不怕——不给贫寒学生毕业那它给谁毕业啊！"

李丽云吃了一惊，也不多留，拿着作业本出来，正好碰到社团课的姜老师，他是这学期从县政府的政工部门来的，却也认得李丽云，一见她就说："数学补习得怎么样？社团课，我这边要点名的呢。"李丽云道："再补几节课差不多了。"

"下节课就来上吧。"姜老师笑道，"李同学你是很惹眼的人物呢，你不在，总有几个同学问，李丽云呢？搞得我都不能故意把你漏记啊。"

李丽云也笑了，说，一定，一定。回到家，依旧惊魂未定。

傍晚时分，刘仲瑞来了，手里提了一包水果。一直说是战事紧，已经说了一个多月了，也有点疲了，渐渐地，也就恢复如常，早出晚归，正常轮值。三个人围坐吃饭，已有月余，是家常气息。李丽云有时候恍惚，仿佛这样的日子已经过了很久，还能一直过下去。桌上闲话，刘仲瑞说："今天我飞了一趟上海，在先施百货公司上空盘了一圈，那塔楼还是老塔楼，街市上一样密密麻麻人头，我却不能降落，好像这世界是假的一般，我抬头看看太阳，莫非这太阳也是假的？差点就往下坠了。"

"我去过那里的戏场，"李不言看了看李丽云，还是往下说，"大冬天，整个楼都暖乎乎的。日本人的飞机炸掉它好几层，就这摩星塔塔楼还留着，你们的飞机，不会再炸了它吧?”

“哪里会啊?”刘仲瑞笑了，“据说总裁在舟山驻那么多军，是在候着，一旦有机会，就把上海再夺过来。要是炸了不该炸的，恐怕还会被怪罪呢。我飞去那里，不过是侦察罢了，欺负他们没飞机，就敢堂而皇之飞进飞出。”顿了顿，他又黯然道，“自然，轰炸指定的目标肯定有的。比如，炸十六铺码头，这个，肯定要误伤人的。”

桌上静下来，默默吃菜，过了会儿，李丽云又说道:“哪天他们有飞机了，也不会先来告诉你，你还是要小心些。既然是侦察嘛，那就该悄没声儿的，别让人觉察才是。”

刘仲瑞连连点头。那天陪妈妈去上海的情形，李丽云以为自己差不多淡忘了，可这会儿却突袭上来，怎么从十六铺码头上的船，忍着饿搭电车又迷路，再往下，她不肯去想，可憋尿的感觉还是来了，李丽云放下筷子，默然离席。

刘仲瑞也跟着出来，说:“以后我不在饭桌上说任务了，唉，我说它干吗?”李丽云说:“我知道你执行任务后想想难受，这样说说也好的。我刚才是想妈妈了，我小时候陪她去上海，各种不堪，想来难受。我也不想说给你听，因为一说会更难受。”

刘仲瑞沉默了一会儿，说:“我母亲回信了，还有个邮包，是给你的项链。说这串珍珠每一颗都是野生的蚌里剖出来的，又是近正圆的无瑕好珠，看来，看了照片，她就非常喜欢你。”

他拉着李丽云进了房间，往她的脖子上挂了那串珍珠项链。李丽云摸着珍珠，它很快就有了她的体温。李丽云笑道：“这么贵重，要么还是你收着吧？我也没什么机会戴的。”刘仲瑞道：“给你的，我也不敢留啊。小心收着吧。”刘仲瑞爱怜地看看她。夕阳余晖下，半院子金黄，细细沉沉的光，李丽云看着，眼睛一热。

12月一到，岛城的天气，一日日就是隆冬样子，寄存在潘家布庄的冬衣，也有几件脱手了，价格也还过得去。手工盘的扣子，她已经送过去两批了，小梅嫂给的手工价，也不低。她把这些银圆收起来，放在床头的暗箱里。她并不准备置办自己的冬装，林小姐留下的，够她穿了，虽然，穿这些衣服的时候，李丽云也总有些恍惚。

她的心思，都在准备过年上。自母亲走后，她就觉得过年只是人家的事，与她无关。前两年，她都是在学校寝室过的，和门房老伯一起吃的年夜饭，两个人静静地听着人家的鞭炮，在煤炉里烤芋艿和土豆。桌上也有一尾鱼，还有个猪蹄髈炖黄豆，怎么样都是过年，要有鱼有肉。今年和往年不同，有自己的房子，自己的男人，还有浪子回头的父亲，一定得好好过个年。她在她那张宽大的桌子上，为此列了个长长的单子，从灯笼春联插花，到鸡鸭鱼肉，怎么祭灶怎么掸尘怎么谢年，她有很多需要去向父亲请教的。

学校里放了假，李丽云的采购计划，也好从容进行。那一天，她出门去买了些甜甜黏黏的祭灶果，又买了两条鳗鱼，预备剖了挂在风口里，一只篮子装得沉甸甸的，提得手酸。刚进门没多久，有人敲门，李丽云从门缝里一看，是个穿黑色长衫的中年陌生男人，她正寻思着要不要出声，那人却在门外轻声说道："李小姐，是宋舰长托我来的，你快开门。"

李丽云猜到了几分，更犹豫该不该开门，不料李不言正好也到门外了，李丽云只好开了门，让进客厅坐了。

"宋舰长一家怎样了？"

"宋舰长带着舰只投诚了，海军方面为稳军心，拼命掩盖这个消息。他们可能已经找过潘家问宋舰长和谁来往，但肯定不会明说此事。我们的人第一时间把宋夫人和孩子带到香港，下一步，他们一家会在那里会合。"

"原来，宋舰长是你们的人啊。"

"怎么说呢？"来人笑道，"也是，也不是。"

李丽云猜度着，却也不想多问，也就静听来人继续说道："宋夫人托李小姐和潘家分成，说钱可以依旧放在潘家，但账，希望李小姐帮着理明白。宋舰长想托李小姐保管一笔钱，那是宋府这两年的日常费用，宋府管家会来和你商量家事并支用这些钱。说得再直白点，就是想请李小姐打理宋家的财产，作为回报，宋舰长想给李小姐工资，具体多少，请李小姐自己提出来。"

"宋老师他们家，不会受到牵连吗？"

"我们也第一时间知会了宋老师和这里宋府的管家。所以，等调查的在美国找到宋老师时，宋老师说，她是和宋舰长决裂，才远走他国。管家也说他这边的运营，和宋舰长毫无关系。该做的事情，我们都做了。目前来看，对方并没有疑心宋老师家这边。”

李丽云道：“你们为什么这么信任我？”

“我们考察过你，李小姐的立场，应该是和我们在一起的，而且，够机智，也够爽利。”

李丽云摇头说道：“请转告宋舰长夫妇，这些事，我一个小女孩子，实在做不来。至于我的立场，更无从谈起，我就是一个循规蹈矩的良民而已，先生不必揣测我，更不用花力气考察我。”

那人站起身，说道：“我姓莫，一个跑单帮的，如有人来向你问起我，你就说我今日是来托你父亲租房子做仓库。”

莫先生道了声扰，站起来，却从怀里取出一封信来，李丽云展开看了，认得是山山的字，是一封写给她的信，请她“一定帮帮妈妈”。李丽云眼眶一热，说道：“在潘家的分成，我会和潘家去算，理出账目备宋夫人以后来结算。宋家那边，还请另请高明。”

莫先生笑道：“李小姐果然仗义。宋府那边的事，我来应付吧。如果你有什么事情找我，也可以去宋府留言。”

莫先生拱手告辞，李丽云抢先一步，看了巷子两端，才让他出了门，迅疾悄声掩门。李不言拿了桐油来，把门轴又上了一遍油。

这事情，父女俩每想起都有点后怕，这之后，逢刘仲瑞敲门，他们俩都要听清楚了声音才开门。他们都没对刘仲瑞说起这个事情。倒是李不言嘀咕了几回：“宋舰长干吗这样托付你呢？”李丽云听到第三回，她反问：“你以为呢？”

李丽云去上社团课，听政工干部说当前形势，不是说国内大范围的，却单说舟山目前的形势，说得舟山是个独立王国似的，现状稳定、前途光明。李丽云木呆呆地盯着认真讲课的那人，心想不知道他自己信了几分。潘绮珍也来上社团课，坐李丽云身边，这让她俩都舒服些。潘绮珍问她在忙啥，她说自己在准备过年，潘绮珍说："过年得做套新衣服，你家老老小小都来一套，你带他们来量尺寸呢，还是我派个小裁缝上门？"李丽云笑说："没打这预算呢。又不是小孩子了，衣服够穿就好了。"潘绮珍说："我不收你钱啊。对了，听天锡说，从前刘仲瑞对他们在赚的各种外快都全无兴趣，摆的是世家子的谱，现在，也开始接地气了，他对珠宝特别内行，他现在开始帮人鉴定，也做倒手的生意，这生意，得拼人品，他的人品不错。"李丽云呆了一呆。

过了两天，正好是刘仲瑞休息的日子，潘家布庄上来了裁缝，量了他们三个人的尺寸去。"经理说了，布料和款式，都由她来定，到时候给你们惊喜。"李丽云有点哭笑不得，但那真的是潘绮珍的风格，也就由她去。总以为是旧历年前才会送到，不想，新历年前，伙计就送来了。刘仲瑞和李不言，都是一套呢料西装，李丽云的，是一件白绸料子公主领的西式晚礼服，外加一条藕色的羊毛披肩。刘仲瑞对着这裙子直呼："太梦幻了！"

迎新舞会，李丽云本不想穿这裙子去，刘仲瑞说她："不舍得穿啊，是想留到结婚吗？结婚的时候，我们会穿那种蕾丝长裙的。这裙子啊，还是适合新年舞会的……”李丽云笑道：“不是不舍得，是太梦幻了，其实，我是很务实的一个人，跟这裙子不搭的。”可是她挑来挑去，还是穿了这条裙子去，配了东珠项链和钻石头箍，镜前一站，镜中真的有个公主。刘仲瑞也穿了新做来的西装，这呢子带点闪光，长长的燕尾，也像是为这舞会做的。及至穿去舞会，李丽云才晓得这裙子也就平常，女士们在迎新夜穿的衣服，确实和平日里小舞会上不同，一个个流光溢彩，她甚至暗想，会不会是刘仲瑞托潘绮珍做的呢？他看过她所有的裙子，知道无论穿哪条来，都与这新年舞会的气氛不配。但无论如何，李丽云清楚自己还是舞会中的一个焦点，刘仲瑞也很为此自豪。在投射来的目光中，李丽云想起了比她更秀丽的妈妈，凭妈妈的美貌，她是否有能力甩掉那个根本不把她当回事的男人重新开始自己的生活呢？那么，或许，她就不会这么早逝。祖祖辈辈，规定了一个好女人应该怎样怎样，妈妈就在这个规定里活着，但似乎没有谁来在意她活得好不好。可是，妈妈到哪里去找份职业呢？难的。就是她自己，如果毕业后不能分配个职业，她和妈妈，又有什么区别呢？

潘绮珍舞会中场才到，想是从店里直接来的，身上还裹了件长呢大衣，脱去大衣，里面也就一件合身的旗袍，乍一看，那架势，宛如一位成熟的妇人。李丽云走到她身边，笑道：“你把我打扮成这样子，你自己却穿得这样朴素，什么意思？”潘绮珍笑道：“我已出嫁，你还未婚，身份不同。”李丽云摇头笑道：“我知道你很贤惠，可不要太贤惠啊！”潘绮珍笑着扳过李丽云的身子，从上到下看了好几遍，叹道：“真是个美人儿啊！”李丽云支起她的公主领，装出一副声讨的样子，笑说：“你看，你给我这么个精怪样的领子，是何居心？”潘绮珍笑着躲开，和王天锡见了几位长官，跳了两曲，就走了。李丽云这才仔细看舞场上的那几个年轻女孩，谈笑间，眉目里，似乎都带着一些风尘，她猛一激灵，跟刘仲瑞说：“要不，我们也走吧？”

他们从红房子走回张家弄，夜风冷，他们各自裹紧了身上的呢大衣，刘仲瑞问道：“辞旧迎新，这日子适合求婚吗？”李丽云恼道：“哪有拿求婚当说笑的？再则，辞旧迎新，我们这边总还是讲究在过年时节。”

刘仲瑞不晓得自己哪里惹她不高兴了，也就讪讪说：“那就等旧历年吧，我也不急。”李丽云只气咻咻在前头走得飞快。

过年的气氛，是从腊八开始的，城内各庙宇开始施粥，李不言一大早去祖印寺排队，在李丽云早饭前归家，摆上饭桌，这粥，还是热的。“我自己做的随身小饭盒就是保温！”李不言有几分得意。李丽云跟着马上夸了他。近段时间，李不言弄到了一板车木柴和两板车柴火，让刘仲瑞跑了一趟克难乡，一起装了来，把他睡觉的房间塞得满满登登，他也得意，因为，最近城里不独粮食紧张，烧火用的柴火，也难弄到，而这两样，他都有，实打实的就在眼前。

二十三祭灶二十四掸尘，李丽云照着做了，她还浸了糯米，拿去磨坊磨了粉回来，李不言的糯米酒也做成了。定的是廿六谢年。父女俩手忙脚乱杀了大白鹅，放出血来，用大锅煮了热水拔毛，又煮熟了条肉，擦亮蜡烛台和香炉、酒壶，备好鞭炮、茶叶，忙得连晚饭也只是将就扒拉几口。等到刘仲瑞回来后，将沙发茶几靠了边，又抬了厨房里的八仙桌到客厅，仔仔细细放供品。长生糕、桂花糕、状元糕、芝麻糕、骰子糕五样糕点，这是一排。粉丝、金针菇、香菇、油豆腐、黑木耳五样蔬菜，又是一排。一盘海盐垫底，五个鸭蛋围成一朵花，上面又竖了一个；两条鳞片闪亮的小黄鱼尾巴朝外；大红盘里装了大鹅与鹅血，另一大盘是条肉，肉背上都插了刀，条肉上放了大蒜；六条年糕是一盘，四方方一块豆腐也是一盘，上面都盖了红印；再加一碟酱油一碟糖，这也是一排。金橘、甘蔗、桂圆，是这里采办的，菠萝和香蕉，是刘仲瑞托人从台湾带来的，这也是一排。最后一排放了香烛，烛台下压了太平经，旁边竖了个用金箔纸扎的大元宝。最前面是六杯茶十二杯酒，也排成行备好了。

李丽云同着父亲又仔细对了一遍，方才放下心来，对刘仲瑞说："今晚早睡，明晨早起，我们看爹爹谢年。"李丽云说着，心头一阵酸楚。在她小时有记忆起，父亲回来谢年的次数也是有限，大多是母亲准备了供品，弟弟代父亲谢年，一套一套程序，母亲在旁指导，弟弟总是执行得细致又漂亮，母亲总会念叨一句：儿子长大了啊。

凌晨涨潮时分，李不言上了茶酒，打开大门，放了三个炮仗，开始谢年。他点了三支清香，到门外祝祷一番，进来插在香炉里，又点了红蜡烛，再次祈祷，感谢上苍这一年眷顾恩赐，祈求来年风调雨顺，给家人更多庇护，合家平安，身体健康。接着，隔半小时左右上酒一次，上到第三回，酒杯满，潮也快平了，李不言把供的经拿到院子里在经桶里烧了，还没烧完的香也引出插到墙角，回身到供桌上，每样供品都收集了一点点，连鸭蛋，也在壳上蹭了下，都放在一个小酒杯里，往屋顶上洒了，又去放了三个炮仗，才算礼毕。

李丽云站在自己房门口，看李不言忙进忙出，默默记下仪程。刘仲瑞穿着厚棉袍，陪在李不言身边，一道祭拜。李丽云看着他的背影，刘仲瑞的头型，极像弟弟。弟弟若在世，也有这么高了。她抬头看天，银灰天穹上，晓星在天际，光头淡淡的了。她裹紧了身上的棉袍子，转身回头间，镜子中像是母亲扑面走来，她吃了一惊，定了定心神，不过是自己平素不大穿这厚棉袍子，自己看着也陌生吧。她站在镜前看自己，看了好一会儿。

过年的日子，比之平日，到底不同，李丽云挑出一件玫红一件蔷薇红的呢子大衣，预备过年拜客时穿。其实，也没客好拜。这些年，和亲友们自觉疏远了，免得一上门就听他们哭穷——一定是防备她万一先开口的。但今年似乎可以去走动一下，这念头，也就冒了一下，又被她摁下去了。李不言也没有想去走动的意思，李丽云暗想他从前找吃的，连她寝室里的饼干也不放过，亲戚那里，自然也都去要过了，可以想见他得到的待遇。那么，明年过年去吧？那时候，她已经有一份教职了，亲戚们问起来，一切都说得出口。

虽是春节，刘仲瑞仍是照常出勤，连除夕那天也飞了两趟。李丽云看他忙碌，也就自己默默准备初一去拜坟头岁的东西，可还是漏了一句给他，说按本地风俗，她明早先去祖印寺拜菩萨，再到妈妈坟头拜岁。晚饭后刘仲瑞出去了一趟，回来就说已经请好假了。

初一凌晨的祖印寺，人头涌动，蜡烛一排排在寒风中抖着火焰，刘仲瑞道："这会儿我妈要么在铜锣湾的天后庙，要么在慈云山的观音庙，初一去上早香，也是我家传统呢。"顿了顿，他又说："我家从前还有家庙呢。"李丽云惊讶道："就跟贾宝玉家一样有家庙吗?"刘仲瑞笑道："不能跟他们家比规模，意思是同个意思。"李丽云也笑了，说："我们这个祖印寺，一山一宁也曾来此主持一段时间过呢，是普陀山观音道场的接待寺，也非凡品。"刘仲瑞笑道："那是，我家那是乡野小庙，这寺才是正宗禅林。"李丽云不好意思了，却也不知道说什么好，也就低头拈香拜。

他们在大雄宝殿前上了香，点了蜡烛，回家又歇息了一会儿，太阳方才出来，三个人吃了鸡汤年糕，带上供品，李不言特意叫了两辆黄包车，出城往南郊去。一路上，李丽云心头百种滋味，爬上山坡，每一步都有往日景象，看看身边人，更觉恍惚。弟弟的小坟，在妈妈坟墓不远，小小的一个土堆，都不曾给他立碑。李丽云指着给刘仲瑞看了，李不言在旁默默上供，不发一言。刘仲瑞蹲下，拔掉了坟上看着杂乱的草，说："下回我们带把砍刀来，好好清理一下。"李丽云说："那等清明来时再说吧。"刘仲瑞问："弟弟有照片吗?"李丽云缓缓摇头，说："有过的，妈妈藏得太好了，她过世得太突然，都来不及和我有个交代，后来，我整理遗物，就是找不到相片——我们家所有的相片，一张也没有。我怕将来都会忘记他们长什么样。”

李不言在旁说：“弟弟和仲瑞长得像，特别英俊。”李丽云看看他，并不接话，刘仲瑞忙说：“往后我要加倍努力活着，因为我的生命是双份的。”李丽云扯了他一下，说道：“别瞎抒情。弟弟是弟弟，你是你。”

回到家后，李丽云困得直打哈欠，简单吃点就想要午睡，刘仲瑞拉着她要再坐会儿，不要一吃饱就去躺下。他开了收音机，叽叽喳喳调着台，突然，一口浓郁宁波口音的官话突然响亮地飘出来，说着：“唯其如此，我才在高度的同情与关切之余，想方法克服一切困难，积极部署反攻大陆的准备。我和自由区同胞，在最近的将来，要用行动来拯救你们的。”刘仲瑞苦笑着摇头，说道：“如果真有反攻的能力，怎会溃败如此？这种自欺欺人的话，也就他自己相信吧。”李丽云也听出是谁的声音了，她问：“那，守住我们这里的能力，你看，有吗？”刘仲瑞笑道：“正月初一,一定要说吉利话，我告诉你，有的，我们这里有海陆空三军呢。”

到正月初四，刘仲瑞才轮到休假，他带了李丽云，给他们的陈队长去拜了年，送上了一串沉香手珠，说是普陀山和尚那边流出来的，陈队长看看收下了，说道：“迎新舞会上，李小姐艳惊四座，我们全队都印象深刻，仲瑞因此很受嫉妒呢。”刘仲瑞说道：“多承谬赞！队座说笑幽默呢，上回夫人来劳军，那大家闺秀风范，才让人过目难忘啊！”李丽云就在旁边微笑着，任凭他们在那里客套。

初四的街市，两边店铺还是关门的多，有几家在收拾打扫，预备着明日迎了财神好开业。刘仲瑞说：“天气晴好的时候，我从天上往下看，真觉得还是个太平世界。就像这会儿，你看，这街上，就是个平常的过年光景嘛。小老百姓，就是这样过日子，即便改朝换代，他们也只在意自己的小日子。”

李丽云笑道：“你身边走着的，就是这么个小老百姓呢。”

刘仲瑞也笑了，说：“可我有时候，总是忍不住要壮怀激烈。我要是只管我的小日子，这会儿，我该在美国，大学快毕业了。”

“你有后悔吗？”

刘仲瑞沉吟半天，笑道：“在这里碰到你，那就没有遗憾了。”

“我真的那么重要吗？”

刘仲瑞停下步子，看着李丽云的眼睛，长叹一口气，说：“很重要。”

李丽云垂下眼睛，低低说：“我很羞愧。”

刘仲瑞揽了她的肩，说道：“你说什么啊。你这样说，我也只好跟着说羞愧了。这世上，谁无羞愧之处？”

两人正要过状元桥，一个讨饭的踉踉跄跄从桥边小弄堂里跑出来，差点儿撞到李丽云，那人身上棉袄破得不成样了，就剩下几团烂棉絮还挂在那里，刘仲瑞快步上前把李丽云藏到身后。那讨饭的却也不停下来向他们乞讨，一径往前走。李丽云惊魂未定，说道：“你看他那脸，五官和表情，都清俊得很啊。”刘仲瑞说：“可能是难民，在这里流落久了，没钱，哪里也去不了，这里也待不住。当权的，已经顾不到救济一般平民了。”

“打仗吃苦老百姓。”

“那肯定是。”

年节的气氛，突然就没了。两人默默走着，在芙蓉洲路口道别，刘仲瑞自去归队，他黄昏时还有一次飞行任务，说好了完成任务后就回家来，给他留几个韭菜饺子。

李不言怕早烧了饺子皮会糊，不肯提前做好，在屋子里进进出出，清扫了一遍，把垃圾拎出去丢了，说是“扔穷”；又在厨房里点起香烛迎了灶神，边收拾边等。平常时候，最迟九点，刘仲瑞就能到家了，可今天快到十点了，还是没到。李丽云过来催道：“爹先睡吧，我等他好了。我会小心不煮过头的。”煮汤圆、饺子之类的食物，李丽云总怕它们不熟，煮烂了好几回。李不言打着哈欠睡去了，李丽云却越等越清醒，屋里坐不住，裹着厚棉袍，背靠着大门，看天上黯淡的星子。这样的星空，一辈一辈那么多人看过，妈妈也看过。正月里的日子，每一天都有自己的寓意，初四是女娲创造“羊”的日子，很吉祥，上天过年的诸神也重新降临人间各司其职，今日子夜，往年城中会次第响起爆竹，大开门窗，抢着迎接财神菩萨。父亲在家的时候，也是张罗迎财神的，他离家后，母亲就没在初五凌晨迎过财神，这样的缺失，是不是说，母亲一直承认父亲在家里的位置，他就是那个能给家里带来财富的人——即便他并不能挑起这个责任。在开门样样都要钱的城里，母亲怎样谋生的？做女红，是其中一项，一天到晚头垂在布上，却不好意思真的打出裁缝铺的名头。而自己呢，除了相帮盘扣子，并没有一点要牺牲自己的意思，比如不去念书，陪母亲苦熬。当时的自己，总是存着凭念书去取得一份职业养家的念头，她把这意思和母亲说过，母亲羡慕地看着她说，有志气，你一定行的。

自己的人生就要和刘仲瑞连在一起了吗？让刘仲瑞来点燃初五迎财神的百子炮？她抱着臂膀，虚空中，像与母亲并肩而立。

“他会不会真的出事？”这念头腾空升起，李丽云在越来越重的寒意里颤抖。

一阵脚步声来，又轻又快，在门口停住了。李丽云往后退了一步，等他轻声开门进来。刘仲瑞大概吓了一跳，轻轻啊了一声，李丽云上前一步，抱住了他。

“天哪，你冷得像团冰块。”刘仲瑞双手捧住她的脸。他拥着她进了她自己的房间，虽然，屋子里也一样清冷，但总是在室内了。刘仲瑞摸索着找到灯绳，打开了，又拉上窗帘，说道：“有厚的帘子吗？明天再加一层，挡光，又挡寒气。”

李丽云还在发抖，她真的把自己冻着了。刘仲瑞开始铺被窝。李丽云的床是大床，平常，她就睡了靠外的一边，靠里，她也放了一条被子，免得自己睡得满床打横，现在，刘仲瑞展开了两床被子，说：“快上来焐着。”他帮着李丽云脱掉了棉袍，李丽云和衣进了被窝，还是止不住颤抖，刘仲瑞急了，说道："我能进被窝来吗？我一路跑来，浑身热，一会儿就能把你焐暖了。"

李丽云牙齿打战，说："我想先喝杯热茶，过会儿还要起来给你煮饺子。"

刘仲瑞赶紧倒了杯热水给她，李丽云捧着慢慢喝下了，颤抖退去，面色恢复过来。刘仲瑞唠叨道："我怎么就没想到让你喝杯热茶呢？你怎么就把自己冻成这样呢？"

李丽云暖了过来，披了衣服，坐起来，道："我也就冻着了，不是什么大事。"又笑道："都怪你，你怎么不早点回家来呢？我学你，靠在门上等你，看天空，想想旧事。"

刘仲瑞在床沿子上坐了，低头说道："今天去上海侦察，我的搭档飞得太低，被击落了。我迅速拉高，眼看着他坠机……我归队报告情况后，一直在等消息，半小时前，我们在上海的情报人员最后给的消息是机毁人亡。我一直祈祷机毁人存，跳了伞，不拘降落在哪里都行，我还是不敢相信，他就这么没了。"

李丽云隔着被子抱住刘仲瑞，后背一阵阵发凉，这怀抱中活生生的人，也有可能是今天坠机的那个，她的战栗又回来了。

刘仲瑞在流泪，李丽云的肩头湿了。她抖抖索索，脱去刘仲瑞的外衣，把他也裹进被窝里。温暖在两具身体之间交换着，李丽云抬手擦了他的泪，吻着他，抚摸着他，直到他开始回吻她，抚摸她。李丽云犹豫着，她有她自己的尺度，在郑景润那里，她一直坚持着，不肯把自己完全打开。她曾问过自己到底在意什么，贞操吗？也许不是，她目前只是不愿意承担非常可能会有的怀孕的后果，她不想被任何人打乱自己的人生规划。

情热处，刘仲瑞停了下来，气喘吁吁地说道：“不可以。要是今天坠机的是我，那留下你一个人怎么办？”

李丽云心头一热，这个男人，果真是事事先为她着想的。这热量，战栗着发射到指尖、脚跟，她已经点燃了自己。她抱住刘仲瑞，把他拉向自己。她听着自己颤抖着说：“仲瑞，别离开我，永远也别离开我……”刘仲瑞一迭声应着，眼里都是光，比屋里黯淡的灯光更亮，进入的刹那，他发出了一声低低的长啸。李丽云闭起眼睛，世界黑而晶亮。在每一次他似乎是要离开时，她都伸手去揽，把他更深地拉进自己的身体。她想要固定住它，像螺丝一样旋住它，像吸盘一样吸住它，她尝试着，直到举起双腿盘住了他。在纠缠中，他们终于找到了共振，痛楚鼓胀到极点，快感如潮水般涌来时，李丽云睁开了眼睛，在刘仲瑞的眼睛里，她看到了生命的狂喜。

第二十一章　爰其适归

1950年的春天到得很突兀。早些年，舟山这个岛的换季总是慢吞吞的，不冬不春的日子，会绵延一段，让人无所适从。而今年，春天站定位置后，就一直是明媚天气。刘仲瑞回家常赞叹：“这能见度！简直是秋天才有。在飞机里，上下一看，如在琉璃世界。”李丽云担心道：“那他们看你，也一样清楚。”刘仲瑞抱着她说：“放心，我比任何时候都渴望活着呢，我会非常非常小心。”

刘仲瑞已经搬到李丽云的大房间了，他原先的那间房，本想让李不言来住，李不言一味坚持仍旧守着后门睡，那间房，就做了书房。李丽云课后就在那里做作业，一边竖着耳朵等待刘仲瑞的脚步声出现。“以后我会补给你一个盛大的婚礼。”刘仲瑞带着歉意说过好几回。他们在百乐门摆了一桌，请了陈队长夫妇、潘绮珍夫妇，也请了潘培基夫妇。李丽云早把那只菊花镯装了盒子，托潘绮珍还了她母亲，酒席上，潘夫人另给了一只厚重的银镯子，刘仲瑞回赠了一只珊瑚胸针，说是谢谢潘家对李丽云的照顾。刘仲瑞的母亲辗转让人带来沉甸甸的一套黄金首饰，说是重金可安胎气，把刘仲瑞笑得前仰后合，说："我知道我妈怎么在想我们。等你毕业后，工作稳定了，我们才会有孩子。她想多了啊。"

初夜之后，刘仲瑞就托人买到了避孕套，说是美国产的，实在金贵，怎么也得省着点用，可怎么也省不下来，索性又去囤了一批。李丽云倒有些心疼，也顾念刘仲瑞的身体，他回来晚的时候，她就故意装睡得很沉，可刘仲瑞再晚回来，也总还是缠着一定要用掉至少一个避孕套，然后沉沉睡去。即便这样，有些夜里，他还是会做噩梦，全身发抖，李丽云把他推醒，再拍着他睡。刘仲瑞的梦里总是战火纷飞，地面一片火海，有一次，他在梦中大叫着李丽云的名字醒来，说他扔的炮弹炸到了一个人，那人一抬头，却是李丽云。夜半清醒时分，死亡的阴影浓重，有时候，李丽云引导着，让两人的肉体欢娱到达极致，在深沉的颤抖中，真切地知道自己活着。

从隆冬到春末，虽只三四个月，两人却已好得一个人似的，刘仲瑞在寻求退役时机，李丽云呢，则在打算无论他退役成还是不成，等她毕业稳定后，就为他生个孩子。连潘绮珍也羡慕她的好运，说和郑景润相比，刘仲瑞和李丽云才更登对，真真是一对璧人。郑景润那边，也已经和她的婷姐在谈婚论嫁，潘绮珍忍住了，没对李丽云说起这事，对婷姐，她也就表了祝福，没说别的。这样的时世，夫妻尚且做不成同林鸟，分别亦即分手，怕是也轮不到她去鄙夷。为此，王天锡和她想到了一块儿去，怎么样，都要在一起。

自登步岛战役之后，对岸缓了攻势，战局就松懈下来，他们两对在一起玩的时间，比从前更多，好几次，潘绮珍夫妇从布店出来，就直奔张家弄来，四个人围坐打牌闲聊一会儿再散去。话题常常会说到宋舰长和他的两个女人身上去，潘绮珍说："我多少能理解宋老师的，按她的性情，她看上那个人了，才不会在乎名分，而且，她总有办法拿到她想要的名分的。"李丽云侧面问了潘绮珍，探实军方果真来问过潘家关于宋舰长一家的事，却没有明说为什么。李丽云到底熬住了，没说出莫先生来告知的事情，只说秦怡莲前段时间有口信来让她一起看看账目。就只看看账目，这样的事情，自然得了潘培基的许可，李丽云就每月给秦怡莲另记出一本账来，却不晓得应该去哪里复命才好，她根本就没有他们的联络方式，或许可以去找莫先生，但她又不想自己夹缠进去。倒是刘仲瑞看出点端倪来，有一天，他问她："宋舰长怕是投诚了吧？我觉得你好像知情。"李丽云就将莫先生来访的事情说了一遍，她犹豫了一下，还是把莫先生说可去宋府找他的事情，一并也说了。刘仲瑞沉吟良久，正色道："你可真会守秘密啊，这么久，都不和我说起。如果我想留在此地陪你，我还得和你一起去一趟宋府才好。照这些天的侦察来看，我们在这里是守不长的，对方已经得到了苏联空军的支持，在上海机场，有苏联支援的最先进的飞机了。要么你跟我走，要么，我随你留下，我们得有个选择了。"

"就不能你先跟着你的部队走，我在这里等毕业吗？"

“如果分开，再团圆，怕要费周折。我怕和你分开。如果你跟我走，我发誓，我一定会给你继续找地方读书，读到你要的学历。如果你要我留下陪你，这事情，比你跟我走要复杂许多，现在，你切不可向潘绮珍夫妇说起这一点，这是我们的秘密。”

李丽云落泪道：“对于外面的世界，我全无经验，我只看到我眼前这窄窄的一片，以为是自己的立足之地，能抓住就不肯放。”

刘仲瑞从背后抱住她说：“我懂的。”

李丽云不知道他懂得了什么。他们的世界，是如此不同，此刻交集，也只有曾经广阔的那个人来理解狭窄的这一个，长久以往，他会不会累？李丽云转过身子，趴在他的胸前，听他心跳扑通扑通的。

那日下午，李丽云一个人盘扣子累了，起来给海棠掐尖。李不言这两天又在马岙那边收家具，那边有户人家要搬去台湾，行前在低价出两堂红木家具，这时候还没回来。有人敲门时，李丽云暗吃一惊，刘仲瑞和李不言自己都有钥匙，都会自己开门进来，她犹豫着没有出声。来人连声叫着她的名字，叫到第三声时，她才听出是谁。是王天锡。她飞快开门，王天锡不敢和她直视，眼睛看着地，说：“你赶紧跟我去一趟队部吧。”李丽云扶门问道：“仲瑞他怎么了？”

“先跟我回队部。车子在外面等我们。”王天锡下意识地来扶她。

李丽云进屋穿了件大翻领的棕色系带风衣，换了双棕色皮鞋，在穿衣镜前看了看，这样子，配得上刘仲瑞未婚妻的仪表吧？无论如何，仲瑞都会没事的，她很肯定地告诉镜子中的自己，却不敢直视她的眼睛。在一个刹那，她明白过来，每一次，当厄运来时，她都是先跳到一边，看着另一个自己去硬着头皮面对，那个自己的痛就与她隔了一层。

此去将会听到什么，李丽云自己先前后想了一通。不过，这不会是真的。刘仲瑞说过，他要以普通人的身份留下来，怎样才能成为“普通人”呢，脱离空军是第一步；怎么脱离空军呢，假装“死”去，这办法最高妙，对吧？她仿佛看到刘仲瑞在对她微笑点头。

恍惚之中，她上了车，下了车，随王天锡进去，看到陈队长，还有几个穿着飞行服的军人，她听到自己在颤声问：“有确切消息了吗？”

时间停滞，空间凝固，人影如同纸片。李丽云侧耳听这些纸片人发声：“据僚机报告，刘中尉的飞机机身被击中，着火，坠落，没见他使用降落伞……”

“那僚机是全程跟着的吗？还是看他被击中就躲避了呢？”

那一队人里有人回答道：“严格来说，我没有看到全程，飞机坠落的速度很快……”

“那你们会去上海地面搜救他吗？”

陈队长盯着她，斟酌着说道：“我们会继续等待相关信息。这里有封信，是刘中尉前几天给我的，现在，还是请李小姐收着。”

李丽云被陪着去了刘仲瑞的寝室，他留在这里的东西已不多，也就日常所用，还有一只上了锁的密码箱。李丽云在他床上坐了好一会儿，才说：“就让这些保持原状，过一阵子，他就回来了。他会没事的。”王天锡也就默默陪着，直到送她进了家门，才说道：“我把密码箱提来了，你先替仲瑞收着。一有消息，我会立刻来通知你。”不待她说什么，就急速转身走了。

箱子很沉，既然仲瑞上了锁，她就不应该尝试去打开它，她对着那一排数字发了半天愣，最后还是提着进了自己的房间，在间壁里藏了。李不言还没有回来。她在书桌前呆坐半晌，才打开坤包，取出那封信来读。这是刘仲瑞请求退役的申请，“当年从军，为报兄仇，亦雪国恨，如今，国恨家仇已消，父母年岁渐高，瑞为家中独子，奉养双亲，责无旁贷。父母恩义，山高水长，瑞请求此役毕后，退役尽孝……”字里行间，李丽云搜寻着可能有关自己的信息，没有——自然是没有，但她懂那些词语底下的意思。

李不言是晚饭前回来的，他手里提着一只老母鸡，一见她就兴冲冲地问：“仲瑞今天回家吃饭的吧？”李丽云直直看着他，原以为自己会哭出声来，可那哭声却被什么东西抑住了——她似乎从没有在父亲面前哭过，她只是涨红了脸，却哭不出来。李不言慌道：“你别着急，你慢慢说，仲瑞他怎么了？”

李丽云说：“我下午被叫去红房子那里过了，他们说他坠机了，人也没了。我想，坠机，肯定是真的，人呢，未必就没了。我们这一阵在家多守着，说不定他偷偷就回来了。”

李不言睁大眼睛，问她：“是在哪里出的事？”

“上海，说是机场附近。”

“我知道还有渔民偷偷去上海卖鱼货的，我可以跟他们一起去，我去机场附近转转，听听当地人家怎么说。”李不言这样说的时候，李丽云不相信地盯着他。

“你别这样看我。”李不言说，“我好不容易有儿子女儿都在家里的感觉，好不容易觉得自己是个还不错的爹爹。你不知道这感觉有多好！”

李丽云上前抱住了开始哭泣的李不言，她拍着他的背说：“爹爹，你这样太冒险了，如果他活着，他一定有办法回来的。”

“他哪里有我有办法？他就一个小书呆子，他哪里有什么办法？我不过是跟着渔民进城，被抓住了，也没事。”

李不言是半夜里走的，他给李丽云门里塞了张条子：“无论此去结果如何，总有人来向你报信的。”李丽云在晨曦里展开那张纸条，耳畔似乎轰然大响，又复归安静，是那种悄无声息的安静，她又听到了这房子的呼吸声——整幢房子都在喘气，大口喘气，似乎它曾将李不言吞进，熔铸了一番，再吐给她一个尽责的父亲。也许，每个父亲都有尽责的根性，随着岁月增长，孟浪褪去，父性复出？

第二天，李丽云照常去上了学，潘绮珍一见她就给了她一个大拥抱，李丽云在她耳边说道：“课堂上不要说这件事情。”

事情到眼前时，她总是对自己说，这很快会过去的，明天，明天就好了。难道她经历的事情还少吗？她都过来了，她都好好的。这回，她也会好好的。

数学课上，黄老师特意表扬了李丽云最近的功课，说："李同学对数学的理解，已经达到了她在语文方面的优秀水平。"李丽云听着，并不觉得受到多大的夸奖，她的数学，向来也不差的，只不过在语文上更加出色些，宋老师表扬她的次数多一点。现在新换了董老师，一个四十出头的男老师，他拘谨得很，对李丽云，更是拘谨，弄得李丽云也跟着在课堂上做了闷葫芦。

往日，潘绮珍一下课就匆匆坐上来接她的车子赶去店铺，可今天，她等着李丽云，和她一道出了校门，上了她家的黄包车，说先送她去张家弄，她再去店里。李丽云说道："你不用太担心我，我没事的。倒是你，怎么老拖着不走呢？万一时局有什么大变化，你又不是单单走脱一个人够了，你是要在那边开店的，要带伙计要带货，急迫的时候，可能走不动。"

潘绮珍道："伙计的入台证，还没有拿到。这是我的理由。我问过自己好几次，终于明白了，我跟你一样，不想离开这个岛，一点儿也不想。可我总得跟天锡在一起。他哪天不得不走了，我也就跟着不得不离开。多待一天是一天吧！"

李丽云道："我劝你还是有计划些。你不像我，你拥有随便在哪里都能重新扎根的财力。"

那个懂事的李丽云还撑在那里，她从来不在潘绮珍面前诉太多苦，这也是她们能做好朋友的基础——向来，都是她在帮潘绮珍排遣烦恼。

但她实在撑不动，多说一句话都觉得累，后面几日，一下课，李丽云就和潘绮珍告别，去黄老师办公室，在那里先把数学作业做好了，为拖时间，她还努力用多种解法做一道题目，做好再交给黄老师批。亏得黄老师多年来有迂直的名声，他这样公开提携李丽云，竟无一人闲话。社团课，她也请假了，还是黄老师出面去请的，这阵子，听说社团老师也在做离开的准备，对本职就心不在焉，不像从前那样紧盯每个同学了。等同学们都散了，她才出校门，一个人走着，对经过的每一辆黄包车都小心留意。

回到家，她坐在书房里，侧耳听巷子里的动静，有两回，熟悉的脚步声响起，她都要站起来准备去开门，那脚步声却不停留，自又远了。刘仲瑞说过他会特别小心，他不会飞得很低，除非对方已经有了更好的武器，能在地面就击中侦察机，那么，难道对方真的已经有了更先进的武器？

入夜之后，一半的被窝，她还是习惯性地空给他——万一他半夜摸黑回来了呢。她拉开床头的小抽屉，看里面的避孕套，想着他仔细戴上的样子，这样火热的一具身体，怎么会说没有就没有了？是的，她知道战争是肯定会夺走生命的，她见过的东岳宫里的那些伤兵，都是徘徊在生死边缘的人，但至少，他们还有这么一段徘徊，而她的男人，就这样，在空中灰飞烟灭了吗？

大半个月过去了，没有人来找她，她的担心，如今是双份儿的，心悬悬的，无处安放。学校课程已经结束，现在本该是实习阶段，可学校里不知怎么，说没排好计划，让学生自己去找实习机会，到6月底，再发毕业证书和派工作。李丽云去找过黄老师，拜托他帮她留意派工作这事。她没有心思去找实习，这些天，她就着字典在读刘仲瑞书架上的英文书，生词写满了厚厚一沓纸。她读的是《小妇人》，美国南北战争的背景，19世纪的事了，他们的战争已经结束了，可这里，还在继续。多好的一家人，慈爱的母亲，亲密的姐妹，一个被等待的父亲。李丽云羡慕着。如果这会儿刘仲瑞回来，他一定会很惊喜，他会说："咦，你会读英文书了啊。"李丽云抚摸着颈项间的珍珠，温热滋润，如刘仲瑞的肌肤。

雨又大了。从前天开始，这雨就没停过，下得一天一地，雨帘密布。雾也大，整个城都在雾中。隐约地，她听到雷声，再细听听，又不大像。那难道是枪炮声？她侧耳听，耳中却只有雨声。她摇头，这简直是不可能的，在城中，怎能听到枪炮声？

难道是自己出现了幻听？近日晚上睡不着，白天也没睡意，但她知道自己真的疲惫极了，她站起来，准备去睡会儿，可这时候，门被敲响了，李丽云冲出去开门，雨水淋了一头一脑。来的却是潘绮珍。她在车上，撩开遮雨的帘子，探头和她说："下午，我就要搭船去台湾了，凭眷属证能上船的，你收拾一下，到时候我来接你一起走。"

"我会去送你。"李丽云不假思索，"我不走，我要在这里等人。"

"我现在没时间和你说道理。你下午身上带好眷属证，在家等着，我们会来接你。你就带上伯父，一起走。我可以少带一个伙计，把那名额给伯父。”潘绮珍迅疾上了黄包车，又走了。

怎么可能走呢？李丽云坐在窗下，把眷属证翻来覆去看了，又收了起来。这时候没法走。

下午，潘家来的黄包车把李丽云送到东城门外，潘绮珍带了李妈还有两个伙计在卡车上等她，后面车斗里油布下一堆箱笼。王天锡开车，潘绮珍让李丽云和她一起挤着坐了副驾驶座。到克难码头的路，是这两年新修的，都是平整的砂石路，这两天雨下得透，即便现在雨小了，路面也是湿的，一道道辙印清晰可见。

过了马忝，车子多了起来，公路两边走着的都是士兵，有列队伍中间，一根绳子拴着六七个没穿军装的年轻人，他们都面带泪痕，张皇失措，跌跌撞撞前行。李丽云惊道：“这是做什么？”王天锡恨声说道：“陆军方面，真是混账得很！很多长官吃空饷，这是公开的秘密了。这下好了，说是到台湾后，一上码头就要集中点名，行前只好这样抓壮丁凑数。”李丽云扒着车窗，一路看过去，队伍中不少这样被抓的，他们的神色，与木然走着的士兵完全不同，脸上的痛楚和无助，一望便知。一个看着才十二三岁的男孩子正好和李丽云对上视线，那眼神里，都是呼救。不远处的田埂上，有个中年女人正在狂奔，大声喊着：“还我儿子啊！还我老公！”

“这样的事情，军队也做得出来？不是说，海陆空三军是用来确保定海，用来保护我们的吗？你看，那还是个孩子，他们也下得了手啊！”李丽云拍打着窗户，说，“停一下啊，王天锡，至少，去把那个孩子拉上车来啊。”

潘绮珍抱住她，哭道：“别管了。这是我们没有办法的事。”

“我不会跟着这样的部队走的。”李丽云气呼呼地，僵在那里，不再说话。

到了码头，王天锡去找接应他的船上人员，去了好一会儿，他回来说：“船上空间紧张，说每个人只能带两件大行李上船。绮珍你挑要紧的带走。其余的，我再送回家去。我们得快点，否则，船上怕没位置了。”

潘绮珍说：“幸亏我没把要紧东西分散装，否则怎么挑？不如，真不走了！”

李妈轻声说：“要么我那个箱子不带了吧？反正都是些不值钱的。带回去让太太帮我收着。还是，我们真的不去了？”

潘绮珍叹气道：“你们自己随身的箱子，还是带上，到了那边，连个换洗衣服都没有，怎么活？那些货色，就先不带了，等以后再想办法吧。”

李丽云从自己的情绪里缓和下来，取了本薄薄的册子递给潘绮珍，让她转交给秦怡莲，说道：“你们快走吧，我在车上管行李。把带不走的都放到前面来，我管着，总没有人来明抢吧？”

潘绮珍叹了口气，说：“不过是些布，穿谁身上，都是穿。要是真有来抢的，你不要出来阻拦，由它去好了，你只要管好你自己。”

李妈和两个伙计，对着眼前茫茫大海，已经哭出声来，潘绮珍说道："你们放心，过个一年半载，等我那边安顿下来，我就送你们回来。"

潘绮珍回头盯着李丽云，说道："你，真不和我一起走吗？你让我这样一个人走啊？"

李丽云缓缓摇头，哽咽说道："到了那边，一个人，一定要坚强，没有什么事，是过不去的，总有办法想。"

潘绮珍一扭身子走了，一手挎着坤包，一手拎着一只皮箱，走得飞快。王天锡和两个伙计手里提着六只大藤条箱，紧跟着潘绮珍。李妈在后头也拎着一个箱子，一路小跑，频频回头，也不知道她在看谁。

久雨的天，雾气还没有散尽，海平面、地平面和天际线，都混沌不清，看过去，天地间蒙昧一片，车、船和人，都蚂蚁一般移动着。李丽云坐挺了，想在船与船之间找到潘绮珍他们。突然，她看到有人从船上一跃而下，接着，又有一个，这是那些被抓的人在试图逃脱吗？船头有人居高临下一阵扫射，海面漂起红色，李丽云闭上眼睛，颓然坐下。

一个年轻军人过来急迫地拍车窗，作势要用这辆车，李丽云在车里说："我没钥匙。这不是我的车。"他听不见，但大致明白了她的处境，他示意她压低身子躲起来。她就缩着身子蹲下，挨着脚底下的一只箱子——这会不会是潘绮珍忘记带走的随身物品？但这会儿也赶不上他们了。李丽云扒着窗沿看，码头上，士兵越来越多，车子也越来越多，连装甲车也有，难道是全体撤走？枪声此起彼伏，听着瘆人。左侧的田野里，绿的水稻田，红的苜蓿地，在灰黄天色中鲜明夺目，半山里的碉堡，崩了一半，田埂里，卧着几匹死马，防波堤上，也有一列马队，横七竖八躺在那里。

王天锡从人群中挤过来，飞快上了车，锁好车门，二话没说，掉转车头，直到开出十公里之外，他才说第一句话："刚才留你一个人在车上，太危险了。"李丽云说："我没事。绮珍他们安顿好了吧？"王天锡点头，说道："我也不知道这样让她去对不对，但无论如何，我总要按假设我能活着这方向去打算。"李丽云道："这样没错。我们总得先活着。仲瑞说过，人不仅仅要活着，还得想想怎么活。可无论如何，总得先活着。"

王天锡道："仲瑞比我们活得累。和你在一起后，他才活泛的，以前总是木呆呆一人看书，后面那一阵，他会和我们来说笑，他的段子，又搞笑又高级，陈队长说，那叫英国绅士的冷幽默。"

李丽云含泪道："是的，他是个绅士。"

两人沉默下来。又开了一段路，快进城了，王天锡说道："有件事，我总得和你说的。情报部门最后确认，仲瑞的飞机确实坠毁了，人就在飞机里头，说是没有气息了，具体伤到什么程度，不得而知，更奇怪的是，等他们第二天一早来处理现场的时候，仲瑞人不见了。我们猜可能有人半夜把仲瑞扛走了。是谁做的，情报人员没打探到，只知道对方也很吃惊，在那村子里到处搜。陈队长前两天就告诉我的，我让绮珍来转告你，结果，她说，她实在说不出口，她说的是她要你和她一起走。”

李丽云沉吟道：“也许他只是晕过去了，然后，他醒过来，自己走了。”

王天锡含泪摇头，沉默了好一会儿，说道：“你脚底下那个紫红色箱子，是刘仲瑞的。他的东西，都在里面了。”

李丽云气急道：“你们怎么可以这么快就把他东西都收拾了，万一他马上就回来了呢？”

“因为，我们要撤了。今天是最后一批。如果仲瑞真回来了，他也归不了队了。”

车停在芙蓉洲口，里面都是河道和小路，开不进了。李丽云提了那箱子，和王天锡道别，一句再会后，两人对望落泪。“那么，还是再会了。”李丽云说着转身，想着刚才码头上潘绮珍的背影，脚底发虚。她路过那个和郑景润一起坐过的凉亭，看看青条石板上几片蔷薇花瓣，更觉得此刻是走在幻境里。

李丽云进了自己房间，打开那箱子翻检，铺在面上的是梳子和毛巾，李丽云把脸埋在毛巾里，闻气味，淡淡的薄荷香气，是他的气味。还有一沓信件，是他母亲寄来的，李丽云一封封展开读了，对他们的结合，他母亲从起初的强烈反对，到勉强接受，到真诚祝福，脉络清晰可见，不知道刘仲瑞费了多少笔墨，才让他母亲回心转意，也许，他真的说了谎，说她已经怀孕，所以，他母亲只有寄一套沉甸甸

的金首饰来表木已成舟的祝福。那么，此前所有他送给她的首饰，不过是他自己收来的首饰。往后，她应该怎样去面对他的母亲？此刻，她真的希望自己怀着仲瑞的孩子，那么，她就把自己的生命嵌进仲瑞的生命里了，可惜，她没有。

把箱子藏进间壁后，李丽云在已经复原的墙壁前呆立半天，呼吸的节奏在渐渐放缓，一呼一吸，原来，要付出那么大的气力。她盯着自己的双手，它们，真的再也不能触碰到刘仲瑞了吗？在这个人世间，她一直以为自己足够心狠，先有自己，再有其他，自己是根本，其他只是附丽，只有这样，她才能忍受失去手足和母亲的痛苦，也才能看淡没有父亲可以依靠的软弱，只要自己还在，就一切都在。而此刻，她突然对这样的自己起了怀疑。除了家人，不，不，除了自己，她真的爱过别人吗？如果把爱定义为全心全意的奉献，那么，她没有，她先想到的是怎么让自己在将来有用，她就可以在将来保护家人，或者，这只是安慰自己的说法，在困局中，她所努力的，是挣扎着先救出她自己——当年妈妈如此无助，而她做的，是恳求妈妈继续让她读书。

她没法在家里和步步紧逼的自己待下去。她在街上飞快走着，在每一辆黄包车前驻足，等着人家认出她——万一那车夫就是来报信的人呢？在对方浮起揽客的笑容前，急速低头走开。她这样尝试了八九辆后，腿似灌了铅一般，在南珍桥头，她倚靠着桥墩，终于哭出声来。

她真的又只剩下她自己了。当年那么弱小的她，在各家亲戚中想来想去，最后去投奔了小姨，并不是因为小姨家境好，不过是以她的本能，感受到小姨柔软的内心，她不会推开一个来求助的孤女，对于别的亲戚，她没有这个信心。现在，她该去哪里？

她慢慢止住哭泣，再怎么样，她还有自己，不，还有她站立的这个小城。她扶着桥墩，看着一只敞篷船从西边驶来，船夫悠闲地摇着篙，两只海鸥，一高一低，跟着船飞，叫声凄厉。

她往宋府走去，她越走越快，几乎小跑，叩开宋府的门时，她已经气喘吁吁："我要找莫先生。我是宋老师的学生李丽云。"

应门的人犹豫了片刻，就回过神来，默默开了门，领着李丽云往里头走。穿过会客的正厅，又穿过似是议事处的偏厅，往里又走了一阵，才到了一个类似库房的地方，莫先生真在里头，坐在一张长条桌旁，歪歪地架着副眼镜，是个账房先生的样子。莫先生见到李丽云，并不吃惊，他对领她来的那人说："宋管家，麻烦您去给李小姐沏杯茶来，就用昨天普陀山送来的新茶。"宋管家答应着出去了。李丽云连说实在叨扰，眼看他走远了，才说道："莫先生，军队在全部撤走。空军今日最后一批撤，码头上来了很多运输船，装上陆军撤。"

莫先生摘下眼镜，说道："这两天连日大雾，我想去宁波，连问几个内行老大，都说没法开船。他们那么大船，怎么可能走？"

"我亲眼所见，亲耳听到，确实在撤。也许，起雾的程度，朝东的海面比朝西靠近大陆的海面，要轻许多。"

莫先生又戴上眼镜，看着李丽云说：“为什么来告诉我这些？”

“我需要您帮忙，请您帮我打听刘仲瑞的下落。”李丽云把事情始末说了一遍，莫先生默默听完，反问道：“您是说，刘中尉是为了留下而故意坠机？”

“不，不至于此，但他本就在想办法留下，既然已经坠机，顺势留下，也是自然。这里不是敌国，这是我们自己的国土，您说呢？留下，不是叛国。如果可能，我想请莫先生您把刘仲瑞本就想留下这一点，转告到您认为可以托付的人那里。”

莫先生摘下眼镜，在手心里敲着，他说：“其实，刘先生他来找过我，和我有过一次长谈。开头，他和我说起过您，但也就是为了说明他之所以能找到我这里的原因，他和我谈的是，新政权会是个什么样的政权，这个政权应该不会像现在这样专制，这样腐败，这样讲究门第，他向往新的社会。确实，他想留下，想和你一起，在新社会开始新的生活。可是，对他来说，要他背叛他的军队，也是件非常难做到的事情。为此，他很矛盾。”

李丽云急急打断他道：“那么，这次坠机，是个策略？”

“谁会拿生命来当策略？坠机，就是坠机，但坠机之后，如果刘先生还活着，他的第一选择，应该就是投向新政权——如果，他还能选择的话。”

“是的，我也这么想。莫先生，这就是我来找您的原因，请您和您的组织联系，请您帮我找到刘仲瑞。”

“如果，他缺胳膊少腿，或者，脑子也撞坏了，你这边，也接收吗？”

李丽云沉默了一会儿，说道：“希望不会是那样，如果真是那样，我也认了，认命，我收。”

管家用托盘端着两杯茶进来，莫先生走过来，端了一杯给李丽云，请管家也坐了，端了另一杯给他，说道：“我马上就会离开这里，接下去，可否请两位帮忙打理这个家？李小姐请每天来这里一两趟，宋管家如有急事，也可去张家弄1号找李小姐商量。”

李丽云应承下来，莫先生请她坐到他刚才坐的位置，将几本分类的账册请李丽云看。李丽云粗略一看，不过是库房里一些库存，贵重些的，都有细册，每月流水在走的，不过就是日常所用柴米油盐，只有一笔开支，含糊写着备用金，数目不小，如果按此进度，宋家留下的这笔钱，撑不上一年。莫先生说道：“这笔钱，我已打了借条给宋管家的，我们会来还的，你看，这每一笔备用金，我都签了名字，将来，这也是证据，说明宋家是支持新政权的。”

李丽云看那签字，签的是“莫先逢”，笑道：“这个怕是‘先锋’之意？若是个化名的话，将来别人会认吗？”

莫先生也笑了，说道：“怪不得宋舰长一家三口子都指着要李小姐帮忙，他们还真是有眼力的。看来，我得跟李小姐交个底，说出我的真名，还得留样信物。”

李丽云端起茶来喝了一口，说道：“我也是为自己想，如果莫先生您不来找我，我总得还有线索去找您。”

莫先生翻找皮包，在里衬找出一张毕业证书递给李丽云，说道：“我和你一样，总觉得读书可以救自己，可以在社会上独立，等你真的毕业了，独立了，工作了，你就晓得，事情没那么简单，依然还是要挣扎着，才能保住一份工作。但愿，新社会来了，做人可以更有尊严些。”

是鄞县发的高中毕业证书，有照片，看着就是莫先生本人，字迹也已老旧，名字端然是“章忠明”。莫先生也凑到李丽云身边来看自己的照片，说道：“这些年不敢带它在身边，怕给家里惹麻烦，也就上个月，家里搬家，我看着乱，就带出来，缝在内衬里。我看重这张文凭，吃多少苦才读出的啊，丢了要心疼。再说万一在这里被发现了，那也就是我一个人的事，他们也不能去鄞县找我家人，没啥好怕的。”

李丽云笑着把毕业证书还给莫先生，说：“这么贵重的东西，还是请莫先生收着吧。”

“不，说好了，我留一样我在意的东西给你，算作信物。请李小姐带回家帮我仔细收着吧。”

李丽云请管家到书房拿了本字帖来，将毕业证书夹在里头，放进自己随身的书包里。送她出来的时候，管家送她到后门走，在门房里取了把铜钥匙给她，说道：“这里出入方便些。小姐下回来，进门后，先进这房间，拉一下这根线，我在前头就会听到。万一我不在，您可在偏厅里等我，那里有一架我家大小姐的书，您可以看着消遣。”

李丽云推辞了一下，还是收下了钥匙，沉甸甸的，书包顿时一沉。

后门开在南北两头通的小巷子里，门上黑漆剥落，木纹鲜明，像极一个个满是皱褶的眼睛，门柱表面被摸得光滑发亮，两边木棱上，坑坑洼洼，想是搬运东西撞出的痕迹。看来前门经常在维护，这后门，却一直被疏忽，主人们没事是不会往这里走的吧？管家从这里送她走，也就是既不把她当客人，更不把她当主人，他径直把她认了同类，就是一起为这宅子服务的人。管家向她鞠躬告别，又轻声说："莫先生行踪无定，有小姐您一起来帮忙，我心定许多。否则，以后怎么向我家小姐交代啊。"李丽云也回礼道别，说道："宋老师待我向来亲厚，我会尽心的，您放心。"

出了门，李丽云迟疑了一下，朝南向学校方向走去，走出一程，回头望宋家宅子，想着宋老师在课堂上教他们念的诗，她哪里想得到自己就是诗经里那个流离失所的人？不，宋老师才不会流离失所，她和潘绮珍一样，无论在哪里，她们都有能力重新扎下根，不用为她们担心。我只需要为自己担心就好，李丽云对自己说。

学校里很安静。李丽云特意去社团老师的办公室看了，他不在，据说姜老师本就是县政府的人，那么，昨天也跟着部队一起走了吗？她走到黄老师办公室，他果然还在，正在那里做个横幅，在大红纸上写了很多"欢迎"，看到她，就笑吟吟地说："工作的事，过几天就会有眉目，你不要担心。明天一早，你也来学校帮忙吧！"

黄老师说得那么肯定，李丽云心里却更没底，派工作是大事，就是黄老师这样随口一说就有了吗？看他那么喜滋滋的样子，李丽云倒不好再说什么，也就应着，坐下和他一起在大红纸上写“欢迎”两字，悬着肘，看墨迹随笔势慢慢沁进纸里去。

后记：几度霜降又雨水

我喜欢仪式感。选个节气日，开写小说，于我，便是一个小小的仪式。2016年的霜降日，我对自己说，时候到了，写吧。此在通往彼界的那扇小门应声而开，我仄身而入，脚下一片虚空。

照亮这世界的第一缕光，是来自季节的绵长气息。我生活的岛上四季分明，春是春，夏是夏，季节交替不像陆地上那么仓促，总是得缠绵胶着一阵，才悠悠将季换成。这和缓，已潜入了我这个岛民的写作节奏，即便我心上想快，脚下也只得小碎步前行。《离觞》的节奏，也是如此，它是和季节在一起缓缓而行的，春夏秋冬又一春，我燕子衔泥一般，构筑你我可能拥有的一个共同巢穴，写的是我，读的是你，在这个巢穴里，我亲爱的读者，在某些刹那，我们是在一起的。

这个小说，十年之前，我就在跟朋友们聊。我的想法，我搜集到的资料，我要阅读的书和电影，因为想得太久，不知不觉，前期准备工作就成了个巨大的工程，巨大到似乎永远不会开工。2010年，我在北京鲁迅文学院读高研班的时候，和师友讨论过这个将写的小说。过了两年，老师见我，问，写成了吗？我说，还在准备呢。

我不知道该怎样向您描述我的那些准备工作。

史料是个巨大的坑。虽然，我所写的不过是发生在舟山群岛上的故事，但我得知道当时国内乃至世界的时局如何，我的主次人物们，他们也都有自己的前传，我得明白他们的所思所想。社会史和个人史交织，有一段时间，我被他们压住了，动弹不得。况且，怎么写，更是个大问题。我列了个很详尽的大纲，时间跨度五六十年，是一个美丽女人的传奇一生，然后，这大纲，也把我压住了。

我住的房子，大门是镂空的铁艺品，野猫能自由出入。那阵子，有一只油黑毛色的大猫，总把这院子当成它的地盘，时不时便来主张主权，我只好用稀释的消毒水来冲洗，用这刺鼻的气味来宣誓我更强大的主权。这场人猫大战，有时候也短兵相接。它一点也不怕我，棕黄色的猫眼和我近距离对视，冷酷，超然物外，仿佛是史料和大纲共同派来的使者。它竟然激起了我的斗志，于是，我和它，眼对眼盯了很久，直到它疲倦地打了个哈欠，优雅退场。我想，我们俩至少是打了个平手，因为，那之后，它不来和我争夺小院了。

之后不久，在2016年的霜降，10月23日，这秋日的最后一个节气，我端坐书桌旁，开始这个小说，一样也充满斗志。可是，一个月后，我被派到北京工作，集合的第一个晚上，主事的便说："这工作，时间短，任务重，强度可想而知，觉得受不了的，现在就说退出。现在不说，以后不能叫苦。”果真，晚上加班到十点，是常事。这是我有生以来第一次过北方的冬天，而且，当时，雾霾满天。冬夜街头，我小心翼翼踩雪而行，步行近二十分钟到达住处，待收拾好，身心温暖过来，已近午夜。即便如此，即便一天就只能前进两三百字，我还是没有断开已经开始的写作——小说是活物，长久搁置，我怕会断了气息。“鸡鸣故国天将小”那一章，就是在京城的午夜里完成的。温暖而多雨的基隆港，家事国事，种种犹豫，身在战争中的宋以文心事重重，我走在京城，他走在我的心头。虚构的人物，比真实的人更有真实感。因为，每一道虚构的划痕，都在心壁上留了下来。

在京城的工作，确实如主事者所言，很辛苦——不独夜晚，连周末，也都搭进去了。那段时间，我失去了我的日常生活，为家人做好吃的，保持家里的清洁，在忙碌中，我怀念这些琐碎的日常，也想念家乡海鲜的味道。

在“失去”的状态中，我更清晰地看到了正常的日常生活的可贵。于是，回家之后，在史料之外，我开始读那时候的随笔，看那时候的照片，读那时候的小说，我想尽我所能去还原那时候的衣食住行。我沉浸其中。于是，又是一番折腾。

战乱中，日常生活对于茫然无助的人们，尤其是女人，是个庇护。有一日正常的生活，便有一日太平日脚，反之亦然。可是，战争就在海那一边，战争就在头顶上，再怎样缩进日常生活的壳里，也一样逃避不了。战争无处不在，在闲聊里，在课堂上，在市井中，它如影随形。是的，我的史料“研究”，终于让战争如灰尘般附着在一切日常当中，我的主角们逃无可逃。

这是个群像小说。我的本意是想如舞台剧一般呈现一段过往的生活，在某一段时间，在某个岛城，有一群男女，曾经这样挣扎生活过。这简直是做人类学的心意。确实，人类学，也是我向往的一个学科，虽然已没有机会去深入，但读些皮毛，也乐意为之。

但，我写的，总归是个小说，无论我怀着怎样强烈的愿望想向您展示这曾经的海上水城已经消失的河道和小桥，说到底，它们也就只是我的主角们的布景而已。我的主角，在一群人当中，总是会被很快认出，她的容貌——在世俗社会中，美丽的女人更能发生故事；她的智慧——在慌乱人群中，她拥有沉静的气质；她的执着——在纷乱歧路前，她只朝着她自己看见的光明前进。是的，她是李丽云。在她的周围，有同学潘绮珍，老师宋安华，雇主秦怡莲，以及她们背后的各自家庭，徐徐展开，是旧时代之末日景象。自然，还有她前后两位恋人，在爱情和独立之间，她选择了独立。

无论我怎么躲闪腾挪，到最后，我总得向你承认，我刻意描摹的乱世婚姻和爱情不过是表象，我想探讨的是女性的独立——精神和经济上的双重独立，即便到现在，这个主题，依旧有很强的社会现实意义。生为女人，在婚姻和爱情当中，我们该如何自处？

小说，总是为现在的人写的啊。

据说，有些作家写完一个小说，会很享受写后记的过程，诚然，那快意，我多少能理解和体会，而在2019年的雨水日，我好不容易改定全稿后，对于后记，我却很是茫然，不知道该如何从头说起。该感谢家人，也该感谢编辑团队，没有他们的爱和帮助，就没有眼前这本《离觞》。还有，似乎还得感谢一下日常生活中的那个自己。

我有一份全日制的工作，我有一个完整的家庭，这两样的经营，组成我的日常，它们给我营养，在一定程度上，也反噬于我；那么，写作，很当回事情那样去写作，就是“Against the present”——这是“电台司令”乐队的摇滚乐曲的歌词，差不多可以拿来解释我写作的动力。

有同样功效的，甚至功效更强烈的，自然还有阅读。当你在文字间游走，用你自己的意识生成李丽云的绝世容颜，还有那座海上水城，你就成功逃脱了眼前这个三维时空，遁于无形。

那么，再会了，下回再会。

李丽云的故事还在继续，等着，我会把它写出来的。

图书在版编目 (CIP) 数据

离觞 / 杨怡芬著. -- 北京 : 北京十月文艺出版社，2021.6

ISBN 978-7-5302-2080-1

Ⅰ.①离… Ⅱ.①杨… Ⅲ.①长篇小说—中国—当代 Ⅳ.① I247.5

中国版本图书馆 CIP 数据核字 (2020) 第 197616 号

离觞
LISHANG
杨怡芬　著

出　版　北京出版集团
　　　　北京十月文艺出版社
地　址　北京北三环中路 6 号
邮　编　100120
网　址　www.bph.com.cn
发　行　新经典发行有限公司
　　　　电话（010）68423599
经　销　新华书店
印　刷　北京盛通印刷股份有限公司
版　次　2021 年 6 月第 1 版
　　　　2021 年 11 月第 2 次印刷
开　本　880 毫米 ×1230 毫米　1/32
印　张　11.75
字　数　255 千字
书　号　ISBN 978-7-5302-2080-1
定　价　52.00 元
质量监督电话　010-58572393
如有印装质量问题，由本社负责调换。